KB150674

수요일 5교시, 인문학 단비를 내려라!

● 전국 학생저자 출판 지원 책쓰기 프로젝트, 표지초안_대구여고 김민주

수요일 5교시,
인문학의 단비를
내려라!

초판 1쇄 인쇄_ 2016년 5월 15일 | **초판 1쇄 발행_** 2016년 5월 20일
지은이_대구여고 인문 책쓰기 동아리 〈꿈길〉 | **엮은이_**임채희 | **펴낸이_**진성옥 외 1인 | **펴낸곳_**꿈과희망
디자인 · 편집_김창숙, 윤영화 | **마케팅_**김진용
주소_서울시 용산구 백범로 90길 74, 103동 오피스텔 1005호(문배동 대우 이안)
전화_02)2681-2832 | **팩스_**02)943-0935 | **출판등록_**제1-3077호
E-mail_ jinsungok@empal.com
ISBN_978-89-94648-85-9 43810
※ 책 값은 뒤표지에 있습니다.
※ 새론북스는 도서출판 꿈과희망의 계열사입니다.
ⓒPrinted in Korea. | ※ 잘못된 책은 바꾸어 드립니다.

수요일 5교시, 인문학의 단비를 내려라!

우리가 묻고 인문학이 답하다

대구여고 인문 책쓰기 동아리 〈꿈길〉 지음
임채희 엮음

꿈과희망

18살의 인문학,
책이 되다

우리 동아리 〈꿈길〉이 대구여자고등학교에 인문학을 확산시키겠다는 목표를 가지고 수요일의 강연을 개최하며 다양한 인문학 관련 행사에 참여해 온 지 벌써 일 년이 다 되어간다. 숨 가쁘게 달려온 우리의 지난 일 년이 이제야 책이 된다.

강사님을 초빙하고, 책을 읽고, 강연을 준비하고, 사회를 보고, 우리가 삶의 물음에 대한 답을 찾아가는 과정을 빠짐없이 기록하고, 차곡차곡 쌓인 기록들을 모아 책을 만드는 과정들이 결코 쉬운 과정이 아니었지만, 11명의 개성 있는 학생들이 모인 우리 〈꿈길〉이 결국에는 이렇게 책을 만들었다.

시작할 때는 '우리가 이 활동을 해서 얻을 수 있는 게 뭘까, 왜 이렇게 힘든 일을 나서서 해야 하는 걸까'라는 생각에 회의감이 들었던 것도 사실이다. 하지만 혼자였다면 '나는 누구인가'에서 멈춰졌을 우리들의 인문학이 여섯 번의 강연이 거듭되면서 '우리가 어떻게 살것인가'로 이어지게 되었다. 우리가 함께 걸어온 일 년이 결코 헛된 순간들이 아니었음을 확신

할 수 있었다.

　우리가 준비하고 운영했던 강연들에 대해 짧게 소개를 하자면, 첫 번째 강연은 여러 나라를 여행 다니시며 사회의 수많은 아픔들이 있는 곳에서 함께해 오신 이현석 작가님의 강연이다. '우리에게 세상이 아플 땐 우리도 함께 아파야 한다'는 메시지를 던져주시며 '어떻게 살까요?'라는 물음으로 답변해 주셨다.

　두 번째 강연은 경북대학교 철학과에서 대학생들과 함께 누구보다 치열하게 삶에 대해 고민하시는 김석수 교수님의 강연이다. 교수님께서는 철학이라는 분야가 낯설었던 우리들에게 철학하고, 사유하며 함께 살아가야 한다는 따뜻한 울림을 전해주셨다.

　세 번째 강연은 뚜렷한 자신의 삶의 방향성과 철학을 가지고 청년들에게 사고의 전환을 제시하는 삶을 살고 계신 김경집 작가님의 강연이다. 작가님은 누구보다 유연한 사고로, 우리에게 새로운 융합의 시대를 살아가는 방법을 가르쳐주셨다. 어쩌면 획일화된 교실에서 비슷한 수업을 들으며 평범한 사고를 벗어나지 않는 우리에게 정말 필요한 강연이 아니었을까 생각한다.

　네 번째 강연은 치열한 삶의 순간에도 인문학 정신을 포기하지 않으시고, 여러 사람의 마음을 뜨겁게 달구고 계신 임헌우 교수님의 강연이다. 교수님께서는 지쳐 있는 우리에게 자신을 잃지 않고 반드시 '나다운' 삶을 살라는 가르침을 주셨다.

　다섯 번째 강연은 법의 잣대가 약한 사람들을 매섭게 향하는 우리 사회에서, 소수자와 약자들의 편에 선 용기 있는 한 인권 재단을 대표하여 '공감'을 전하러 오신 윤지영 변호사님의 강연이다. 변호사님께서는 직접 사회의 가장 어두운 곳에서 함께하신 이야기들을 우리와 나누시며, 사회의 일원이 될 우리들이 앞으로 누구의 편에 서서 무엇에 공감하고, 무엇을 바꾸어 나가야 할지에 대해 담담하면서도 확고한 다짐을 우리에게 심어주셨다.

마지막 여섯 번째 강연은 행복한 삶과 교육에 대해 누구보다 열정을 가지고 대한민국 속의 덴마크를 만들기 위해 분투하고 계신 오연호 대표님의 강연이다. 대표님은 행복한 사회의 대명사인 덴마크의 삶의 방식과 교육의 방식을 보여주시고는, 우리 사회와 교육이 이제는 바뀌어 나가야 할 시점이며, 우리가 꿈틀거리며 그것을 바꾸어 나가야 한다는 메시지를 전해주셨다.

이렇게 6번의 강연을 돌아보며 나는 각자의 삶의 자리에서 세상을 조금씩 바꾸어 나가고 계신 분들로 인해 이제는 더 나아지고 있는 사회가 우리를 기다리고 있을 것이라 믿어도 좋겠다는 생각을 하게 되었다.

끝으로, 좋은 강연을 해주신 작가님들과 우리를 이끌어주시며 일 년 동안 함께해 주신 임채희 선생님께 감사의 말씀을 전하며, 함께 강연을 만들어준 대구여고 학생들과 각자의 자리에서 열심히 움직여준 〈꿈길〉 친구들에게도 고맙다는 말을 전하고 싶다.

대구여고 2학년 인문 책쓰기 동아리 〈꿈길〉
'수요일의 인문학' 운영팀장 김서영

나를 바꾸는 강연을 담은
책 한 권을 내며

　매월 하루, 그중에서도 수요일 5교시에 열려 우리의 마음을 들뜨게 했던 강연이 끝이 나고, 이렇게 우리의 일 년간의 결실을 책으로 내보일 수 있게 되었다. 하지만 한 달에 한 번은 꼭 미리 책을 읽고, 사회를 준비하고, 떨리는 마음으로 시작된 강연이 작가님의 마지막 한 마디 말씀으로 끝나는 과정을 보아왔던 만큼, 다음 달에도 지금까지 그래왔던 것처럼 또 새로운 강연을 위해 모여야 할 것만 같은 느낌이 쉽게 가시지 않는다.

　3월, 4월, 이어져 10월까지 총 여섯 번의 강연은, 우리로 하여금 이 수요일 5교시 강연을 통해서가 아니었더라면 만나지 못했을 여러 분야의 작가님들을 만나게 해주었다. 물론 책에 관한 이야기도 들었지만, 그 만남을 통해 내가 경험해 보지 못한, 하지만 앞으로의 나의 삶에는 많은 영향을 줄 것 같은 삶들을 만날 수 있었다.

　여행을 통해 사람을 만나길 원했던 이현석 작가님의 삶, 진정한 자유를 이루기 위한 '철학함'을 강조하는 김석수 교수님의 삶, 어떤 분야에서든지 그 주체와 목적과 주제가 인간이면 그게 인문학이라고 알려주시는 김경집 교수님의 삶, '나다움'이 곧 '남다름'이 된다는 자신감을 주시는 임헌우 교수님의 삶, 힘없고 소외된 이웃을 위해 공감의 힘으로 오늘도 열심히 발로 뛰고 계실 윤지영 변호사님의 삶, 마지막으로 강연을 듣기 전에는 '우리도 행복할 수 있을까?'라는 물음만이 가득했던 마음을, 강연이 끝날 즈음에는 '나부터 꿈틀거리면, 우리도 행복할 수 있다!'라는 의지와 희망으로 바꿔주신 오연호 기자님의 삶까지.

이번 강연을 통해 내가 살고 있는 나의 삶 이외의 또 다른 여섯 개의 삶을 엿볼 수 있었다. 때로는 작가님들만의 의미 있는 삶의 방식과 철학에 감동받기도 하고, 때로는 좀 더 나은 세상을 만들기 위해 우리를 이끄는 작가님들의 한 마디 말씀에 깨달음을 얻기도 했다. 무엇보다 이 모든 과정들은 '어떻게 살아야 할까?'에 대해 끊임없이 생각하고 고민하는 나 자신을 만들어 주었다.

우리의 일 년 간의 경험은 어떻게 보면 짧은 기간의 고작 여섯 번의 만남이었을지 모르나, 이 시간을 통해 우리가 얼마나 성장했는가를 보면 전혀 부족하지 않은 배움의 과정이었다. 우리 모두 지금 느낀 이 값진 깨달음을 잊지 않고 살아간다면, 어떤 직업을 갖고, 어떤 일을 하더라도 앞서 말한 '우리도 행복한 삶'을 만드는 데 조금이나마 기여할 것이라는 확신이 들었다.

우리를 성장하게 해 주신 좋은 작가님들께 감사드리며, 갓 나온 따뜻한 우리의 책을, 좋은 강연을 들을 수 있는 기회를 주시고 응원과 격려로 이끌어주신 임채희 선생님, 그리고 함께 노력한 〈꿈길〉 친구들과 함께 보며 그 기쁨과 보람을 나누고 싶다.

대구여고 2학년
인문 책쓰기 동아리 〈꿈길〉 박예지

11명의 특공대,
인문학을 다시 쓰다

책쓰기 동아리 지도교사 경력 8년차, 매년 책을 묶어야 하는 11월이면 이런저런 복잡한 생각이 스쳐간다. 한 해 동안 쓴 글을 마무리하고, 편집하고, 표지 디자인을 만들고, 책 축제 전시 부스를 준비하는 것은 항상 만만치 않은 과정이다. 아이들도 힘들어 하고, 교사도 힘들다. 그런 정신적, 육체적 고통과 시간의 압박감은 책쓰기나 동아리 활동에 대한 회의, 아이들에 대한 서운함으로 이어지기도 한다. 그리하여 '내가 뭐 하자고 이러고 있나? 내년에는 절대로 책쓰기 동아리를 운영하지 않겠다.'는 다짐을 되뇌게 한다. 그러나 머리가 나쁜 것인지, 기억력의 문제인지 3월이면 또다시 야심차게 책쓰기 동아리를 만든다. 이 과정을 벌써 일곱 번째 반복하고 있다.

사실 이 글을 쓰기 전인 며칠 전에도 마음이 불편했다. 동아리 전일제라 다른 동아리는 교외로 나가 영화도 보고, 팔찌도 만들고, 김광석 거리나 동성로를 활개치고 다니며 이 가을을 만끽하고 있을 때, 우리 〈꿈길〉 아이들은 도서실에서 노트북 한 개씩 배당받고 글쓰기 공장(?)을 돌리고 있었다. 인문학 서평과 소감문을 작성하고, 여섯 번의 특강 내용을 한 땀, 한 땀(정말 '한 땀, 한 땀'이다.) 정리하고 다듬고, 또 한편에서는 워드 작업하고, 편집하고, 표지 디자인 만들고, 전시 부스 준비하고, 이 모든 작업을 11명이 하고 있다. 오후 4시, 슬슬 피곤함과 짜증이 밀려오며, 무거운 침묵이 공간을 채운다. 한계에 다다른다. 몇 명은 탈출하고, 남은 몇 명의 작업은 밤 9시까지 이어진다. 힘들어 하는 아이들을 보며 '미안함'과 '서운함'이 묘하게 교차한다. 마음이 무겁다.

서영이가 정리하고 편집한 파일이 카페에 올라왔다. '수요일!!!!!!!!!!!!!!!!!!!!!!'. 끝없이 이어진 느낌표로 작성된 게시판의 글 제목에서 인고의 세월을 겪었을 서영이의 고뇌가 느껴진다. 한 장, 한 장 읽어 간다. 울컥한다. 눈물이 날 것 같다. 여섯 번의 특강 내용이 꼼꼼히 기록되어 있다. 강연 기록문을 읽다 보면, 특강 저자의 말이 생생히 떠오르며 그날처럼 특강 저자의 음성이 들리는 착각에 빠진다. 바쁘게 움직이며 행사를 진행하던 〈꿈길〉 친구 11명의 모습이 선명하게 떠오른다.

특강 2주 전, 특강에 초대된 동아리별로 저자의 책이 배부된다. 우리 〈꿈길〉 동아리 부원들은 특강을 준비하기 위해 특히 열심히 읽어야 한다. 특강 홍보지도 만들어야 하고, 저자 소개를 위해 소위 '뒷조사'도 하고, 파워포인트도 만들고, 사회자는 사회 멘트를 작성한다. 혹 질문자가 없을 경우를 대비해(그런 일은 결코 일어나지 않았다. 우리 대구여고 학생들은 질문의 여왕들이다.) 질의응답 질문도 미리 만들었다. 매 강연마다 사회자, 강연 기록(물론 워드 타수가 높다는 이유로 민주가 자주 담당했다.), 사진, 질의응답 메모지 모으기, 좌석 안내 등의 역할을 돌아가며 담당했다. 물론 첫 강연 때는 정신도 없었고, 실수도 많았다. 그러나 강연이 끝난 후, 강연 평가회를 거치면서 우리 〈꿈길〉 친구들은 날로 진화했다(정말 진화했다. 더 이상 적절한 단어를 찾을 수 없다.). 급기야 2학기에 강연을 들으러 온 선생님들과 강사 분들은 우리 〈꿈길〉의 일사불란함과 능숙함에 그 정체(?)를 궁금해 하셨다.

단위 학교에서 일 년 동안 여섯 번의 인문학 특강을 기획한다는 것은 쉽지 않은 일이다. 그러나 학교 인문교육의 중요성과 학생과의 소통이라는 취지에 선뜻 동참을 표해 주신 여섯 분 덕분에 강사 섭외는 예상 밖으로 쉽게 해결이 되었다(물론 꽤 많은 분들께 소위 '까이기'도 했다. 밤마다 구구절절한 이메일을 쓰는 나에게 남편이 말했다. 그렇게 남편에게 썼으면 '열녀'라는 소리나 듣지.).

그러나 특강 내용을 책으로 묶는다는 것은 특강을 운영하는 것과는, 또 다른 일이다. 취지는 참 좋으나 그 가능성이 상당히 희박한, 말 그대로 무모한 일이다. 처음 〈꿈길〉 동아리 부원들에게 '수요일 인문학 관련' 책의 기획 의도와 방향을 설명할 때도 마음 한 켠에는 이 책이 과연 만들어질 수 있을까 하는 생각이 들었고, 그 마음은 불과 얼마 전까지도 유효했다.

이 책을 만들기까지, 지도교사로서 내가 한 일은 '이렇게 해 보면 어떨까' 하는 아이디어를 낸 게 전부다. 나머지는 〈꿈길〉 친구들이 다 했다. 빡세게 회의를 하고, 역할 분담을 하고, 열심히 뛰어다니며 특강을 운영하고, 또 이렇게 멋진 책을 만들었다. 책 편집을 하면서 이렇게 감탄하고, 행복했던 적은 없었다. 강사 여섯 분마다 정말 주옥같은 말을 해 주셨고(강연 속 한 구절처럼 멋진 말이 특강 내용 곳곳에 널려 있다.), 질의응답이나 소감문에는 우리 대구여고 학생들의 깊은 생각과 고민의 수준이 드러나 있다. 그리고 무엇보다도 강연의 '입말'을 이렇게 생생하게 '글말'로 변신시킨 놀라운 노력과 감동이 숨겨져 있다.

나는 이 책이 무척 자랑스럽다. 그리고 이 모든 것을 현실로 바꾼 우리 인문 책쓰기 동아리 〈꿈길〉 친구 11명이 무척 자랑스럽다. 아마 많이 힘들었을 것이다. 미안함과 고마움을 전한다.

대구여고 인문 책쓰기 동아리 〈꿈길〉

지도교사 임채희

차례

Ⅰ 첫 번째 만남 (4월 1일)

어떻게 살아야 할까?

이현석(『여행자의 인문학 노트』 저자, 의사)

VI 여섯 번째 만남 (10월 14일)

시험도 등수도 없는 학교, 꿈틀

오연호(「우리도 행복할 수 있을까」 저자, 〈오마이 뉴스〉 대표)

첫 번째 만남

(4월 1일)

어떻게
살아야 할까?

이현석_『여행자의 인문학 노트』 저자, 의사

강 연 속 한 구 절

"세상이 아프면 우리가 함께 아파야 합니다.
사람들을 불편하게 하는 글을
쓰는 사람이 되고 싶어요."

강연 스케치

오늘의 강연 주제는 '어떻게 살까요?'

여고 강연이라 긴장하셨다는데,
친구들 반응을 보니, 긴장하실 만하죠?

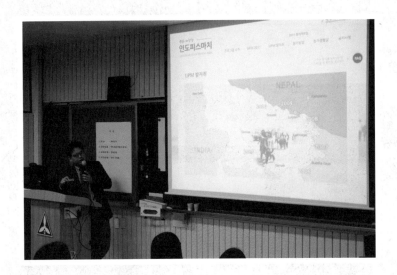

어렵게 들어 간 의대, 회의가 들면서

방학 때마다 여행을 다니셨다고 하네요.

팬 사인회(?) 장면

〈꿈길〉의 초대장

수능 뒤로 미뤄둔 당신의 배낭여행, 안녕하십니까?

스페인에서 인도까지,
사람을 만나길 원했던
그의 진짜 여행이야기
문화가 있고,
사람이 있고,
젊음이 있는
당신의 여행을 꿈꾸고 있다면,
여행자이자 의사이며,
이 책의 저자이기도 한 사람
'이현석'이 궁금하다면,

『여행자의 인문학 노트』 저자 이현석과의 북 토크에 초대합니다!

이현석 작가님은,
이런 분입니다

1984년 1월, 인천 출생.
소설가라는 꿈을 가지고 유년의 대부분을
대구에서 보내다.
대학 진학을 위해 서울로 올라가지만, 그만 두고
대구로 귀향해 의과대학 진학.
현재는 의료 소외지역 보건소 의사이며,
사람을 여행하는 책,
『여행자의 인문학 노트』의 저자.
책의 인세를 새터민을 위해 기부하며,
나눔의 꿈을 가진 진정한 지식인.

어떻게 살아야 할까?

  제 소개를 먼저 하자면, 저는 능인고등학교를 나왔어요. 대구여고라고 하니까 반갑더라고요. 저도 여러분처럼 이 인근의 학원들을 다녀가며 공부했어요, 능인고등학교를 다닐 때 공부를 정말 못했어요. 그때는 영화감독이나 소설가를 하고 싶었는데, 그중에서도 소설가라는 꿈은 버리지 못하고 있어요. 그래서 지금까지도 책을 쓰고 있죠.

  그 당시에 능인고등학교에 씨름부가 있었어요. 씨름부가 전부 문과였으니까 문과 총인원 220명 중에 40명이 씨름부였거든요. 근데 제가 2학년 2학기까지 200등을 했어요. 씨름도 안 하는데 성적은 씨름부보다 안 나오더라고요. 그때는 공부를 안 해도 집에서 신경을 안 썼어요. 그래서 제가 하고 싶은 일을 마음대로 하느라 그랬던 것 같아요.

  근데 고3 때 제가 수능 칠 때는 한 과목만 잘 쳐도 대학을 갈 수 있는 엄청난 정책이 생겼어요. 이해찬 교육부장관이 있으시던 시절이었죠. 제가 소설가를 꿈꾸던 청소년이었으니까 언어랑 외국어만 잘했거든요. 그래서 서울로 갔어요. 대박이었죠. 총점으로는 대구에 있는 학교도 못 가는데 올라갔어요. 그렇게 놀던 애가 서울로 대학을 가서, 당연히 올라가서 또 놀았죠.

제가 남중, 남고를 나오다 보니까, 고등학생 때는 여자 친구를 못 사귀었어요. 그러다가 처음 이성과 가깝게 지내다 보니 정신이 나가서 막 사귀게 됩니다. 원래 꿈이었던 영화감독을 해보려고 충무로를 어슬렁거리다가 그때 만난 분이랑 처음 연애를 했어요.

그랬더니 공부를 안 하게 됐죠. 그렇게 놀았더니 1학기 때 'F'가 세 개가 나왔어요. 세 개라서 학사경고를 받았는데, 2학기 때는 네 개가 나왔어요. 끝났죠. 이제 일반적인 대학교에서는 제적을 당해요. 'F'가 한 번 더 뜨면 학교에서 쫓겨나야 되니까, 쫓겨나기 싫어서 스스로 대학교에서 나왔어요.

나오니까 할 게 없었어요. 집에서는 당연히 구박을 하죠. 슬펐어요. 그래서 다시 한 번 마음을 잡고 공부를 시작했어요. 다른 걸 할 수도 있었는데 왜 공부를 했냐면, 진짜로 할 게 없었어요. 여러분 공부가 제일 쉬워요. 시험이 어려워서 그렇지.

저기 옆에 있는 초록색 S학원 다니고 막 그랬어요. 진짜 제가 그때 얼마나 열심히 했냐면, 주변사람들이 제가 청각장애 있는 줄 알았대요. 말을 한마디도 안 했으니까. 그러고 복학했어요. 그렇게 의대를 갑니다. 이렇게 말하니까 굉장히 쉬워 보이죠? 혹시 의과대학을 목표로 하시는 분? 꽤 되네요.

어쨌든 그렇게 놀던 제가 장학생으로 영남대 의대를 들어가요. 근데 대학 가면 로망이 펼쳐진다고 했죠, 그래서 또 놉니다. 뭘 하고 놀았냐면 외국인들이랑 놀았어요. 외국인들이랑 놀면 재미있어요. 학생신문사도 다녔고, 예전부터 사회에 관심이 많아서 학생 때 서울대에서 특강 가서 회의도 하고 그랬죠. 하지만 역시 메인은 노는 겁니다. 이렇게 놀러 다녀요. 그럼 어떻게 되죠? ('F'요!) 그렇죠. 'F'를 받죠. 뭐 그렇게 돼서 현재는 글을 쓰고 의사를 하면서 살아요.

이제 소개도 다 했으니 본격적으로 강연에 대해서 말을 해 보자면, 작년 말에 의대생들을 상대로 강연을 했는데 그때 그 학생들과 함께 나눴던 무거운 내용을 가볍게 변화시켜서 말씀을 드릴게요. 오늘 말씀 드릴 내용은 '초투' 라는 열네 살이 된 인도 아이에 관한 내용입니다.

제가 인도에 갔을 때 우리나라 사람들과 인도 불자(佛者)연합에서 협력을 해서 분쟁이 많은 인도 국경지역을 같이 걸으면서 분쟁을 멈추자는 취지의 캠페인을 했어요. 한 400km 정도를 걸었어요. 그렇게 인도에서 가장 가난한 동네를 갔을 때입니다. 대한민국이 특이한 거지. 다른 나라는 국경선이 따로 잘 없기 때문에, 네팔이랑 파키스탄 접경지역인 그 지역에서는 반군들도 정부군들도 많아서 사람들이 많이 다치고 죽어요. 얼마나 심각하냐면, 1990년부터 지금까지 계속 약 70,000명 정도가 죽었을 정도에요. 우리는 인도 하면 명상, 요가를 떠올리면서 평화롭다고 생각하는데 굉장히 위험해요.

그래서 이런 일들을 막기 위해서 외국인들이랑 같이 힘을 모아서 캠페인을 하는 겁니다. 왜 외국인들과 함께 해야 하냐면, 인도인들끼리 하면 잡아가기 때문이에요. 이렇게 50명 정도가 함께 걸었는데, 그 지역에는 이런 구경을 할 일이 잘 없었으니까 가는 길목마다 사람들이 나와서 보는 거죠. 거의 간디 이후로 이런 인파가 온 건 처음이었대요. 가는 마을마다 환대해 주고 축제를 해주셨어요.

캠페인을 하면서 마을을 돌아다니면 집들이 거의 다 흙이랑 짚으로 지어졌고 생활수준이 많이 심각한 걸 알 수 있어요. 80퍼센트가 농경에 종사하고 있고 상당수가 불가촉천민 아니면 인도 토착민이었기 때문에 이런 사람들에게는 절망적이고, 남루한 일상이 굉장히 일상적이었어요.

하지만 이 일상 속에서도 이분들에게 희망이 되신 분이 계셨는데요, 그분이 바로 암베드카르라는 분이에요. 이분도 불가촉천민이었어요. 그런데 인도 최초의 변호사가 되었고, 처음으로 외국에서 박사학위를 받았어요. 신기하죠? 브라만도 아니고 불가촉천민인데, 이런 엄청난 업적을 가지고 있는 게.

암베드카르는 인도에서 경제 전공에 정치 석사, 박사를 하면서, 영국 최고의 법학전문대학에서 법학까지 공부하면서 변호사가 돼요. 천재적이죠. 그리고 이 사람이 다음과 같은 자신만의 이론을 만듭니다.

"역사는 항상 윤리와 경제학이 싸울 때, 경제의 편이 돼주었다. 그러니까 항상 돈이 이겼다는 사실을 역사가 보여주고 있다. 기득권층은 자신들이 가진 것들을 외부의 억압 없이 절대 내려놓지 않았다. 그래서 세상에는 이윤만을 추구하는 사람들을 억제할 어떤 힘이 필요하다."

이것이 이분의 경제학적인 관점이었어요. 그래서 이분과 가장 충돌한 사람이 마하트마 간디였어요. 인도에 가면 간디 동상만큼이나 암베드카르 동상이 많아요. 우리나라 기득권이 이런 사람을 잘 안 좋아해서 별로 유명하지 않지만 인도에서는 간디만큼이나 존경받아요.

인도가 영국의 식민지일 때, 영국에서 각 식민지 대표를 모아서 원탁회의를 했는데, 처음에 영국에서 간디를 불렀지만 간디가 거절을 해요. 그래서 암베드카르가 회의에 가서 인도의 계급제도를 없애는 걸 건의를 해요.

이때는 계급차별이 지배적인 생각이었지만 암베드카르는 이 제도를 폐지해야 나중에 식민지에서 독립을 했을 때 좀 더 평등한 세상에 모두가 살 수 있다고 생각했어요.

하지만 간디는 암베드카르가 이 회의에 간다고 했을 때 단식투쟁을 해요. '가지 마라. 가면 나는 굶어죽겠다.'며 굉장히 오랫동안 단식투쟁을 해요. 하지만 암베드카르는 그럼에도 불구하고 회의에 참석해서 법적으로 카스트 제도를 없애는 계기를 마련하게 됩니다. 그 후 이 두 분의 사이가 굉장히 안 좋아져요. 그리고 인도가 독립을 하게 됩니다. 독립하자마자 엘리트인 이분이 가장 먼저 한 일이 인도의 헌법을 만든 일이에요. 그때부터 인도에서는 카스트 제도가 법적으로 없어지게 됩니다.

그리고 이분이 경제학자였죠? 암베드카르를 경제학의 마더 테레사라고 부르는데, 왜냐하면 후생경제학이라는 분야를 처음 개척한 사람이기 때문이에요. 후생경제학은 경제를 단순히 이윤추구 목적이 아니라 사람들의 복지측면에서 보는 분야인데, 지금도 여전히 중요한 분야로 인정받고 있어요. 암베드카르는 태어날 때는 불가촉천민으로 태어났지만 죽을 때는 불가촉천민으로 죽지 않겠다는 생각으로 불교신자로 개종을 해요. 암베드카르가 당뇨병에 걸렸었는데, 당뇨병에 걸리면 필연적으로 심부전이 오기 때문에 '살날이 얼마 안 남았구나.' 해서 불교로 개종을 해요. 이때 50만 명의 불가촉천민이 모여서 동시에 개종을 하게 됩니다. 지금 인도에서는 불교가 종교의 의미보다는 사회운동의 의미가 굉장히 커요. 헌법에는 평등성이 확립되어 있지만 실제로 계급은 분명히 존재하고 있거든요.

실제로 인도에서 여행을 하다보면 아직도 카스트 제도가 여전히 존재해요. 불가촉천민과 접촉할 수 없다는 사람들이 굉장히 많아요. 그래서 이런 활동을 통해 그런 문화를 없애려고 불교를 끌어오는 거죠. 이런 운동을 하

면서 만났던 사람들 중에서 가장 똑똑했던 사람이 '초투', 이 친굽니다.

이 친구가 10대 후반인데 똑똑해요. 영어도 잘하고 또 저랑 지내다보니까 한국말도 좀 하더라고요.

근데 '초투'의 명찰에 보면 이름 중간에 메타라는 게 있어요. 그래서 이게 무슨 뜻이냐고 물었더니 화를 냈어요. 사실 이게 자기 신분을 나타내는 말이거든요. 아직까지도 인도 사람들 대부분은 자기 이름에 신분을 나타네요. 메타라는 신분은 기사 밑에 있는 계급임에도 불구하고 물었더니 굉장히 언짧아하더라고요. 그들한테는 이름에 적힌 운명인 겁니다. 가령 여기 김아현 학생 같은 경우는 이름에 '김 노비 아현' 이렇게 적히는 거죠. 초투도 종교를 개종할 수 있는 나이가 되면 개종을 하려고 마음을 먹고 있었어요. 제가 초투한테 중간 이름을 물었다가 삐져서 하루 동안 말을 안 했어요.

버스 타고 가다가 마을 나오면 캠페인 하고 이런 식이었는데, 어느 날 저 뒤에서 오토바이가 하나 오더라고요. 작은 스쿠터 하나에 한 가족 다섯 명이 타고 있어요. 그걸 보면서 '와, 역시 어메이징 인디아!' 하면서, 지나가는 것을 지켜보고 있었는데, 갑자기 멈추더니 엄마가 애를 데리고 우리한테 와서 뭐라 뭐라 그래요. 인도 학생들이 통역을 했는데 들어보니까 애가 아프대요. 근처에 외국인이 있다는 소식을 듣고 약을 구하려고 아픈 애를 태우고 왔다는 거예요. 열이 나고, 가래가 나고, 계속된 기침이 났는데 개가 짖는 소리가 났대요.

저는 근데, 예과 학생이라 그때 아무것도 몰랐어요. 마침 일행 중에 약간 민간요법과 의학을 배운 분이 계셨는데 이분들이 민간요법을 거부했어요. 현대 의학을 원해서 저한테 치료를 받고 싶어 했어요. 그래서 병원을 가라고 했더니 굉장히 어이없어 하셨어요. 여기서는 병원을 가려면 아까 그 스쿠터를 타고 20km를 가야 하거든요. 그래서 제가 너무 놀라서 이걸 찾아봤어요. 이게 아까 그 지역에 있는 병원을 점으로 나타낸 건데 이 간격이 10km 단위라고 보면, 병원이 너무 없어요.

그리고 다음 사진을 보면 여기가 우리나라에서 거의 제일 오지 지역이거든요? 여기서도 병원에 못가서 죽는 사람들이 많은데 인도에 비하면 훨씬 많아 보이죠?

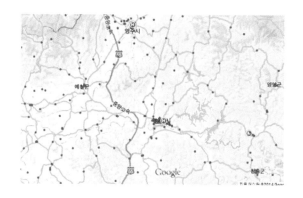

사실 여기엔 산부인과가 없어요. 그러니까 이 마을에서 아기를 낳으려면 수 십km를 달려서 산부인과를 찾아가야 하는 거죠. 그 말은 이 오지 지역에 이렇게 병원이 많아 보여도 사람들에게 필요한 적절한 치료를 해 줄 수 없다는 건데, 우리나라가 이 지경이면, 인도는 어떨까요. 찾아 오신 분께 저는 해줄 수 있는 게 이것밖에 없다고 말씀드리며 화이투벤을 꺼내서 복용 지도서에 따라 쪼개서 애기한테 줬어요. 그랬더니 집에 가시더라고요.

그리고 그 다음 날이었어요. 저희가 아침마다 가기 전에 전날 있었던 이야기들을 나누는 시간이 있는데, 그날은 "제가 이야기 하겠습니다." 하고 나갔어요. 저는 나가서 초투를 가리키면서 "저는 이렇게 똑똑한 아이가 아직까지도 카스트 제도 때문에 스트레스를 받고 있는지 몰랐고, 병원이 없어서 자기 아기가 생사의 갈림길에 놓여 있는 상황을 지켜 볼 수밖에 없는 부모가 이 땅에 그렇게 많은 것도 몰랐습니다. 그래서 우리가 아무 말도 하지 않고 명상하듯이 걸으면서 내적인 평화를 추구하는 것도 중요하지만 외적으로 최대한 모두가 평등한 사회를 만드는 것도 중요하다고 생각합니다."라고 말을 했어요.

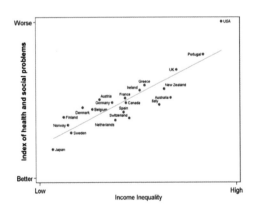

그리고 한국으로 돌아와서는 학년이 올라가고 더 많은 걸 배우게 되면서 여기에 대해 더 생각을 하게 됐어요. 그때 제가 지금까지도 존경하는 학자 한 분(편집자주 : 리터드 윌킨슨, 공공보건학자인 영국 노팅엄대 교수)의 책을 읽게 됐는데 이분이 굉장한 발견을 하셨어요. 여길 보면 이게 뭐냐면 GNP에요. 그 나라의 총소득이 많아지면 수명이 높아지는 추세를 보이고 있죠. 근데 이분은 어디에 주목을 했느냐, 2만 불 이상에서는 돈이 아무리 많아도 수명 자체가 그다지 늘어나지 않고 있죠. 그러니까 어느 순간까지는 기대수명이 총소득의 영향을 받는데, 왜 어느 순간부터는 그렇지 않을까 하는 거죠. 그러면서 이걸 연구해 보다가 이런 그래프를 만들어 냅니다.

굉장히 쉬운데, x축을 소득 불평등으로 잡고 y축을 단순히 기대수명이 아니라 사회적인 건강문제로 잡은 거죠. 사회적인 건강문제는 기대수명, 문맹률, 유아사망률, 자살률, 그리고 10대 임신, 정신건강, 그리고 계층 이동성 등을 포함하는 개념이에요. 그렇게 하니까 불명확 하던 부분들이 일직선으로 쭉 나타났어요. 사회적 불평등이 가장 높은 곳에서 사회건강지수가 가장 낮아요. 근데 일본 같은 경우는 예외적인데 그냥 수명 자체가 너무 높아서 그렇고, 이 그래프에서 중요한 점은 바로 사회 불평등이 적을수록 사회건강지수가 높아지며 사회 불평등이 커질수록 사회건강지수는 낮아진다는 사실이죠.

저는 이 그래프를 보면서 의학도로서 어떤 생각을 했냐면 인도주의라는 말을 떠올렸어요. 인도주의는 모든 인간은 인간이라는 점에서 동등한 자격을 갖추고 있다는 생각에서 인류의 공존을 꾀하고 복지를 실현시키려는 박애적인 사상을 말합니다. 즉 모든 인간은 동등한 자격을 갖춘 인간인데 차별을 받을 이유가 없다는 것이 바로 인도주의의 핵심이죠.

이후 저는 의사가 되면서 지금까지도 몸담고 있는 어떤 단체(편집자주 :

인도주의실천의사협의회)에 가입을 하게 됐어요. 이 단체를 설립했던 홍창의 선생님은 대한민국 의사라면 누구나 알아요. 왜냐하면 소아과 교과서를 쓰신 분이기 때문이기도 하고, 서울대학교 병원 초대 병원장이기도 하셨기 때문이죠.

근데 이분이 하신 말씀 중에 가장 사람들의 마음을 울렸던 말이 바로 "세상이 아프면 의사도 아파야 한다."라는 말이에요. 그러니까 단순히 사람을 고치는 의사가 아니라 세상이 아플 때 함께 아플 수 있는 의사가 돼야 한다는 가르침으로 어떤 재난 현장이라든지 아니면 사람들이 고통 받고 있는 그런 곳에 달려갈 수 있는 의사들을 만들어 오셨어요. 그래서 저도 그중에 한 명으로 활동하고 있고요. 근데 저는 이분과 조금 다르게 생각을 해서 "세상이 아프면 의사만 아파야 되는 게 아니라 너도, 나도 다 아파야 한다."고 생각해요. 세상이 아픈데 혼자서 안 아프면 그 사람은 꼼수를 쓰고 있거나 아니면 자기는 세상이 아픈지 모르고 있거나 둘 중에 하나겠죠.

근데 문제는 뭐냐, 지금 세상이 많이 아프다는 거예요. 그 증거가 있어

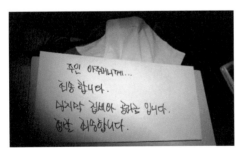

요. 이 사진 혹시 기억나나요? 기억나죠?

세 모녀 사건, 진짜 말도 안 되는 사건이죠. 그리고 그 밀양 송전탑 사건도 있어요. 송전탑 때문에 한 평생을 살아오던 삶의 터전을 잃고서 주저앉아 울고 계시던 할머니를 뵌 적이 있었는데, 그때 느낀 건 그냥 우리 할머니라는 거예요. 그냥 아무것도 모르는 우리 할머닌데 공기업과 국가가 이 할머니 땅을 헐값에 가져가려고 한 거

예요. 예를 들어 1,000만 원 하던 땅을 30만 원 줄 테니까 내놔 한 거죠. 누가 쥐요? 당연히 못 주죠. 그래서 할머니들이 버티고 서서 몇 년째 싸우고 계신 거예요.

그리고 해고된 쌍용차의 노동자들이 탑 위에 올라가서 시위를 한 사건도 있죠. 법원에서 복직하라고 복직명령이 났는데도 여전히 돌아가지 못했어요. 그리고 최근에 뉴스에 나왔던 일인데 여기가 관악구 신림동이에요. 신림동이 어떤 데냐면 서울대학교 있는 데에요. 그리고 신림동은 대한민국에서 제일 똑똑한 애들이 시험 공부하러 오는 곳이에요. 근데 여기서 애들이 죽어 나가요. 너무 추워서, 배고파서, 고시원이 평당 가격으로 따지면 타워팰리스보다 더 비싸요. 타워팰리스는 칠십 평에 몇 억 정도 된다 치고, 고시원은 0.8평 정도 되거든요? 그게 보통 한 달에 한 50만 원 정도 해요. 계산은 여러분이 해보세요. 아까 전에 할머니도 힘들었는데 청년들도 똑같이 힘들다는 거죠.

세월호 사건은 최악의 사건이죠. 여러분들 또래죠. 그리고 아직까지 여러분의 친구 몇 명은 저 밑에서 나오지 못하고 있어요. 뭐 때문인지 모르겠지만 아직까지도 선체를 인양하지 않고 있죠. 알 수 없죠.

어쨌든 마치면서 말씀드리고 싶은 것은 '대구여고에서 얘기를 할 때 무슨 얘기를 하면 좋을까' 라는 생각을 했었을 때, 이 자리에 있는 여러분은 상대적으로 결핍된 것이 적고, 힘들어도 분명히 여러분은 혜택 받은 존재예요. 적어도 '김 노비 아현' 은 아니잖아요.

그러니까 세상이 아프다면 함께 고민을 하는 사람이 되세요. 저는 오늘 강연 제목을 '어떻게 살아야 할까' 라고 적었는데 어떻게 살아야 할지를 여러분들에게 가르쳐 주는 것이 아니라, 이 질문을 던진다는 거예요. 이 질문을 던지는 이유는 아까 전에 암베드카르가 했던 말 중에 이런 말이 나옵니다. "전통적 불평등은 기존의 믿음들을 문제 삼지 않고 수용함으로써 존속하게 된다." 쉽게 말하면 여러분들이 기존의 믿음들을 문제 삼지 않으면 이런 사건들이 계속 되풀이 될 것이란 말이죠. 뒤집어서 생각해 보면, 여러분이 질문을 할수록 세상은 조금씩 바뀌게 될 것이라는 거죠.

우리가 묻고, 인문학이 답하다

Q. 여행 중 만난 친구 중에 어떤 친구가 가장 기억에 남는지 궁금합니다. 임지우

A. 제 책을 보면 알겠지만, 여행지마다 거의 기억에 남는 인물이 한 명씩은 있었던 것 같아요. 오늘 말씀드린 인도 아이 '초투'도 기억에 남고. 또 우즈베키스탄의 시온고 마을에서 만났던 '장 에밀리아' 할머니도 기억에 남아요. 여러분 '까레이스키'가 뭔지 혹시 아시나요? 이 얘기는 음, 좀 길어요. 일제강점기에 연해주의 조선인들이 강제 이주를 당하는데, 강제로 시베리아 열차를 타고 옛 소련 땅 곳곳에 거의 버려지다시피해요. 정말 버려진 거죠. 아무것도 없는 허허벌판에 사람들을 내려놓고 떠나는 거죠. 그 과정에서 많은 사람들이 얼어서 죽고, 굶어 죽고 해요. 하지만 우리나라 사람들은 특유의 근면함과 강인함으로 그 안에서 뿌리를 내려요. 그중에서 가장 유명한 곳이 '김병화 콜호스'에요. 콜호스는 집단농장 같은 걸 의미하는데 소련 전체에서 가장 높은 생산량을 기록한 곳으로, 그 덕분에 소련에서 우리 조선인

들은 저력을 인정받은 거죠.

어쨌든 그 마을에 갔어요. 마을에 도착하니 김병화 박물관장인 장 에밀리아 할머니께서 열정적인 말투로 설명을 하셨어요. 그때 일행 중 어린 친구 한 명이 관장님 말투가 북한말이랑 비슷하다고 이야기 했어요. 그러자 이 할머니께서 조금 흥분하셔서 "우리는 고려인이며, 북조선 사람도, 남한 사람도 아닙니다."라고 말씀하셨어요. 그때 깨달았어요. '모어'와 '모국어'가 다르다는 것을. 한국에서 태어나서 한국에서 살아가는 우리에게는 모어와 모국어가 모두 한국어이지만, 우즈베키스탄에서 살아가는 그분들에게는 모어는 우즈베키스탄어이고, 모국어는 고려말인 셈이죠. 이것은 우리나라의 아픈 역사이기도 하고, 그분들에 대한 우리들의 낮은 수준의 인식을 보여주는 것이죠.

Q. 여러 가지 분야 중 인문학에 가장 관심을 가지시게 된 이유가 궁금합니다. 인문학은 작가님께 어떤 의미인가요? 김소정

A. 음, 사실 저는 인문학에 대해 잘 몰라요. 이 책 제목인 '여행자의 인문학 노트'는 제가 지은 게 아니에요. 출판사에서 제안한 제목이었죠. 사실 제가 생각한 제목은 따로 있었어요. 처음에는 이 제목이 마음에 들지 않았죠. 그런데 결론적으로 이 제목 때문에, 요즘 이런 저런 강연을 다니고 있어요. 특히 학교나 선생님들이 불러 주시죠.

Q. 요즘은 사람을 위한 의사가 된다기보다 부를 위해 의사가 되려는 사람이 많은데 그런 사람들에 대한 작가님의 생각이 궁금합니다. 박서리

A. 의사도 어떤 면에서는 다른 직업들과 같아요. 직업으로 정해서 '부'

를 추구한다는 것이 꼭 나쁜 것은 아닌 것 같아요. '부'도 수많은 가치 중에 하나니까요. 그래서 의사가 되어 '부'를 추구한다는 것을 꼭 나쁘다고 생각하지는 않아요. 다만 저는 '부'보다 더 중요한 가치가 있으니까 저까지 '부'를 추구하고 싶지는 않아요.

Q. 프롤로그에서, 작가님께서는 사람들을 불편하게 하는 글을 쓰고 싶다고 말씀하셨습니다. 작가님이 생각하시는 사람들을 불편하게 하는 글은 무엇인가요? 이주은

A. 제 경우에 술술 읽히는 책은 쉽게 잊혀지는 것 같고, 저에게 영향을 미치지 못하는 것 같아요. 책을 읽으면서 기존에 제가 가졌던 생각이나 가치와 다른 책은 처음에는 불편하지만 그런 불편함이 저를 변화시키고 성장시키게 했던 것 같아요. 제 책도 독자들에게 그런 책이 되었으면 좋겠어요.

Q. 인도를 비롯해, 세계 여러 나라를 여행하면서 어떤 생각을 하셨는지, 저희에게 보여주신 문제점들을 방지하거나 해결하기 위해 우리가 할 수 있는 노력에는 어떤 것들이 있는지에 대한 작가님의 생각을 들어보고 싶어요. 김석희

A. 음, 익숙하다고, 이미 그러했다는 관습을 그대로 받아들이지 않았으면 좋겠어요. 아무 의심없이 그걸 받아들이는 순간 '부당함'이나 '편견', '차별'을 내가 그대로 되풀이하는 거예요. 의심하고 질문해주세요.

Q. 작가님이 계획하고 계신 또 다른 여행과 삶의 목표를 들어보고

싶어요.

A. 음, 이제 외국 여행을 하고 싶다는 생각은 크게 들지 않아요. 다닐 만큼 다닌 것 같기도 하고. 지금은 제가 곧 공중보건의 생활이 끝나요. 이번 4월에. 5월에는 서울에 있을 것 같아요. 삼성 반도체에서 근무했던 분들 중에 백혈병에 걸리시는 분이 많아요. 반도체 생산 과정에 백혈병을 유발하는 약품이 쓰일 수도 있고, 그런 것을 규명하는 '직업환경의학과' 인턴 과정을 밟으러 갈 생각이에요.

Q. 작가님의 책을 읽으면서, 그 나라의 역사나 유물에 대해 굉장히 자세하게 설명되어 있어서 놀랐습니다. 그 나라에 여행가기 위해 따로 공부를 해 가신 건지 아니면 평소에 관심이 있으셨던 건지 궁금합니다.

A. 여행을 떠나기 전에 책을 많이 읽고 가요. 그 나라 역사나 문화와 관련된 책을 읽고, 따로 정리해서 가요. 또 가서도 그날 여행하면서 보고 들은 거, 느낀 점들을 꼭 메모해요. 이 책을 쓴 것도 그 공책들이 있었기 때문에 가능한 거예요. 여행 가는 것, 쉽지 않잖아요. 일부러 시간 들여, 돈 들여 떠난다면 많은 걸 얻어 와야죠. 왜 그런 말 있잖아요, '아는 것만큼 보인다'는 말. 그 나라에 대한 많은 것들을 알아야 더 많이 느낄 수 있는 것 같아요.

독자분들이 제 책을 보고, 일반적인 여행서와 다르다고 하세요. 제 책에는 여행지의 사진이 한 장도 없어요. 그냥 여행안내서 보고, 남들 다닌 곳을 보고, 사진 찍고, 휙 지나는 여행을 하고 싶지는 않았어요.

Q. 책에 보면 나쁜 남자 스타일이시던데 본인의 연애스타일이 어떤지 궁금해요. <u>김아현</u>

A. 무슨 근거로 그런 말씀을. 음, 많은 연애를 한 것은 아니지만 사귀는 동안 그 사람에게 최선을 다하고 배려하려고 하는 것 같아요. 그래서 헤어지고 나서도 그렇게 나쁜 감정이 남는 것 같지는 않아요. 사실 스페인 여행에서 제가 머물렀던 윌슨 집을 소개시켜준 것도 전 여자 친구였거든요.

Q. 작가님이 여행지를 선택하는 기준이 궁금해요. <u>김민주</u>

A. '돈'이에요. 돈이 적게 드는 곳. 주로 여행을 의대 다니는 방학 기간에 다녔어요. 학생 신분이다 보니 부모님께 어느 정도 손을 내밀 수밖에 없었어요. 그래서 가장 적은 돈으로 가장 오래 머물 수 있는 곳을 찾았어요. 물론 아까 말씀드린 것처럼 많은 사람들이 찾는 관광지 위주의 여행을 싫어하기도 하고요.

작가님, 고맙습니다!

이주은 보통 여행과 관련된 책, 수필 등들은 사진으로 가득해서 막상 다 읽고 나면 허무함만 가득하게 됩니다. 그러나 이 책은 읽으면서 점점 그 다음엔 어떤 인물을 만나고 작가가 그곳에서 어떤 색다른 깨달음을 얻을까 기대되는 책이었습니다.

이경주 사실 지난 '세월호 사건'이 있었을 때 아는 분이 사고를 당하셔서 오늘 강연 주제처럼 '나도 세상에서 일어나는 일에 전혀 무관하게 사는 사람이 아니라 세상과 소통하며 함께 아파하고 웃을 수 있는 사람이 되고 싶다.'고 생각했었는데, 강연을 들음으로써 다시 한 번 마음에 새길 수 있는 기회가 되었던 것 같습니다.

장한나 우리가 끊임없이 질문할수록 세상은 조금씩 달라진다는 말이 정말 인상 깊었습니다.

임태영 선생님 사람들이 보통 선진국으로의 여행을 선호하는데 후진국으로 여행을 다니시며 지식인으로서 자신이 할 수 있는 일을 묵묵히 하시는 모습이 보기 좋습니다. 앞으로도 의식 있는 의료인이 되어주세요.

Jamie teacher Enjoy what you're doing now and here.

이수나 책이 많이 어려워서 읽는 데에 애를 먹었지만 그래서 더 곱씹으며 천천히 읽고 되새기고 스스로도 생각해 볼 수 있어서 좋았어요. 제가 할 수 없는 경험들을 간접적으로 경험하고, 평소 할 수 없는 고찰들을 하게 해주셔서 감사합니다. 책을 읽으며 즐거웠고 풍부한 생각으로 인해 조금 더 성장한 것 같습니다. 강연에서도 또 다시 제게 질문을 던져주시네요. 이런 질문이야말로 지금을 살아가는 저희에게 가장 중요한 것 같습니다.

양혜인 우리가 몰랐던 세계의 여러 문제점을 알 수 있게 되어서 뜻 깊은 시간이었고, 강의를 듣고 세상을 보는 눈이 좀 달라진 것 같습니다. 정말 뜻깊은 시간이었어요. 다음에 기회가 되면 꼭 다시 뵙고 싶습니다.

도채연 작가님을 보면서 하고 싶은 일을 하고, 여행을 다니며 사는 것이 부러웠습니다. 저도 언젠가 저런 사람이 되어야겠다고 생각했어요.

안효정 강의 귀 기울이며 열심히 들었습니다. 여행을 하며 느낀 것을, 인도주의의사협회에 가입하는 등의 실천으로 옮기는 작가님의 삶이 멋있다고 생각했습니다. 아직 세상을 바라보는 시선이 어린 청소년들을 대상으로 의식을 깨워주시는 강의가 좋았습니다.

이나연 자신이 하고 싶어 했던 것을 포기하지 않고, 다시 도전하는 모습이 존경스러웠습니다. 저도 도전하는 것에 두려워하지 말아야겠다는 생각을 하게 되었습니다.

<u>익명</u>　인도에 대해 새롭게 알 수 있는 시간이 되었어요. 세상을 바라 볼 수 있는 새로운 시각을 알려주셔서 고맙습니다. 강의를 들은 친구들 모두 타인과 함께하는 세상을 만들어 가려고 노력하는 사람이 되었으면 합니다.

술술 읽히는 책이었다. 일 년간 고등학교 교과서만 봐오던 나는 읽으면서 조금 숨통이 트이는 것을 느꼈다. 보통 인문학이라고 하면 동서양 고전들을 떠올리기 쉽다. 유난히 두껍고 읽으면서도 정작 무슨 내용인지 아리송한 그런 책들 말이다. 그러나 이 책은 달랐다. 그것은 책의 문장에서부터 알 수 있었다. 흔히 글을 잘 쓰기 위해서는 문장이 짧아야 한다는 말을 그대로 따르는 것처럼 이 책은 유독 문장이 간결했다. 그러다보니 페이지가 술술 넘어가고 인문학이라는 생경한 단어가 조금 친숙해지는 듯했다.

저자 초청 강의에서 그는 "부사를 절대 쓰지 않는다."라고 말했다. 여기서 그의 깔끔하고 군더더기 없는 성격을 짐작할 수 있었다. 그는 부사가, '이를테면, 엄청, 억수로'라는 등, 모호한 단어이기에 그것을 쓰는 대신 더 정확한 묘사를 해야 한다고 말했다. 그는 사실이 무엇인지 연구하고 낱낱이 밝히고 써내려가는 것 그것이야말로 좋은 글이라고 주장했다.

책머리에, 그는 "사람들을 불편하게 만드는, 좋은 글을 쓰고 싶다."고 언급했다. 강의에서 한 학생이 이에 질문했다. 나 또한 내심 궁금해 하고 있던 터라 귀를 기울였다. 그는 다소 익살스러운 표현으로 사람들이 자신의 책을 가지고 화장실에 들어가서 변비에 걸리면서 짜증 열불이 나기를 원한다고 말했다. 현실의 불합리한 면을 날카롭게 드러내고 독자들로 하여금 '이렇게 살면 안 되겠구나.'라고 뼈저리게 느낄 수 있는 글, 그것이 그가 앞으로 쓰고 싶은 글이라고 말했다.

작가는 스페인, 우즈베키스탄, 이집트, 태국, 홍콩, 네팔, 베트남, 모로코, 중국, 인도를 여행하고, 이 책을 썼다. 대체로 선진국보다는 저개발국들이 많았다. 그리고 인터넷 검색 포털에 치면 나오지도 않을 법한 장소를 골라서 다녔다. 저자초청 특강에서 저개발국을 주로 다닌 이유에 대해 대답했다. "돈이 없어서." 그리고 사람들이 잘 안 다니는, 그러니까 관광지가 아닌 곳을 찾아다닌 이유로는 "편견 없이 볼 수 있어서."라고 답했다.

우리가 여행 장소를 정할 때 최소한 적게 움직이면서도 많이 보고 몸이 편히 쉴 수 있는 곳으로 잡는 경향이 있는 데 비해 그는 그렇지 않았다. 그 장소에 대한 세세한 설명이나 사람들의 방문기록이 없었기에 그는 여행지에 대해 더 많이 공부했고 메모를 자세하게 많이 남겼다. 그리고 기억에 남는 메모들을 책에다 담았다. 덕분인지 나는 책을 읽는 동안 '내가 정말로 여행하고 있구나.'라는 생각이 들었다. 내가 대신 그가 되어 각 나라에 살고 있는 이들과 마주앉는 '마법 같은 일'이 벌어짐을 몸소 느낄 수 있었다.

책을 읽으면서, 나는 그에게 질문하고 싶은 부분에 줄을 그었다. 책 39p 셋째 줄,

"그렇기에 누군가의 눈에 쓸데없이 바쁘게 사는 것처럼 보이는 내 모습

이 아마 스스로의 시간을 가지지 못한 것에 대한 공포감에서 기인하는 아주 초라한 모습이 아닐까 생각하기도 한다."

라는 구절이 내 머릿속에서 떠나가지 않았다. 그리고 나는 실제 특강에서 이 부분에 대해 질문을 던졌다. 도대체 바쁘게 사는 삶이 어떻게 쓸데없는지, 스스로의 시간을 가지지 못한 것에 대한 공포감만이 불러일으킬 수 있는 초라하기 이를 데 없는 모습인지 좀 화가 났다.

　대한민국 고2, 아침 7시 50분부터 밤 11시까지 학교에서 생활하는 반복되는 바쁜 일상을 견디기도 벅찬데 누가 감히 이 일상을 "부질없다"라고 단정 지을 수 있는가 의문이 들었다. 그러자 작가는 나에게 되물었다. 그렇다면 지금 당신의 삶은 당신에게 있어 의미가 있는 삶이냐고. 나는 의미가 있다고 믿어야만 이 삶을 꿋꿋이 살아갈 수 있을 것 같다고 대답했다. 그러자 그는 내가 이미 답을 가지고 있다고. 다시 말해, 지금의 불필요하게 바쁜 삶이 무의미하다는 것을 인정하고 있다고 말했다. 맞는 말이었다. 나는 사실 이 구절에 화가 난 것이 아니라 현재의 삶에 조금 화가 나고 지쳐 있었다.
　그러나 나만 그런 삶을 사는 것이 아니라, 대구여고 2학년만 하더라도 전교생 540명이 조금 넘는 수의 학생이 나와 똑같은 삶을 살고 있기에 나도 그냥 이냥저냥 맞춰서 살아가는 것뿐이었다. 매일을 어떻게 하면 지금의 등수에서 좀 더 올라갈 수 있을까 그런 고민에만 쌓여 하루하루를 보내고 있었다. 이것은 내 고백이 아니라 모든 학생들이 느끼고 있고 수험생의 시간을 겪은 모든 어른들도 아는 사실이다.
　지금 생각해 보니 작가에게 다시 반박하고 싶어졌다. 내가 내 삶에 회의

감을 느끼고 내 삶이 불쌍하다고 느끼면 그 순간 모든 것이 부질없게 느껴지면서 삶의 의욕이 사라지는 게 아니냐고. 나는 인간에게 있어서 유한한 삶, 즉 수명 안에서 할 수 있는 모든 일들에 최선을 다하는 삶이 절대 무의미하다고 볼 수 없다고 생각한다고 제대로 쏘아붙이고 싶었다.

그러나 저자는 이렇게 말했다. "지금 당장은 쓸모없어 보이는 일도 다 지나보면 쓸모 있는 일이었다는 것이라는 걸 깨닫게 될 겁니다." 자신은 내 나이 때 꽤 놀았다고 했다. 수성 못에 가서 친구들과 맥주를 마시고 놀고, 대봉도서관 근처에 가서 또 술을 마시고 그렇게 지금의 나와는 다른 삶을 살았다고 했다. 그리고 수능을 치고, 재수를 2년간 해서 의대에 진학했다. 말로는 쉬워 보이지만 전혀 쉽지 않은 선택이었을 것이다. 그리고 돌이켜보니 그렇게 학창 시절을 보낸 것이 쓸데없지만은 않았다고 했다. 누가 학창시절은 오로지 공부에만 매진해야 하는 시기라고 말했던가. 공부하는 것, 맞는 말이지만 나는 잘 모르겠다. 누군가 이런 말을 나에게 하면 난 그 사람의 배를 주먹으로 힘껏 때려주고 싶다. 정말 인정하기 싫지만 인정해야 한다는 느낌이 이런 것 같았다. 사실 나는 토요일 날 학교에서 하는 인문학 강좌에 제일 먼저 댓글로 신청했다가 스스로 댓글을 지웠었다. 그 이유는 '성적' 때문이었다. 현재 수학 성적이 너무 낮아서 지금이라도 올리지 않으면 내가 앞으로 진학할 대학에 못 미칠 것이라는 결론이었다. 너무 아쉬웠다. 책을 너무 읽고 싶었고 내가 좋아하는 글쓰기와 말하기를 하고 싶었다. 그러나 현실을 알고 있었기에 나는 포기했고 다른 길을 택했다.

며칠 전 아침 자습시간에 담임선생님께서 전에 내가 신청한다던 '유란 인문 아카데미' 신청은 어떻게 되었냐고 물으셨다. 나는 수학 학원이랑 시간이 겹쳐서 신청을 취소했다고 말씀드렸다. 선생님께서는 잘한 선택이라고, 지금 내가 인문 독서를 하며 토론하고 있을 때가 아니라고 말씀하셨다. 인문학 강의 신청을 취소하면서 스스로 합리화를 했다. '인문학 그건 나중에 가서도 할 수 있어. 세상에 어른들을 위한 인문학 강의가 얼마나 많은데, 지금은, 시기가 아닐 뿐이야. 그 시간에 수학 문제집이나 더 붙들고 있자.' 애써 나를 달랬다.

문득 로버트 프로스트의 '가지 않은 길'이 떠올랐다. 프로스트는 남들이 가지 않은 길을 가면 성공하리라는 보장도 없지만 불안함은 배가 되리라는 것을 알고 있었을까. 나는 이제 겨우 내 앞에 펼쳐진 수많은 선택의 갈림길들 중 한 길을 남들과 같이 걸어가겠다고 마음먹은 것뿐이었다.

저자와의 초청 특강에서 한 학생이 왜 의사가 되었냐는 질문을 했다. 영남 의대 천마 장학생으로 입학한 그는 이렇게 말했다. "수능 잘 쳐서요." 정말 현실적인 답변이었다. 나는 그동안 만나온 수많은 교수님들의 모호하고 아직은 이상이 현실보다 높은 학생들을 위해 돌려 말하는 것에 질려 있었다. 그래서 그런지 작가의 말이 더 와 닿았고 또 그렇게 말씀해 주셔서 내심 고마웠다.

그는 또 이렇게 말했다. "단순히 자기가 할 일, 그러니까 할 수 있는 일을 했는데 고마움을 많이 받는 그런 직업이 잘 없어요. 그런데 의사가 그 직업 중 하나예요. 예전에 밀양에서 있었던 송전탑 사건 기억나시죠? 그곳에 계신 할머니 할아버지 분들을 뵙고 손을 잡아드리고 진료해 준 것밖에 없는데 그분들은 연신 눈시울을 붉히며 정말로 고마워하셨어요. 세상에 그런 직업이 어디 있나요." 그러자 그 순간 단순히 돈 많이 벌고 전문직이라는 의사라는 직업이 다른 면으로 훌륭해 보였다. 아니다. 의사라는 직업 자체가 훌륭해 보인 것이 아니라 그런 의사가 될 수 있는 작가가 부러웠다.

이런 게 직업의식이라는 것일까. 나는 언론인이라는 직업을 염두에 두고 약 4년간 공부해왔다. 처음에는 단순히 '글 쓰는 게 좋아서' 가 강했다. 시간이 흘러 이 재능이 어떻게 하면 다른 사람들을 위해서 쓰일 수 있을까 고민하던 와중에 '기자' 라는 직업이 눈에 들어왔다. 그게 다였다. 작가를 보면서 내가 만약 언론인이라는 직업을 갖게 된다면 기자정신을 지닌, 즉 저자처럼 직업의식을 지닌 어른이 되었으면 좋겠다는 생각이 들었다.

강의에서 저자는 책 가장 마지막 에피소드 〈인도 이야기〉를 주제로 강연을 했다. 인도 피스마치에 가서 겪었던 카스트 제도의 모순을 토대로 한 이야기였다. 그는 인도의 간디와 버금갔던 '암베드카르' 를 주제로 강연을 진행했다.

암베드카르는 최초로 불가촉천민 출신이면서 인도 최초로 변호사 및 경제학자가 되어 외국 대학을 졸업하고 대학원에서 석 박사 과정까지 마친 수재였다. 그는 인도로 돌아와 고국을 위해 일하기 시작했다. 그는 인도의 헌법을 만들었고, 공식적으로 카스트 제도를 법적으로 철폐하는 데에 앞장섰다. 그는 윤리와 돈이 부딪힐 때 항상 돈이 이긴다는 것이 역사가 보여주었다는 것을 깨닫고, 기득권층(여기서는 카스트 제도의 브라만 계급을 말한다.)이 외부의 강압이 있지 않는 한 절대 자신의 것을 내놓지 않겠다고 주장한다는 것을 알고 있었다. 그래서 비폭력주의자였던 마하트마 간디와는 달리 그는 상대적으로 폭력적이면서도 어찌 보면 정당한 시위운동을 거행했다. 그리고 마침내 카스트 제도를 법적으로 폐지시키는 데에 이르렀다.

카스트 제도의 문제점을 개선하려고 했던 그의 노력과는 달리 지금도 인도에는 카스트 제도가 법적으로는 폐지되었으나 관습적으로는 삶 구석구석에 자리 잡고 있다. 인도에서 저자가 만난 '초투' 라는 남자 아이가 그 예였다. 그는 매우 영특한 아이였다. 그의 책에서 한 단어를 인용하자면

'이브라힘'과 같은 존재였다. 능력 있고 충분히 성공 가능하지만 주변 환경에 억눌려 살아가는 그런 존재 말이다. 그러나 약에 취해 있었던 '이브라힘'과는 달리 '초투'는 언젠가 자신의 종교(힌두교)를 바꿀 수 있는 나이가 되면 불교로 개종하여 카스트 제도에서 벗어나 멀리 다른 곳에서 살 것이라고 말했다.

저자는 리처드 윌킨스의 『평등해야 건강하다』를 언급하며 한 그래프를 보여주었다. 사회적 불평등이 감소할수록 사회 건강 지표가 올라가는 그래프였다. 여기서 우리는 한 개념을 엿볼 수 있었다. 바로 '인도주의(Humanitarianism)'였다. 모든 인간은 인간이라는 점에서 동등한 자격을 갖추고 있다는 생각에서, 인류의 공존을 꾀하고, 복지를 실현시키려는 박애적(博愛的)인 사상.

그러고 나서 저자는 지난해 겨울 사람들을 비탄에 잠기게 했던 송파구 세 모녀 사건, 그리고 밀양의 송전탑 사건, 쌍용 자동차 회사에서 정리해고당해 높은 탑에서 시위하는 두 명의 노동자의 사진을 보여주었다. 그 뒤 관악구 신림동에 위치할 법한 고시원의 모습을 사진으로 보여주었다. 앞길이 창창한 젊은이들이 굶어서, 추워서, 돈이 없어서 홀로 쓸쓸이 죽음을 맞는 현실이 지금 우리나라에서 비일비재하다고 말했다. 더해서 세월호가 바닷물에 잠긴 사진도 보여주었다. 이것들은 현재 우리 사회가 병들어 있다는 것을 너무나도 분명히 보여주었다.

"세상이 아프면 사람도 아프다."를 언급했던 홍창의 의사님의 구절을 저자 이현석 작가는 이렇게 다시 수정했다. "세상이 아프면 너도, 나도 아파야 한다." 그리고 "전통적 불평등, 이를테면 인도의 카스트 제도는 기존의 믿음들을 문제 삼지 않고 수용함으로써 존속하게 된다."를 말씀하셨다. 우리는 기존의 지식에 대해서 끊임없이 질문하고 세상을 변화시켜야 한다고 다짐하며 강의를 끝마쳤다.

　작가가 앞서 언급했던 생각하고 또 생각하고 그에 따른 답을 찾아가는 과정을 지금 내가 겪고 있다. 대다수의 사람들이 걸어간 길, 그리고 '그 길에서 어떻게 세상의 불합리를 개선시킬 수 있을까'며 끊임없이 고민해 온 사람들의 길이 있다. 나는 그 길의 어디에 서 있는 걸까. 지금 우리는 세상이 잘못되어 돌아간다는 것을 깨닫기에 충분한 나이다. 그리고 그 세상을 지금보다 좀 더 낫게 만들기 위해서 비록 '암베드카르'처럼 대규모의 시위운동을 벌일 수는 없을지라도 작게라도 병든 세상에서 발버둥을 쳐 보자. 그리고 그 발버둥은 하나의 질문으로 시작할 수 있을 것이다.

대구여자고등학교 2학년

이주은

'나눔'이란 가지지 못한 자들에게
퍼주는 것을 말하는 것이 아니다.
그것은 힘없는 자들이 더 이상 소외되지 않도록
세상을 함께 바꾸어 나가는 것을 뜻하는 것이었다.

두 번째 만남
(4월 15일)

우리는 왜
철학해야 하는가?

김석수_「한국 현대 실천철학」 저자, 경북대 철학과 교수

강 연 속 한 구 절

"철학함을 포기하는 자는
결코 생의 굴레에서 자유로울 수 없습니다.
우리는 사유해야만 합니다.

'철학함'을 포기하지 마세요."

강연 스케치

오늘의 강연 주제는 '우리는 왜 철학해야 하는가'

100여 명의 학생들이 숨도 쉬지 않고 들었다는. 우리의 강연기록

결사대 수나와 예지의 모습

엄청난 질문들 때문에

질의응답 시간만 장장 한 시간 반이었다는.

철학이

그렇게 매력적인 학문인 줄

처음 알게 되었다는 친구들과 선생님들의 반응

'지적 희열'이

무언지 알게 되었다는 한 학생의 고백

5,6교시 쉬는 시간은

물론 7교시 학급시간까지

온통 질의응답에 보내는 바람에

담임선생님들께

행사 운영선생님이 깊은 사과를 드렸다는 후문이…

〈꿈길〉의 초대장

우리는 왜 철학해야 하는가?

마냥 철학을 어렵게 생각했던 친구들이라면,
철학은 그 이름이 주는 느낌만큼 어려운 학문이 아닙니다.

철학하며 산다는 것은
자기 세계에만 갇혀 있지 않는 것이며,
곧 타인과 친구가 될 수 있게 해주는 것입니다.

'철학하며 산다는 것'에 대한
경북대학교 철학과 김석수 교수님과의
북토크에 여러분을 초대합니다!

김석수 교수님은,
이런 분입니다

　저는 김석수 교수님을 정말 좋아합니다. 물론 교수님은 저를 아마 모르시겠지만, 저는 한때 교수님 강의를 듣고 정말 교수님 같은 사람이 되고 싶다고 생활기록부에 적을 만큼 교수님 강의를 좋아했고, 교수님을 존경하는데요, 제가 왜 그랬는지는 여러분도 강의를 들어보면 충분히 알 수 있을 거라고 장담합니다.

　오늘 강의를 해 주실 경북대학교 철학과 김석수 교수님은 서강대학교 철학과를 졸업하신 후, 칸트를 전공하셨지만 『예루살렘의 아이히만』 등의 저자인 한나 아렌트라는 여류 철학자를 더 좋아하고, 철학의 현실 참여문제에 관심을 가지고 계시며, 정말 웬만한 인문학 관련 행사에는 빠지시면 섭섭한 인문학의 일인자라고 들은 바 있습니다.

　이런 교수님은 경북대학교 인문대학 417호에 가면 만나 뵐 수 있다고 하네요. 제가 짧게 뒷조사한 건 여기까지입니다. 이제 '우리는 왜 철학해야 하는가?'라는 주제로 교수님이 강연을 해 주실 텐데요, 우리 유란인들이 함께 소통하며 좋은 강연을 만들어갔으면 좋겠습니다. 교수님 강연 시작하겠습니다.

우리는 왜 철학해야 하는가?

'왜 우리는 철학을 해야 하는가'에 대한 물음은 '우리는 왜 살아야 하는가'에 대한 물음이 될 수도 있습니다. 하지만 우리나라는 아직 철학에 대해 제대로 인식하지 못하고 있는 실정이죠.

우선, 저의 이야기를 해보자면 저는 고등학교 시험에 떨어진 뒤, 가난한 집안에서 나와 자취를 했었습니다. 그때 자취를 하면서 외로움을 달래기 위해 문학작품을 많이 읽었었어요. 그중에서도 『이방인』이라는 책을 참 감명 깊게 읽었는데, 이방인의 내용 중에 '태양 때문에 사람을 죽였다'는 내용이 있습니다. 제가 이 한 구절의 의미를 몰라 책을 읽으면서도 방황했었습니다. 이렇듯 저는 세상에 순조롭게 적응하고 자라지 못했기 때문에 고민이 많았습니다. 또한 가정살림이 극도로 어려워져 저 혼자 독립문 근처 아주 작은 방에서 살아야 했습니다. 물이 없어 학교에서 세수하며 대학을 다녀야 했습니다. 대학 시절, 삶에 대한 고민이 많았고, 이 고민이 풀리지 않아 괴로워하던 차에 어떤 철학과 교수님의 말씀에 감명을 받아 철학과를 선택하게 되었습니다. 당시에는 철학과를 선택했다는 말을 졸업할 때까지 집에 알리지 못했었죠.

왜 철학을 하게 되었는지 되돌아 생각해 보니 한 강연이 떠오릅니다. 그 강연의 주제는 '소크라테스의 변명'이었는데, 소크라테스가 죽음을 피해 도망가지 않고 오히려 도망가라고 말하는 제자에게 빌린 옆집 닭 한 마리를 갚아달라는 말만을 남겼다는 내용이었습니다. 그런 죽음에 가까운 상황에서도 내가 했어야 했던 일을 못한 것만을 생각하고, 죽음에 대해 두려워하지 않는 소크라테스의 삶의 태도에 굉장히 놀라웠습니다.

이와 비슷한 경우를 칸트의 자서전에서도 찾을 수 있는데, 칸트는 "참 좋도다!" 이 한 마디를 남기고 돌아가셨다고 합니다. 저는 이것을 보고 '우리가 어떻게 그렇게 될 수 있을까'에 대해 고민하게 되었고, 곧 '자유'가 그 답임을 느꼈습니다. 그 자유라는 단어가 40년 동안 저를 따라다녔습니다.

생각해 보면, 우리는 항상 자유롭지 못합니다. 지금 제 앞에 계신 학생 여러분들은 부모님, 학원 등에 의해 잠을 잘 수 있는 자유가 없습니다. 또 우리는 건강하고 싶은데, 내 몸에는 건강할 자유가 없죠. 근심, 걱정에 대해서도 자유롭지 않습니다. 우리는 아직 젊지만 나이가 들수록 죽음이 다가올 것이기에, 산다는 건 이미 죽으러 가는 것입니다. 죽음, 그 무서운 것에서 우리는 어떻게 자유로울 수 있을까요? 죽음뿐만이 아니라 경제적 궁핍에서도 나는 어떻게 자유로울 수 있을까. 독재 앞에서 정치적 자유는 어떻게 찾을까. 이것이 저의 철학의 시작이고 끝자락입니다. 공부는 왜 하는가. 출세, 권력, 좋은 집, 많은 돈을 벌면 자유로울까. 저는 오늘 여러분들과 이런 고민을 나눠보려 합니다.

우리는 궁극적으로 기쁘기 위해 노력하고 공부합니다. 마음의 괴로움은 '고(苦)'이며, 몸의 괴로움은 '통(痛)'입니다. 고통 자체가 마음의 '고'와 몸의 '통' 이라는 두 의미를 담고 있는 것입니다. 그래서 마음이 아프고 몸이 아프면 기쁘지 않죠. 몸이 건강하고 마음이 평화로워야 기쁠 수 있습니다. 몸은 운동을 하면 건강해질 수 있어요. 그런데, 몸뿐만 아니라 마음도 운동해야 건강해진다는 것을 아시나요?

그래서 필요한 것이 인문학인 것입니다. 인문학의 원래 뜻은 'liberal arts' 인데, 곧 '자유를 위한 인위적 활동' 이란 뜻입니다. 그래서 인문학 활동이란 바로 자유를 위한 활동인 것입니다.

공부에도 여러 공부가 있죠. 크게 자연과학의 자연 공부, 사회과학의 사회 공부, 인문학의 인간 공부로 나눌 수 있습니다.

우선, 사회과학에서 공부하는 내용이란, 사회 속의 나는 어떤 조직 안에 들어가 있고, 우리는 어떤 하나의 권력기구 속에 살고 있는지에 대한 것이라고 할 수 있습니다. 우리는 자연뿐만 아니라 권력으로 향해 있는 인간들과 함께 살고 있기에 이런 사회과학에 대한 공부는 당연히 필요합니다. 하지만 정치, 법, 경제, 공부에는 사회과학 공부뿐만 아니라 인간 공부도 있습니다. '나란 존재는 무엇인가' 에 대해 생각해 봅시다. '나' 는 내가 누구인지 '알 수 없는 나' 입니다. 우리는 자연 속에, 사회 속에 살아야 하는 인간이기에 자연과학, 사회과학 공부를 합니다.

하지만 자연적 조건, 사회적 조건이 우리 모두에게 맞아도, 즉 우리가 경제적으로 풍요롭고 안전하고 좋은 자연환경 속에 살아도 외롭습니다. 한 가지 예를 들어볼까요? 요즘 저는 여러 사람들을 상담하고 있는데, 저의 상담수업은 참여하는 사람들이 자신들의 신분을 밝히지 않은 채, 자신들의 아픔을 적어내게 하여, 이를 모두에게 읽어주면서 진행합니다. 한 사람의 상담 내용을 말해 보자면, 그 사람은 4살 때 아버지가 어머니를 허리띠로 폭행하는 걸 보게 되면서 그때부터 아버지로부터 공포를 느끼게 됩니다. 하지만 문제는 그것에 그치지 않고 그 증상이 모두에게로 확장되어 그 사람이 모든 사람들을 공포의 대상으로 보게 되었다는 것입니다. 이 사람은 경제적으로는 남부럽지 않은 환경에서 자랐지만, 결국 자기 자신도 통제할 수 없는 극심한 트라우마를 갖게 되었죠. 이 사례와 같이 나의 마음을 알아주지 않는 부모는 돈이 많아도 아쉽습니다. 이러한 근원적 고독, 이것을 파고들면 인문학이 됩니다. 우리가 문학, 철학, 역사를 공부하는 이유는 이렇게 외적 조건이 충족되어도 채워지지 않는 내 안의 근원적 고독을 극복하려고 노력하기 때문이겠죠.

사실 우리의 공부의 대부분은 별이 떨어지는 것을 관찰하는 물리적 사실, 배가 아픔을 느끼는 신체적 사실, 사회의 체제로부터 어려움을 느끼는 것과 같은 것들을 다루는 자연과학과 사회과학에 관계합니다. 하지만 우리는 튼튼한 집뿐만 아니라 아름다운 집에도 살고 싶어 합니다. 이처럼 인간은 가치를 지향합니다. 이 가치의 영역을 사회과학도 자연과학도 아닌, 바로 인문학이 다룹니다. 마음이 아프다는 것은 약과 수술로 치료할 수 있는 '사실'이 아닙니다. 그래서 마음에 대한 공부가 필요합니다

하지만 우리는 당장의 돈과 권력을 얻기 위해 몸에 대한 공부만을 많이 하죠. 이에 관한 재미있는 이야기가 있는데, 한 번 들어보세요. 어느 날 철학과와 X과가 농구 경기를 했대요. X과 학생은 농구를 하면서도 어떻게 하면 경기에서 승리할 수 있을지에 집중하였습니다. 그런데 철학과 학생은 '공이 왜 둥글지? 이걸 해서 이기면 무슨 의미가 있지?'를 생각하다가 공을 뺏겼다고 해요. 이걸 좀 더 넓게 생각하면, X과 학생은 이렇게 농구뿐만 아니라 모든 영역에서 경쟁을 통해 승리하는 능력을 갖추게 될 것입니다. 하지만 X과 학생은 현실의 삶에서는 승리하는 탁월한 능력을 갖추려고 애를 썼지만, 자신의 존재가 상실될 죽음의 문제에 대해서는 깊이 고

민하지 않았기 때문에, 그에게는 죽음이 두렵게 느껴질 것입니다. 반면 철학과는 일생을 계속 고민하며 살았고, 끊임없이 삶의 이유를 찾으려고 했기에, 죽음을 맞이할 때 X과 학생과는 다른 자세를 가질 것입니다. 이에 대한 소크라테스의 유명한 말이 있습니다.

"나는 죽으러 간다. 너희들은 살아서 산다. 그러나 누가 죽고 누가 살았는지는 모른다. 살았다고 산 게 아니고 죽는다고 죽는 게 아니다."

이 말이 대체 무슨 뜻일까요? 잘 모르겠으면, 또 다르게 생각해 봅시다. 오늘날 대학을 가려고 하는 학생들 중 많은 학생이 현실 권력, 자본과 관련된 학과를 가려고 합니다. 하지만 과연 이런 선택이 반드시 행복을 안겨줄까요?

제 지인 중에 의사가 있는데, 지금 갑자기 철학 공부를 합니다. 치과의사인데 아침부터 저녁까지 사람들의 입만 쳐다보며 세월을 보내니, 문득 '내가 왜 살까? 나는 감방 생활을 하는 것과 다르지 않은가' 라는 생각이 들었다고 합니다. 오늘날 전문직에 종사하는 사람들 중 많은 사람들이 이런 삶의 무의미 때문에 몸부림쳐요. 돈을 버는 게 나쁜 것은 아닙니다. 오히려 돈이 없으면 살 수 없죠. 그렇기에 '사실'에 대한 공부를 해야 합니다. 하지만 그 다음이 문제입니다. 비록 돈 잘 버는 남편일지라도 집에 와서 자신의 아내와 대화하지 않을 경우, 그 아내는 극도의 외로움에 시달리게 될 것입니다.

이렇듯 경제적 풍요로움, 혜택이 있어도 내 마음 안에 고통이 해결되지 않으면, 우리는 행복하지 않습니다. 그래서 우리는 단순한 사실뿐만 아니라 가치를 추구해야 합니다. 그중에서도 선한 가치를 추구해야 하는데, 그

선한 가치에 대한 문화에는 크게 종교적, 윤리적, 예술적 문화가 있습니다. 이러한 여러 범주의 문화에서 우리는 아름다운 가치, 즉 선한 삶에 대한 가치들을 찾아 살아갑니다. 그렇기 때문에 우리는 때로는 선하지 않은 마음으로부터 상처를 받을 때도 있습니다.

철학이 이 상처와 마음의 아픔을 해결하는 데 도움을 줄까요? 잘 모르겠죠? 그건 몰라도 철학이 영어로 '필로소피(philosophy)'라는 것은 모두 알 것입니다. 그 단어의 각각의 의미를 살펴보면, '필로스(philos)'는 사랑을, '소피아(sophia)'는 지혜를 의미합니다. 즉, 필로소피, 철학이란 지혜를 사랑하는 것입니다. 이것이 사실에 대한 탐구인 공부 또는 지식과 같지는 않습니다.

하지만 물을 가난한 친구에게 주는 것은 선한 가치의 추구이며 지혜를 탐구하는 것입니다. '가치를 고민하는 탐구'가 바로 지혜입니다. 가치를 사랑하는 것이 바로 철학입니다. 다시 생각해 보세요. 철학이 우리 삶을 가치 있게 만드는 데 도움을 줄까요?

난 사람은 잘난 사람이지만, 동시에 이기적이며 덜 된 사람일 수 있습니다. 왜냐하면 그 사람은 남에게 가치를 추구하는 삶을 살지 않을 수 있기 때문입니다. 이런 사람은 철학, 지혜를 사랑하는 사람이 아닐 수 있기 때문입니다. 내가 가진 지식을 분석하고 평가해, 사람다운 삶을 고민하는 것이 바로 지혜로운 사람입니다. 요즘은 배운 사람이 더 못된 사람이 되는 경우를 종종 경험할 수 있는데, 이는 '지혜'를 추구하지 않고 '지식'만 추구했기 때문입니다.

지식을 많이 가진 사람일수록 내가 배운 지식을 어떤 가치를 실현하는 데 이바지해야 할까 고민해야 하는데, 오히려 지식을 통해 가진 돈과 권력이 결국 무기가 되어버린 것이죠. 단지 지식을 배우는 데만 연연하기보다는 배운 지식을 되돌아 볼 때, 우리는 지혜로운 사람이 됩니다.

얼마 전 모 기업의 대표가 자살하는 사건이 있었습니다. 권력도 가지고 있고 돈도 많은데, 도대체 왜 자살이란 극단적인 선택을 했을까요? 삶의 가치에 대한 고민보다 외적 조건에 지배되어 자신의 정체성을 잃었기 때문입니다.

돈만 추구하면 돈에 지배받고, 권력을 추구하면 권력에 지배받게 마련이죠. 어쩌면 이 대표는 삶의 마지막 문턱에서 이렇게 되어버린 것이 아닐까요? 사람이 있는 곳에 돈과 권력이 있습니다. 반대로 사람이 없으면 돈도 권력도 없습니다. 사람을 얻어야, 가지고 있는 돈도 권력도 안전하게 유지할 수 있습니다. 그래서 사람을 얻어야 하는 것이 가장 중요한 것입니다. 내 사람을 얻는 것이 그리 쉽지는 않죠. 우선 마음을 정화시켜야 사람을 얻을 수 있습니다.

그런데 내 마음을 어떻게 맑게 하죠? 농사를 지어보면 언제 씨를 뿌리고 물을 주고 거름을 줘야 하는지 처음에는 모르지만 자꾸 하다보면 감이 와요. 내 마음을 맑게 하는 일도 농사랑 비슷해요. 마음의 땅에도 씨를 뿌리고 물을 주고 거름을 줘야 해요. 마음의 농사를 짓는 일은 자꾸 농사를 지어 요령을 얻듯이 마음공부를 많이 해야 언제 수확을 얻을지 알 수 있어요. 마음은 대상이 아니기 때문에 현미경을 비춘다고 보이지 않습니다. 자연과학은 대상이 있어야 연구할 수 있지만 인문학은 다릅니다. '천 길 물속은 알아도 사람 마음속을 알 수 없다.'는 말이 있듯이 자연과학 공부만을 계속 한다고 사람 마음을 알 수는 없습니다. 제도나 법 등 사회적 체계를 많이 연구하는 사회과학도 사람의 마음을 제대로 파악할 수는 없죠. 왜냐하면 사람의 마음을 이런 체계 속에 예속되어 있지 않기 때문이죠.

정치나 경제에서 중요한 역할을 하는 분들이 사람의 마음을 알기 위해 인문학을 공부하곤 합니다. 아무리 좋은 물건이라도 사려고 하는 사람의 마음을 얻지 못하면 팔 수 없는 법이죠. 기술만으로는 사회 속에서 계속 버틸 수가 없습니다. 왜냐하면 나이가 들면 기술력을 계속 유지하는 것이 어렵기 때문입니다. 기계가 아닌 사람의 마음을 다스릴 수 있는 능력이 있어야 나이가 들어도 자기의 자리를 잘 유지할 수 있습니다. 사람의 마음을 못 읽어내면 아무것도 해낼 수가 없습니다. 사람의 마음은 가치를 추구합니다. 가치를 추구하는 그 마음을 읽어내야 하는 것이죠. '파블로프 실험' 처럼 가치에 대한 고민이 없는 현상은 쉽게 분석될 수 있습니다. 하지만 인간은 가치에 대해 고민하므로, 분석될 수가 없습니다. 이것이 사람의 마음을 자연과학, 사회과학으로는 알 수 없는 이유입니다.

그럼 사람의 마음은 어떻게 열 수 있을까요? 바로, 스스로 마음을 열게 하는 것이 답입니다. 그러려면 우선, 마음을 열어주기를 기대하는 사람에게 믿음 있는 사람이 되어야 합니다. 신뢰 가는 존재가 되는 것은 어떻게 선한, 아름다운, 성스러운 존재가 될 것인지에 대한 것입니다. 바로 철학이죠.

철학과에는 '인식론' 이라는 학문이 있는데, 이 학문에서는 '이 세상에 참으로 있는 것은 무엇일까. 참으로 존재하려면 존재하다가 사라져도 되는가?'와 같은 주제에 대해 탐구합니다. 이 학문을 가장 잘 설명해 줄 수 있는 것이 석가의 말 한 마디입니다. 석가는 인생이 뭐냐는 아난존자의 질문에 '망망대해에 파도가 치는데 바다 위를 날던 바다 새가 물결에 다가와서 잠시 스치고 지나간 발자국과 같다.' 라고 말했다고 합니다. 이 말처럼 이 억만급의 세월 속 여러분은 먼지 티끌에 불과합니다. 우리가 진짜 갖는 것은 무엇인가요? 권력, 재물은 사라집니다. 무엇이 남을까요? 여러분, 타이타닉이라는 영화 보셨나요? 타이타닉이라는 영화는 우리에게 '우리 몸은 가지만 당신과의 약속은 영원하다.' 는 의미를 줍니다.

그렇기에 서양의 학문 중 학문은 가히 철학이라 말할 수 있습니다. 철학은 모든 학문의 뿌리이기 때문입니다. 프랑스는 사람들이 어릴 때부터 가치관을 키워 사람의 마음을 파악하는 연습을 하도록 하며, 나아가 타인을 자기 사람으로 만드는 능력을 키우게 합니다. 우리도 프랑스처럼, 여러 유럽의 나라들처럼 철학 책을 읽어야 합니다. 어려운 일이 아닙니다. 시간 날 때마다 철학책을 읽게 되면 공부에 도움이 될 뿐만 아니라 미래를 펼쳐가는 데에 이 철학 책들이 좋은 안내자가 되어 줄 것입니다.

아무 생각이 없는 것은 철학이 없는 것입니다. 콜럼버스는 신의 영역이었던 바다를 개척했습니다. 이것은 단순히 영토를 발견한 것이 아니라, 자연에서 신을 뺀 사고를 개척한 것입니다. 뉴턴은 만유인력의 법칙을 발견해 신의 영역이었던 자연을 기계로 만들었고, 자연을 인간이 정복하는 세상을 만듭니다. 하지만 아직도 우리에겐 자연에 신이 있다는 뉴턴 이전의 세계관이 어느 정도 남아있죠. 동양의 근대화가 늦었던 이유도 자연에서 신을 빼는 게 늦었기 때문입니다. 콜럼버스가 신대륙을 발견하고, 뉴턴이 떨어지는 사과를 보고 만유인력 법칙을 생각해낸 것에서 우리는 자연과 인간의 관계에 대한 엄청난 변화를 알아차려야 합니다. 우리는 자연과학적 지식을 단순히 외우는 방식으로 공부해서는 안 됩니다.

이렇게 역사와 철학을 바탕으로 공부해야 제대로 공부한 것입니다. 이렇게 공부해야 세상을 보는 눈을 가질 수 있습니다. 이렇듯 철학공부는 학습효과도 높이고 사람의 마음을 알게 해줍니다. 철학은 진정한 자유를 가진 인간으로 살아가는 데에도 많은 도움이 될 것입니다. 우리는 철학을 해야 합니다.

우리가 묻고, 인문학이 답하다

Q. 나는 누구인가라는 질문에 이름이나 신분, 나이로 답하는 것은 내가 누구인지가 아니라 나의 정보에 대한 것 같은데요, 그렇다면 나는 누구인가에 대해 어떻게 답해야 하는지 궁금합니다. 변예나

A. 나는 누구인가로 묻지 말고 '나는 누구여야 하는가.'라고 물으세요. 나는 누구인가에 대해 답하기란 거의 불가능하기 때문입니다. 우리는 우리가 스스로를 만들고 세상에 나오지 않았죠. 즉, 내 뜻과 무관하게 태어났기에 내 뿌리를 찾아 올라가도 근원적으로 의식하기 어려운 사실에 봉착하게 됩니다. 그렇기에 '내가 누구인지 알고 싶은 나'를 쳐다봐야 합니다. 쳐다보는 내가 있고, 쳐다보이는 내가 있습니다. 보고 있는 내가 있고, 보이는 내가 있습니다.

여기서 '보이는 나'란 '현상적 나'이고, '보는 나'는 '본래적 나'라고 할 수 있습니다. 보이는 나를 보았을 때 나를 다 보았다고 만족할 수 없습니다. 그렇기 때문에 보이고 있는 나를, 보고 있는 나를, 제대로 봐야 합니다. 그렇다면 보이는 나와 보는 나가 또 바뀔 수 있습니

다. 나는 나를 대상화할 수 없습니다. 내가 어디서 왔고 어디로 가는지 알 수 없습니다. 그렇지만 내가 살아야 한다면 나는 어떤 나여야 합니까? 잊혀버리는 존재가 아니라 보고 싶은 존재가 되려면 남들에게 고마운 사람이 되어야 합니다. 그게 바로 내가 살아야 할 이유입니다. 그래서 '내가 누구여야 하는가'가 훨씬 더 중요한 과제일 것입니다.

Q. 동아리에서 『이방인』을 읽고 독서토론을 했습니다. 저희들 또한 햇빛의 의미를 결국 이해하지 못했었는데, 그게 어떤 의미를 갖고 있나요? 이가영

A. 그걸 깨치는 데 나도 시간이 아주 오래 걸렸습니다. 스스로 깨친 답이 실제 답이 아닐지도 모르겠습니다. 니체가 한 말 중 가장 강력한 선언은 "신은 죽었다."인데 여기서 신이 하늘을 상징한다고 할 수 있습니다. 그러니 니체의 말은 "대지를 사랑하라."라는 말인 것입니다. 불멸하고 영원하고 죽지 않는 정신의 나라가 태양(천당, 남자)으로 보통 비유되고 죽고, 고통 받는 육체의 나라가 땅(지옥, 여자)으로 보통 비유됩니다. 그러니까 우리 세계는 태양 중심의 문화인 것입니다. 그리고 이런 문화가 귀족을 만들었습니다. 그 외의 귀족이 아닌, 버림받은 인간들의 분노는 시민혁명을 만들어냈습니다.

니체는 이런 사회구조를 전복하려고 했습니다. 그러니까 까뮈의 『이방인』에 나타나는 '태양 때문에 사람을 죽였다'는 표현은 남성, 정신, 귀족주의, 부조리에 대한 분노의 분출이라 할 수 있는 것이죠.

Q. 교수님께서 철학책을 읽어보라고 하셨는데, 어떤 책이 철학책인

가요? 박시언

A. 모든 책이 철학책이 될 수도 있습니다. 우리가 배우는 교과목으로도 철학 강의가 가능합니다. 또 책을 어떻게 읽느냐에 따라 그 책이 철학책이 될 수도 있고, 안 될 수도 있죠. 현상을 보는 데서 머무르지 않고 현상의 뿌리를 보는 책이라면 모두 철학책입니다.

Q. 학생들은 '통'을 해결하기 위해 대학에 진학하려고 하고, 또 그게 현실적이라고 배웠는데요, 학생들이 '고(苦)'와 '통(痛)' 중 무엇을 먼저 해결해야 할까요? 김나영

A. 물론 '통'과 '고', 둘 다 해결하는 게 중요합니다. '통'과 '고'는 분리되지 않고, '통'은 '고'를 낳고, '고'는 '통'을 낳습니다. 우리는 '통'을 해결하는 직업을 가질 수도, '고'를 해결하는 직업을 가질 수도 있습니다. 여러 가지 직업들이 있을 수 있습니다. 그런데 우리가 대학을 진학하기 위해 배우는 것들이 모두 '통'에 몰려 있다는 것이 문제이죠. 나이가 들수록 '고'에 관한 것이 더 중요한데, 우리는 이것을 놓치고 있는 것입니다. 말로, 생각으로도 뿐만 아니라 몸을 통해서 '고'를 해결하는 것도 중요합니다. 논리적 사고뿐만 아니라 몸으로 교감을 나눌 때도 치유가 되며 몸으로 교감을 나누는 것도 굉장히 중요하다고 할 수 있습니다.

Q. 철학을 하는 가장 효과적인 방법이 무엇이라고 생각하시나요? 책이나 영화 같은 심오한 주제의 매체를 통하는 것, 혼자서 끝없이 생각하는 것, 일기를 쓰는 것, 다른 사람들과 토론하는 것, 교수님은 어떤 스타일이신가요? 이수나

A. 일단 책을 많이 읽고, 많이 생각하고, 고민하세요. 일반적인 철학 책이 어렵다면, 요즘 청소년을 위한 철학책도 많이 나왔어요. 그런 책을 먼저 읽고, 주변의 사물이나 사람들의 관계에 대해 끊임없이 고민하고 살펴보세요.

교수님, 고맙습니다!

김우주 공부를 하는 것에 대해 다시 생각하게 되었고, 앞으로는 우리에게 실제로 중요한 가치에 대해서도 생각을 해 봐야겠습니다. 이번 강의를 통해 많은 생각을 하게 되어 좋습니다.

김기량 철학은 막연히 어려운 학문이라는 생각을 했는데 책을 읽음을 통해 쉽게 접할 수 있었습니다. 그리고 모든 것의 뿌리를 공부하는 것이 철학이고, 고통을 극복해 기쁨을 얻기 위해, 타인의 마음을 얻어 좋은 관계를 만들기 위해 철학을 공부한다는 것을 깨달았습니다.

김나영 나는 정말 공부했던 적이 있었나에 대해 생각해 보는 기회가 되었습니다. 앞으로는 공부하는 이유에 대해서도 생각하는 사람이 되겠습니다. 고맙습니다.

장은영 사람이 우선인 삶을 살아야 한다는 가르침을 주셔서 고맙습니다. 저도 평소에 내가 누구인지에 대해 많이 생각을 하고 답답한 마음에 우울해

하기도 했는데 '내가 누구여야 하나'를 생각해 보며 살아야겠어요. 교수님의 강의를 듣게 돼 영광이었습니다.

박예지 내가 지금까지 '인문학', '철학'이라는 것을 단순히 학문으로만 생각해 왔던 것 같습니다. 철학이라는 이름이 주는 느낌이 굉장히 지루하게 느껴졌었는데 친구들을 사귀고 사람을 대하는 방법 모두가 철학이라는 것을 알게 되었습니다. 지금만 해도 공부와 부모님으로부터 '내가 자유롭구나.'라는 생각이 안 드는데 철학이 우리를 자유를 가진 인간으로 살아가게 해 준다는 교수님의 말씀이 감명 깊었습니다.

익명 교수님의 강의 재미있게 들었습니다. 고등학교에 처음 들어와서 듣는 인문학이고 아직 낯설지만 듣다 보니 인문학의 필요성과 철학의 매력을 알게 된 것 같습니다. 교수님께서 말씀하신 '철학을 배우면 자유로워진다.'는 말은 정말 인상 깊었습니다. 앞으로 인문학에 관해 책도 많이 읽고 교수님의 말씀도 기억하겠습니다. 감사합니다.

이수나 권력과 부만 쫓으며 바쁘게 살아가는 현대인들에게 진정한 삶의 가치를 깨닫게 해준 아주 소중한 시간이었습니다. 대학에 가기 위해, 좋은 직장을 얻기 위해, 돈을 좀 더 많이 벌기 위해 공부를 하는 저희들에게 지식만 쌓지 말고 인생을 살아가는데 필요한 지혜도 쌓으라고 말해 주시는 것 같아서 많은 조언이 되었습니다.

박시언 사는 게 뭔지, 내가 왜 이렇게 하는지, 내가 하고 있는 게 뭔지 고민하던 저 같은 경우에 방향을 가르쳐주는 분을 만나서 정말 좋았어요.

최민영 평소에도 철학에 관심이 많아서 누구보다 철학에 대해선 자신 있을 정도였습니다. 그러나 교수님의 말씀을 듣고 '난 아직 많이 부족하구나. 부끄럽고 창피하다.' 라고 느낄 정도로 많은 깨달음을 얻었습니다. 진정한 삶의 가치, 난 누구여야 하는가, 어떻게 존재하는가에 대해 생각하게 되었습니다. 앞으로도 철학에 관심을 가지고 어떤 생각을 해야 하는지 깨닫게 되었습니다.

김민지 흘러가는 인생을 좀 더 의미 있게 살 수 있게 한 강의였던 것 같습니다. 평소 잘 접할 수 없었던 인문학에 대해 이야기 나누어 볼 수 있어서 좋았고 또 멀게만 느껴졌던 철학을 우리의 삶과 밀접하게 관련지어서 알 수 있어 좋았습니다. 특히 인상 깊었던 것은 지혜와 지식에 대한 것이었습니다. 현재 지식만 배우고 있는 자신을 반성하고 지식뿐만 아니라 지혜를 추구할 수 있는 방법을 생각해 봐야 할 것 같습니다.

박예림 들으면 들을수록 더 집중되는 강연이었습니다. 특히 강연 끝부분에 우리가 공부했던 것을 두고 왜 배웠으며 배운 것이 무엇인지 물어보셨는데, 그때 뭔가 정신이 번쩍 들었어요. 철학이 뭔지 아예 모르고 살았던 제가 부끄러워지는 순간이었습니다. 죽음이 앞에 와도 편안한 마음을 가질 수 있도록 앞으로는 철학에 더 관심을 가져야겠다고 생각했습니다.

김다영 짧은 시간이었지만 평소에 지루하다고 생각했던 철학의 새로운 모습을 알 수 있었습니다. 모든 학문의 뿌리가 철학이라는 것이 놀라웠고 저도 이 학문을 통해 저의 진로를 표면만 보는 것이 아니라 근본원리를 알아보고 싶다는 생각을 했습니다.

박진수 철학이라는 학문은 어렵고 어려워서 비인기 학문이라고만 생각했었습니다. 그러나 오늘 강연을 통해 모든 학문과 상황에 철학이 필히 연관

되어 있고 중요하다는 것을 알게 되었습니다.

<u>허세은</u>　항상 철학은 별 쓸모도 없고 정의니 자유니 하면서 폼만 잡는 학문이라고 생각했습니다. 하지만 이번에 김석수 교수님 강연을 듣고 생각이 바뀌게 되었습니다. 매일 공부를 하면서도 내가 왜 피곤한데 공부를 하는지, 싫어하면서도 부모님이 시키니까 하는 건지 하면서 여러 가지 생각을 했었는데 교수님 말씀을 듣고 보니 평소에 아무 생각 없이 외우기만 했던 상식들이 이 세상에 다양한 역할을, 그리고 나에게까지 나도 모르는 사이 많은 변화를 가져온 것이라는 걸 깨우친 것 같습니다. 이번 강의를 통해 솔직히 마음이 싱숭생숭해진 것 같고 다양한 물음에 대해 생각해 보게 되었습니다.

<u>이가영</u>　김석수 교수님의 강의를 듣고 나니 철학의 중요성을 깨달았고, '진정한 인생의 의미가 무엇일까', '어떤 가치를 추구해야 할까' 생각해 보는 계기가 되었습니다. 앞으로 제가 살아갈 인생의 참된 의미를 알아가는 데 큰 도움이 된 것 같습니다.

<u>최지윤</u>　개인적으로 철학이라고 하면 굳이 신경 쓸 필요 없는, 신경 쓰지 않아도 잘 돌아가는 자연의 섭리에 거창한 질문을 던지고 구석에서 계속 답도 나올 일이 없는 걸 생각하고 있는 것이라고 생각해 왔습니다. 그러나 강의를 듣고 의외로 철학은 우리 가까이에 있으며 인간의 행복과 본질을 위한 자그마하고 수수한 질문에서도 시작할 수 있다는 것을 알게 되었습니다.

<u>홍해현</u>　철학책을 동아리에서도 읽고 있고 요즘 조금 알게 되었어도 따로 강의를 듣는 시간이 마련된다고 했을 때 크게 관심을 갖지는 않았습니다. 하지만 들으면서 점점 철학의 중요성과 정확히는 아니지만 철학을 배운다는 것이 어떤 느낌인지 알게 된 것 같습니다. 사실 중간에 깜빡 잠이 들었지만 새

로운 것에서 관심을 가지고 지식을 얻는 이 시간은 유익한 시간이었습니다.

김소연 철학이 어떤 것인지 제대로 몰랐지만 이번 기회에 조금이라도 더 잘 알게 되었고 솔직히 저에게는 조금 어려운 내용이라서 이해하지 못한 내용도 있었지만 스스로에 대해 더 생각해 볼 기회가 된 것 같아 듣기를 잘한 것 같습니다. 앞으로 이런 기회가 생긴다면 또 듣고 싶어요.

이정아 철학에 관해서 대충 들어만 봤지 이렇게 자세하고 전문적으로 강의를 들은 건 처음이라서 잠이 많이 오는 5~6교시인데도 불구하고 교수님이 흥미롭게 가르쳐 주신 덕분에 졸지 않고 재미있고 인상적으로 들은 것 같아요. 철학이라는 학문을 너무 딱딱하게만 생각하고 흥미를 갖지 않았는데 이렇게 구체적으로 설명을 들으니까 흥미가 생기고 앞으로 더 접해보고 싶은 마음이 들었습니다.

김민주 동서양 고전 특강수업을 들었을 때, 교수님의 '한나 아렌트' 수업 때 아파서 듣지 못했는데 그게 아쉬울 정도로 너무 알차고 재미있는 강의였어요. 기쁨을 추구하는 사람이 되고 싶은데 아직은 고통이 너무 많은 것 같다는 생각이 들었습니다. 그래도 삶에서 어떻게 기쁨을 추구해야 하는가에 대해 조금이나마 알게 되어서 기뻤어요.

익명 철학을 단지 사람에 대해 자신만의 생각을 탐구하는 학문이라고 생각했었는데 오늘 강의를 듣고서야 지금 우리들이 공부를 하면서, 살아가면서 가장 필요한 것이란 걸 깨닫게 되었습니다. 감사합니다.

정지연 이제까지 공부했던 것을 되돌아보는 계기가 되었습니다. 내가 진짜 공부해서 권력을 갖고 싶었던 것이 아닌가, 돈을 원했던 것은 아닌가, 후회

하고 반성해 보는 계기가 되었습니다. 앞으로 공부해야 할 방향을 새로 잡은 날이 된 것 같습니다.

정혜림 먼저, 저희 학교에 오셔서 이렇게 좋은 강의를 해 주셔서 감사합니다! 평소에 철학이라고 하면 깊이 있고 어려우며 다가가기 어렵고 접하기 힘든 것이라고 느꼈는데, 생각보다 우리의 삶과 관련이 있고 살아가는데 필요하다는 것을 알게 되었고, 철학의 깊은 곳까지는 배워 보지 않았지만 생각한 것보다 훨씬 재미있고 한번 깊게 배워보고 싶은 생각도 들게 된 계기가 된 것 같아요.

신주희 내가 왜 공부해야 하는가에 대한 물음을 생각하게 되었습니다. 내가 공부해서, 대학에 들어가서, 돈을 벌고, 결혼을 하고, 그 다음엔 뭐가 있는지, 난 무엇을 위해 살고 있는지에 대한 물음을 던져 주셨습니다. 내 삶에 대한 회의감을 느끼게 된 강연이었습니다.

오수현 사람 마음을 얻는다는 부분이 매우 인상 깊었습니다.

김보겸 먼저, 바쁜 시간을 쪼개서 와주신 교수님께 감사드립니다.^^ 철학이라는 과목이 평소에 접해볼 기회가 없어서 미지의 세계 같은 느낌이 있었는데 강의를 듣고 난 뒤에는 실생활에 관련이 많다는 것을 알게 되었습니다. 저희들에게 좋은 기회를 주신 교수님께 다시 한 번 더 감사드립니다.♡

김서영 교수님 좋은 강의 정말 잘 들었습니다. 철학을 한다는 것, 삶을 살아간다는 것, 사람이 사람을 대하는 모든 순간들이 철학이었음을 이제야 알았습니다. 앞으로 어떤 일을 하며 살아가더라도 그 뿌리에 대한 사유를 멈추지 않겠습니다. 고맙습니다.

초청 강의를 듣기 전, 동아리에서는 『생각한다는 것』이라는 청소년용의 철학책을 강의 전에 읽어보라고 나눠주었다. 사실 책을 받아들고는 읽을까 말까 고민했었다. 당시에는 시간도 없었고 이보다 할 것이 많았기에 신경 쓰지 않았었다.

그렇게 시간이 흐르고 강의 날이 되었다. 경북대학교 철학과의 교수님이 오신다고 해서 일단 '우와!' 하는 마음을 갖고 있었다. 하지만 한편으로는 걱정도 되었다. 내가 생각하는 철학이란 엄청 똑똑하고, 그래서 자신만의 세계에 빠져 있는 사람들이 하는, 그런 학문이었다. 익히 들어 알고 있는 소크라테스, 데카르트, 니체 같은 사람들이 남긴 명언들도 나에겐 항상 이게 무슨 말인가 하는 혼란을 가져다 줬었다.

그래서 이번 강의도 내가 혹여나 이해를 못하고 또 바보처럼 앉아 있는 것이 아닐까 하는 걱정이 정말 많이 들었었다. 하지만 내 걱정은 수포로 돌아갔다. 일단 김석수 교수님은 매우 유쾌하신 분이셨다. 등장하는 동시에 넌지시 던지시는 인사말에도 여유로움과 유쾌함이 묻어 나왔다. 강의를 이어 진행하시는데 시간가는 줄 모르면서 들었던 것 같다.

일단 철학이 우리가 생각하는 만큼 어렵고 심오한 학문이 아니라는 것을 기본으로 깔고 시작하셔서 그런지 강의 내용도 술술 더 잘 들리는 것 같았다. 철학이란 무엇인가라는 말에 깔끔하게 '무엇이다' 라고 정의할 순 없지만 느낌으로 알 수 있었다. 무엇이던 간에 그 근원을 찾으려고 한다는 느낌이었다. 항상 '왜', '어찌하여' 라는 말로 시작하는지 알 수 있을 것 같았다. 예를 들어 나는 누구인가처럼 심오한 근본을 찾으려 하는 것 말이다.

철학 이야기를 하면서 이것저것 관련된 다른 이야기들도 많이 해주셨는데, 그것들이 정말 내가 이때까지 이해하지 못했었던 궁금증 및 의구심을 깨어 주었다. 일단 소크라테스가 왜 '너 자신을 알라.' 라는 말을 했는지, 데카르트가 한 말인 '나는 생각한다, 고로 존재한다.' 라는 말의 뜻과 교수님의 다른 관점의 의견, 니체의 '신은 죽었다.' 라는 말의 뜻 등 너무너무 도움이 많이 되었다.

일화나 뜻, 다른 관점의 의견 등을 듣고 나니 어렵게만 생각되었던 철학이 '그렇게 어렵진 않네. 생각보다 괜찮네.' 라는 생각을 들게 만들었다. 한편으로는 저 짧은 말이 깊은 의미를 내포하고 있다는 것이 나로 하여금 다시 감탄하게 만들었다.

교수님의 강의는 정말 정신없이 술술 흘러가서 어느덧 질의응답 시간이 되었다. 우리 학교 학생들이 한 질문들이 여러 개가 있었는데 그중 첫 번째로 인상 깊었던 것은 '나는 누구인가.' 라는 말에 '개인이 갖고 있는 이름, 성별, 나이, 직업 등이 답변이 될 수 있는가.' 라는 질문이었다. 사회 시간에 배운 걸로 보아 저런 것들은 답변이 될 수 없다고 생각은 했었다. 교수님은 학생이 한 질문에 매우 철학적인 질문이라며 칭찬을 해주셨다.

교수님은 '나는 누구인가.'라는 말보다는 '내가 누구여야 한다.'를 생각해 보라고 답변해 주셨다. 아직 아무도 '나는 누구인가.'라는 말에 대한 해답을 찾진 못한 것 같았다. 내 생각에도 내가 누구인지 말이나 글로 형용하여 표현하기란 쉽지 않은 것 같다.

두 번째로 인상 깊었던 것은 우리 프로네시스 동아리 회장이 질문하였던 책 『이방인』에서 '왜 뫼르소가 햇빛 때문에 아랍인을 쏘았다는 말을 했는가' 였다. 우리 동아리에서 바로 전 주에 『이방인』이라는 책을 주제로 토론을 한 적이 있었는데 그때도 풀리지 않는 수수께끼였다. 교수님은 그 당시에 시대 상황과 그들이 갖고 있던 사상들을 말씀해 주시면서 그 책에 담겨 있는 진짜 부조리는 무엇이었나를 설명해 주시는데 정말 가슴이 뻥 뚫리는 것 같았다. 그제야 책을 똑바로 읽은 느낌이었다. 너무 너무 너무 좋았다.

강의 시간을 비롯하여 질의응답 시간을 마치고 나니 예정된 시간보다 훌쩍 지나 있었다. 하지만 정말 강의가 끝났다는 말에 너무 아쉬웠다. 친구들은 기념 촬영 및 교수님의 사인을 받으며 정말 정신이 없었다. 그만큼 다른 사람들도 나 못지않게 교수님 강연에 감동받았다는 뜻일 것이다. 만약에 내년에도 교수님이 우리 학교에 강의를 해 주시러 오신다면 그때도 꼭 다시 듣고 싶다.

이번 강의를 통하여 철학이 어렵고 비인기 학문이라 생각했던 내 생각이 180도 달라졌다. 정말 흥미로운 학문이고 나중에 내가 대학에 간다면 부전공으로라도 제대로 배워보고 싶다는 생각을 했다. 정말 좋은 경험이었고 이런 경험을 할 수 있게 해준 대구여고에 너무 감사하다.

대구여자고등학교 1학년

권지혜

내가 살아가야 할 이유를
찾아가는 과정인 삶 속에서
'나는 누구여야 하는가?' 라고 질문하는 것이
'나는 누구인가' 라고 질문하는 것보다
더욱 중요한 과제일 것이다.

세 번째 만남
(6월 3일)

인문학은 사람이다
사고를 쳐라

김경집 _『생각의 융합』 저자, 전 서강대 영문과 교수

강 연 속 한 구 절

"여러분이 앞으로 살아갈 사회는
그 누구도 예측할 수 없습니다.
그러니 이미 길을 간 사람에게 묻지 말고
안 가본 사람끼리 모여서 함께 길을 가세요. 그렇게 길을 만들어 가세요."

강연 스케치

오늘의 강연 주제는
'인문학은 사람이다.'

강연보다 질의응답을
더 좋아하는 우리 대구여고 학생들

아이돌 팬사인회 장소인 줄. 저 끝없이 이어진 줄을 보라!!

열성 팬들과 함께! 찰칵!!

'융합'의 시대에 새로운 길을 말하다

'인문학'을 어렵게 생각하는 대중의 인식과 접근방식을 변화시키기 위한 책,

"인문학은 지금 우리 삶에 가장 필요한 실용이다."
– 저자 김경집 교수님 –

먼저 책을 읽고,
강의를 듣길 권장합니다.

『생각의 융합』의 저자 김경집 교수님의
북토크에 여러분을 초대합니다!
학생들뿐만 아니라 선생님들도 환영합니다!

김경집 교수님은,
이런 분입니다

1983년 서강대 영문학과 졸업.

가톨릭대학교 인간학 교육원에서 학생을 가르치다가 25년은 배우고, 25년은 가르치고, 나머지 25년은 글 쓴다는 뜻에 따라 스물다섯 해를 끝으로 강단을 떠남.

충청남도 해미의 작업 공간인 수연재에서 『생각의 융합』, 『인문학은 밥이다』, 『엄마 인문학』 등 다수의 인문학 관련 책을 저술. 2010년 한국출판평론상 수상. 2013년 1월 〈생각하는 십대를 위한 철학교과서, 나〉가 대한출판문화협회 청소년 권장도서 선정.

날카로운 시선을 겸비하고 조금 더 따뜻한 사회를 위해 화두를 던지는 저자 김경집.

안정된 곳에서 연구할 수 있는 특권을 버리고 인문학에 대한 열정만으로 여러 세대에게 영향력을 펼치고 있는 이 시대의 인문학 전도사. 지금 이 순간에도 끊임없이 인문학의 대중화를 위해 강연하고 책을 출판하는 당신은 욕심쟁이 우후훗!

인문학은 사람이다

이 학교에 와서 놀란 건 세 가지예요. 첫 번째는 학생들이 이렇게 조용한 데는 처음 봤어요. 절간인 줄 알았어요. 두 번째는 잔디 운동장 가지고 있는 거. 세 번째는 학생들이 다 예쁘다는 거. 1학년이에요? (1, 2학년이요!) 학교 재밌어요? 공부 재밌어요? 학교는 재밌는데, 공부는⋯ 공부는 재미없죠. 공부 재밌으면 그게 변태지.

여러분들은, 꿈이 있어요? 여러분들이 뭔가 꿈을 가지고 있다고 하는 건 좋은 거죠. 꿈을 이룰 순 있을 것 같아요? 그런 세상일 것 같아요? 응? 저는 여러분들을 보면, 어른이 됐다고 하는 게 죄책감이 느껴져요. 우리가 자랄 때보다 과연 '여러분들이 자랐을 때 행복할까' 라고 물어보면 아니라고 대답할 것 같아요. 우리보다 풍족하게 살아가고 있는 건 맞아요. 그런데 졸업하고 살아갈 생각을 하면, 글쎄요. 그리고 우리 때보다 훨씬 공부를 많이 해요. 그런데 그렇게 하는 만큼 얻는 건 적어요.

생각을 해 보죠. 역사가 발전하죠? 발전은 하는데, 그래서 우리 세대는 이만큼 거느리고 살아요. 그런데 여러분이 40세 될 때, 여러분이 우리보다 더 멋지고 행복하게 살아야 하잖아요. 하지만 현실은 그렇지 못해요. 그건 어른들이 잘못 살아서 그런 거고, 죄를 지은 거예요. 그런 점에서는 좀 미안하게 생각을 해요.

십 대에 인생이 결정된다는 것에 대해서는 어떻게 생각하세요. 여러분 지금 십 대죠? 십 대에 내 인생이 다 결정된다, 잔인한 거 아니에요? 여러분들이 80, 90, 100살을 살 텐데 어떻게 십 대에 인생 전체가 결정돼요? 바꿀 수 있을까요? 바꿔야 돼요. 그러니까 말하자면 80에서 100세까지 살면, 청소년기가 적어도 한 서른까지는 가야 돼요. 진짜예요. 그게 맞는 거죠. 인간이 진화를 해 오는데, 평균 수명이 40세를 넘은 게 20세기가 처음이에요. 안 믿어져요? 우리 세대 바로 위의 아버지 세대. 60세 넘는 사람이 잘 없었어요. 오죽하면 환갑 잔치를 해요. 지금 환갑 때 잔치 하는 경우 보셨어요? 없죠.

셰익스피어에 보면 그런 표현이 나와요. "In the wrong side of the forties." 'the forties' 라 그러면, 40대라는 얘기죠? wrong side, 나쁜 쪽이라는 말이에요. 그럼 직역하면 '40대의 나쁜 쪽' 이에요. 사전을 뒤져 봐도 안 나와요. 왜? 죽은 말이거든요. 19세기 사전에 보면 그게 관용어예요. 무슨 뜻이냐, '40대 후반' 이라는 뜻이에요. 40대에 이쪽과 저쪽이 있는데, 나쁜 쪽이라는 뜻이에요. wrong side. 40대 후반이 되면, 대부분 죽어요. 만약에 인간이 50만 년 전부터 평균 수명이 80세였다면 어떻게 진화해 왔을까 하면 치아가 네 번이나 나야 돼요. 20년에 한 번씩. 그렇지 않아요? 40 정도 사니까 젖니 한 번, 영구치 한 번. 끝.

왜 그런 말을 하냐면, 여러분들이 앞으로 살아갈 삶은 앞에서 살아온 사람들이 전혀 살아 보지 못한 삶이에요. 그런데, 여러분들은 누가 가르쳐요? 살아온 사람들이 가르쳐요. 알게 모르게 살아온 사람의 삶에 적응돼요. 여러분은 여행을 갈 때, 먼저 여행을 갔다 온 사람이 쓴 기행문을 참고를 하죠. 그럼 어떻게 되냐면, 그 사람하고 똑같은 길을 가요. 길을 가 본 사람한테 길을 묻지 않는 게 좋아요. 길을 가 본 사람한테 길을 물으면, 자기가 간 길만 얘기해요. 세상에 길은 하나만 있는 게 아니죠. 그럼 길을 모르는데 어떻게 찾아다닐 거예요? 길을 모르는 사람끼리 모여서, 이 길 저 길을 같이 몰려다니는 거죠. 요즘 개념으로 하면 그게 바로 집단 지성이에요.

스티브 잡스라는 사람이 있었죠? 스티브 잡스 때문에 요새 인문학이 무슨 유행처럼 번지는데, 사실 그 사람이 유명한 인문학자나 과학자가 아니라, 자기 회사에서 쫓겨났던 사람이에요. 자기가 만든 회사에서 자기가 쫓겨난 거죠. 오죽하면. 왜 쫓겨났을까요? 너무 독단적이었어요. 사장인데, 너무 제멋대로 하고 불같이 화내고, 오늘 얘기했다가 내일 갈아엎고 그러니까, 밑에 있던 사람들이 "너 제발 나가 줘." 그래서 쫓겨났어요.

이 사람이 재기를 해요. 혹시 뭘 통해 재기했는지 아세요? 픽사라고 아세요? 픽사는 애니메이션 하는 데죠? 아마 원래 성질대로 픽사를 했다면 말아먹었을 거예요. 근데 영화, 애니메이션이란 건 뭐예요. 각 분야의 전문가들이 모였을 거 아니에요? 그럼 내가, "자 이렇게 하자."라고 하는데 고분고분 "네. 사장님." 했을까요? 아, 그거 아닌데요. 이게 더 좋은데요. 그럼 일이 늦어져요. 빨리 빨리 뭘 해야 하는데. 그런데 꾹 참아요. 왜요, 안 참다 쫓겨났으니까. 기다렸다니까요. 그러니까 어떤 일이 생겨요? 내가 처음에 예상하고 기대했던 것보다 훨씬 더 좋은 결과가 나왔어요. 뭘 깨달았을까요? 혼자 하는 게 아니라 이거예요.

스티브 잡스가 했던 말 중에 여러분들이 가장 기억에 남는 말이 뭐예요? 가장 많이 했던 말이, 스탠포드 대학 졸업식에서 했던 말이에요. "Stay hungry, Stay foolish."라는 말이죠. 늘 호기심을 갖고, 만족하지 말고. 그러나 진짜 중요한 말은 사람들이 잘 몰라요. 이 사람이 애플로 다시 복귀를 하면서, '스미소니언협회'라는 데서 스티브 잡스에게 특별상을 줘요. 상을 받으면 연설을 하겠죠?

연설 내용을 한 줄로 요약해 보자면 "진정한 대업은 한 사람의 위대한 인물에 의해 이루어지는 것이 아니라, 팀에 의해 이루어진다."예요. 이 말을 뒤집어보죠. 다른 말로 하면, 우리는 이제 더 이상 한 사람의 위대한 천재 개인에게 의존하지 않는다. 팀으로 간다. 그러니까 여러분은 팀과 함께 새 길을 가세요.

교육은 말이에요, 과거를 살아온 사람들이 과거의 방식으로 미래를 살아갈 사람들을 가르치는 거예요. 지금까지는 그렇게 해도 됐어요. 왜냐, 빨리 빨리 습득해서 속도를 올려서, 원하는 직업을 갖게 해 주면 됐으니까. 우리 때까지는 어떻게 살았냐면, 한 팀(term)짜리 인생을 살아요. 취업해서 은퇴할 때까지, 30년 정도. 그럼 뭐가 중요해요? 처음에 어떤 자리를 차지하느냐가 가장 중요하죠.

여러분은, 적어도 네 팀, 많으면 열 팀짜리 삶을 살아요. 지금 여러분 생각은 이래요. 대부분 고 1이 되면 그래요. 고등학교 1학년 때, 우리나라에 대학교는 딱 하나밖에 없어요. 서울대학교. 고등학교 2학년쯤 되면, '그래, 연고대도 괜찮다더라.' 3학년 되면, '뭐, 경대라도 갔으면 좋겠어.' 그렇게 해서, 서울대 간 사람이 행복할까요? 여러분 지금 살아온 걸로 봐서는 그걸로 다 결정될 것 같잖아요. 또 어른들이 살아온 모습을 보면, 그게 평생을 좌우해요.

그렇지만 여러분 세대는 안 그래요. 가장 이상적인 것은 이래요. 내가 좋아하는 것을 잘하고, 거기에 맞는 직업을 얻는 게 가장 이상적이에요. 그렇지만 이상적이라는 건 동시에 비현실적이라는 거예요. 그런 일은 없어요.

그게, 삶의 비극이에요. 그런데 꿈을 포기하지 않으면 이루어질 수 있어요.

꿈이 뭐예요 도대체? 정확하게. 막연하게, '아, 나 이런 거 배우고 싶어.' 그러나 현실은 높다. 내가 정말 좋아하는 걸 가지고 원하는 직업을 얻을 수 있을까요, 없을까요. 여러분 짐작하기에. 여러분이 좋아하는 걸 가지고 직업을 얻기가 쉬울까요, 어려울까요. 어렵습니다. 두 번째, 내가 좋아하는 걸 잘할 수가 있어요, 없어요. 그건 쉽지 않아요. 좋아하는 것과 잘하는 건 달라요. 어른들 중에 제일 무책임한 말이 뭐냐면, '너 하고 싶은 거 하세요.' 아주, 쿨한 척하면서. 선생님이든, 부모님이든. 현실을 봐야 돼요. 가장 중요한 것은 뭐냐면, 내가 무엇을 잘하는지를 찾아야 돼요. 그래서 잘하는 것을 집중적으로 투자하는 거예요. 그럼 그게 내 강점이 돼요.

잘 기억해야 할 게 있어요. 꿈이 별거 아니에요. 내가 좋아하는 것을 놓지 않고 쥐고 있는 거예요. 무슨 얘기냐면, 쉽게 비유를 해볼게요. 내가 고등학교 2학년 때, 헤비메탈에 푹 빠졌어요. 그래서, '아, 나는 락 밴드의 드러머가 되고 싶어.' 그래서 아버지한테, '아, 아버지. 저 서울예대 가서 드럼 배울래요.' 하면 드럼채로 맞아 죽어요. 할 수 없이 의대 가서 의사 됐어요. 예를 들어서. 그럼 이 사람이 드럼을 칠까요? 안 쳐요. 왜냐, 사람들이 좋아하고 나도 이 직업에 만족하는 것 같으니까. 그럼 평생, 내가 가졌던 꿈은 이루지 못하는 거예요.

우선 중요한 게 뭐예요? 여러분들이 삶을 안정적으로 살 수 있는 직업을 가져야 하죠. 그럼 뭘 가지고 할까요. 좋아하는 걸 가지고 할까요, 잘하는 걸 가지고 할까요. 잘하는 걸로 해야 돼요. 뽑는 사람은 '너 뭐 좋아해?' 이거 안 물어봐요. '너 뭘 잘해?' 이걸 가지고 뽑아요. 좋은 대학에 가면 좋은 시작을 할 수 있어요. 예전에 좋은 대학 가면 끝까지 좋은 직업을 가질 확률이 높아요.

그런데 지금은요. 요새 효자 별거 없어, 삼성전자 취직하면 효자야. 어렵게 삼성전자를 들어갔다 칩시다, 얼마 다닐까요. 10년도 채 안 돼요. 그럼 무슨 소리냐, 여러분들이 선망하는 가장 좋은 대학교를 가고, 좋은 직장을 가도 10년만 되면 '너 내려.' 그러는 거예요. 그러면, 다음 선택은 더 좋은 걸 선택할까요, 더 나쁜 걸 선택할까요? 낮춰서 내려가는 거죠. 'Down and worse.'

여기 있는 모든 사람이 모두 탑에서 시작하진 못해요. 어떤 사람은 중간에서, 어떤 사람은 바닥에서. 한 텀짜리 인생을 산다면 올라가기가 쉬워요. 그러나 여러분은 롱 텀 인생을 살아요. 10년 주기로 생각해 보세요. 남들이 보기엔 낮은 자리인 것 같아요, 그렇지만 내가 잘하는 걸 선택했죠? 공부는 대학에서 끝나는 게 아니에요. 자, 보세요. 이건 꼭 기억을 해 주기 바랍니다. 내가 잘하는 걸 가지고 직업을 얻었어요. 상대적으로 삶이 안정이 됐으면, 내가 좋아하는 것에 투자를 할 수 있어야 돼요. 예를 들어, 방송통신대학교를 가든, 사이버 대학을 가든 해야 돼요. 여러분이 10년, 5년만 지나면 우리나라에 있는 대학교 절반이 사라져요. 여러분이 이름도 못 들어 본 대학교들도 많아요. 그럼 이제 개방대학으로 바뀌지 않으면 못 견뎌요.

대학은, 예전에는 가장 높은 교육을 받는 기관이었지만, 이제는 가장 마지막 교양 교육을 받는 기관이 됐어요. 생각해 봐요, 인생이 80, 100인데. 그렇지 않아요? 자, 그럼 생각을 해 봅시다. 내가 다니는 근처에 개방 대학이 있어요. 거기 가서 내가 원하는 수업을 듣는 거예요. 그렇게 학점이 쌓이면 내가 좋아하는 것에 대한 학위가 생기겠죠? 그럼 내가 좋아하는 걸 잘하게 됐죠. 그러면 내가 새로운 직업을 선택할 수 있어요. 자, 어떻게 갈까요? Up? Down? Up해서 가게 됐죠. 지금 잘하는 게 두 개잖아요. Worse or Better. Better겠죠? 그럼 어떻게 돼요. Up and Better. 그 다음 삶에서 또 내가 좋아하는 걸 찾아서, 잘하게 돼서, 5년, 10년 뒤에 Up and Better. 이게 여러분의 삶이에요. 여러분의 인생은 한 막짜리가 아니에요.

좀 너무 어려운 이야기를 했나요? 잠깐 다른 이야기를 해 볼게요. 여러분이 어떻게 생각을 하느냐에 따라 보는 방식이 다르고, 보는 방식이 다른 것에 따라 사는 방식이 달라져요. 국보 1호가 뭐죠? 남대문이죠. 보물 1호는요? 흥인지문. 여기까지는 대답 잘하죠. 아마 이 다음에서 대답을 못 할 거예요. 사적 1호가 뭔지 아는 사람. '사적은 또 뭐야?' 분명히 국보, 보물보다는 나은데. 사적 1호가 포석정이에요. 그럼 왜 국보 1호가 남대문일까? 잘 보세요.

1933년에 조선 총독부에서 조선의 모든 문화재를 전수 검토해요. 이 얘기를 하기 전에, 대구에 읍성이 있어요, 없어요. 대구에 읍성 외곽이 조금 남아 있죠. 원래 대구 읍성이 있어요.

우리나라에서 읍성 성곽이 제대로 보존되어 있는 게 딱 세 군데 있어요. 어디인지 아는 사람. 낙안읍성, 가 본 사람 있죠? 낙안, 고창, 해미읍성 세 개가 있어요. 남한에서만 해도 부분적으로 남아 있는 읍성이 약 200개가 돼요. 예전에는 어떤 곳이든지 읍성이 다 있어요. 군이나 현에는. 100년 전으로 돌아가 보세요. 눈을 뜨면 제일 먼저 뭐가 보여요? 성곽이 보일 거 아니에요? 그럼 이 성곽이 나에게 무슨 의미냐면, 조상 대대로 살아온 사람들이 다 보고 산 거예요. 그럼 이 성곽은 다르게 말하면 시간의 정체성, 역사의 정체성의 근거예요. 내가 아주 멀리 갔다가 돌아오면 저 멀리 언덕 위에 성곽이 보여요. 그럼 이제 '아, 나는 집에 돌아왔다.' 라는 생각이 들겠죠? 내 공간의 정체성의 근거겠죠? 어느 날 갑자기 읍성의 성곽이 다

사라졌어요. 어떤 느낌이 들까요? 패닉 상태겠죠. 내 공간과 시간의 정체성의 근거가 일순간에 사라진 거예요.

그러면 새로운 지도자가 들어왔을 때 저항이 적을까요, 클까요? 적어지겠죠. 왜 일본 사람들이 읍성을 허물었는지 이해가 되죠? 그래도 읍성을 허무는 데 명분이 있어야 하죠? 새로운 길을 낸다고 한 거예요. 그게 신작로예요. 그렇게 생긴 말이에요. 또, 새로운 건축 자재가 필요하다. 이런 명분으로 다 해체시켜 버립니다. 일본 사람들이 서울을 점령하고 제일 먼저 한 게, 성곽을 다 무너뜨리고 문을 다 뜯어내요. 두 개가 남았어요. 남대문과 동대문이에요. '자, 이것도 빨리 치워.' 그런데 갑론을박을 하다가 결국에 살아났어요. 왜냐면, 남대문과 동대문으로는 일본군이 개선가를 울리며 들어왔기 때문이에요. 그래서 살려 놓는 거예요. 그리고 1934년에 문화재 번호를 매겨요. 보물 1호가 남대문이고, 보물 2호가 동대문이에요.

좀 이상하죠? 국보가 아니죠? 식민지에 무슨 국보가 있어요. 국보는 일본에만 있는 거예요. 기분 더럽죠? 나라를 뺏기면 그래요. 지금 사적 1호가 바로 포석정이에요. 일제는 포석정을 고적 1호로 정해요. 사적과 고적은 의미가 달라요. 사적은 역사적인 유적이라는 뜻이고, 고적은 그저 오래된 유적이라는 뜻이에요. 의미가 다르죠?

자, 고적 1호가 포석정이 된 이유가 뭘까요? 포석정 가 보셨어요? 선생님 얘들 데리고 가 보세요. 지금 교실에 있을 때가 아니야. 가 본 사람, 포석정 커요, 작아요? 조그맣죠? 경주 시내에 있어요, 외곽에 있어요. 외곽에 있죠? 그게 어디 있는지도 중요해요. 생각을 해 보셔야 돼요. 삼국유사에 있는 이야기예요. 우리가 알고 있는, 경애왕이 술 먹고 무희들하고 놀다가, 견훤에게 잡혀서 죽은 곳. 그렇죠? 상상력이라고 하는 게 갑자기 뿅하고 튀어나오는 게 아니에요. 어떤 주어진 계기가 있을 때 잘 잡아서 풀어내는 게 상상력이에요.

해리 포터라는 것도 마찬가지고요. 만약 톨킨의 반지의 제왕이라는 게 없었다면, 그게 그렇게 쉽게 이야기되지 못했을 거예요. 해리 포터가 고전이에요, 아니에요? 나는 해리 포터는 고전이라고 생각해요. 우리가 오래된 것만 고전이라고 생각하죠. 하지만 고전이라는 건요, 사람과 삶과 세상에 대해서, 어떤 보편적인 시선을 대가의 시선에서 새롭게, 혁신적으로 풀어내는 것. 그게 고전이에요. 그런 의미에서 해리 포터는 고전이에요. 왜 그게 고전인지는 각자가 더 생각을 해 보세요.

'유비무환(有備無患)' 하고 '천고마비(天高馬肥)'라는 말이 연결이 돼요, 안 돼요. 안 되죠? 천고마비라는 말은 뭐예요. 하늘이 높고, 말은 살찌고, 나도 그래서 가을만 되면 자꾸 배가 고파요. 그런 뜻이 아니에요. 천고마비는, 유비무환이라는 뜻이에요. 연결이 되게 쌩뚱맞죠? 그냥, 보통 사람들한테 '장삼이사(張三李四)'라고 그러죠. 우리나라에 장 씨, 많아요? 장삼이사는 중국에서 온 말이에요. 중국에는 장 씨, 이 씨가 많아요. 우리가 사용하는 고사성어는 거의 다 중국에서 온 말이에요.

에이, 사람이 잘못하다가 실수할 수도 있지. 원숭이도 나무에서 떨어질 때도 있죠. 속담 같죠? 우리나라 속담인 줄 알죠? 우리나라 원숭이 있어요, 없어요. 우리나라 속담 아니고 일본 속담이에요. 일본에는 원숭이가 있죠. 어떤 나무에서 떨어졌을까? 매끈한 나무가 떨어지기 쉽죠? 배롱나무예요, 백일홍이라고 부르는.

자, 지금 이 화면 전체를 중국 지도라고 상상해 보세요. 중국 수도가 중심에 있어요? 저 꼭대기에 있죠, 북쪽에? 바보 아니에요? 이 큰 대륙을 통치하는데, 수도가 저 끝, 꼭대기에 있으면 돼요, 안 돼요. 가운데에 있어야 효율적으로 다스릴 거 아니에요. 근데 왜 저 북쪽에 있을까요. 그래서 이름도 북경, 베이징이에요. 왜 그럴까요? 여길 포기해서가 아니라, 저기를 가장 중요하게 생각하니까, 명나라 때 주원장이 수도를 아예 옮겨 버린 거예요. 만리장성을 왜 쌓아요? 북방민족들의 공포 때문에 그래요. 얼마나 무섭고, 두려우면 그럴까. 한 무제처럼 그냥 의기양양한 사람들도 흉노족을 제일 두려워했어요. 그래서 황제가 흉노족 족장한테 선물을 바쳐요. 하늘이 높고 말이 살찐다는 천고마비는 흉노의 말이에요. 기마 민족이죠. 그럼 잘 뜯어 먹고 토실토실 건강하게 자랐을 것 아니에요? 추수 다 끝났어요. 딱 그 타이밍에 와서, 바람처럼 딱 채가는 거예요. 무슨 말인지, 상황이 그려져요? 그럼 빨리 추수 끝내고 방어 태세 해야죠. 유비무환, 맞죠? 이렇게 맥락을 봐야 해요.

견훤의 군대가 쳐들어왔어요. 신라는 이제 힘이 없어요. 그래서 하는 수 없이 고려에 원병을 요청했는데, 원병보다 적군이 더 먼저 온 거예요. 앞부분을 잘 봐야 해요. 보통 우리가 '팩트'라는 말을 좋아하죠. 경애왕이 거기서 잡혀간 것은 '팩트'예요. 그리고 그것을 기록했다는 것도 사실이에요. 그렇지만 전체를 봐야 해요. 그 앞부분을 보면 뭐라고 쓰여 있냐고 하면, 9월에 국경을 넘고 10월에 영천 지방을 점령해요. 11월에 경주를 침략해요. 양력일까, 음력일까. 음력이죠. 그럼 침략을 10월에 한 거예요. 왜냐면, 농번기에는 전쟁을 안 해요. 농사 다 끝나고 전쟁을 하는 거예요. 경주는 12월에 들어와요.

우리 머릿속에 들어 있는 건 뭐예요? 거기서 술 마시고 놀다가 나라 말아먹은 거죠. 근데, 생각해 봐요. 12월에 어떤 미친놈이, 아무리 그 왕이 음주가무를 좋아한다손 치더라도, 수도가 함락되기 직전에 왕궁 안도 아니고, 밖에 20리 나가서, 그 엄동설한에 술 먹고 놀았겠어요? 그건 말이 안 되는 거예요.

사실 그곳에 포석사라고 하는 사당이 있는 자리예요. 사당을 가는 김에, 거기서 제사 지내고 휴식할 수 있도록 만들어 놓은 게 포석정이에요. 포석사는 뭐 하는 데냐, 문노라는 화랑을 제사 지내는 곳이에요. 문노라는 화랑이 신라 모든 화랑 중에 가장 존경받는 화랑이에요.

자, 상상해 보세요. 원군도 안 오고요, 고립무원이에요. 왕이 포석사를 갔어요. 그러면, 서라벌 도성에 사는 모든 사람들이 뭘 알아요? 아, 우리 왕이 포석사에 가셨대. 왜 갔어요? 문노한테 제사 지내러. 문노한테 제사 지내면 문노가 나와서 지켜 줘요? 문노를 생각하면 화랑 정신이 떠올라요. 그럼 무슨 생각이 들까요. 그러니까, 문노의 화랑 정신을 되살려서, 목숨을 바쳐서 우리의 도성을 지켜내자 하는 결의가 생기는 거예요. 그림이 그려져요? 그게 이루어지기도 전에 견훤의 군대가 그냥 들어온 거예요.

왜 일본 사람들이 포석정의 그 부분, 우리가 알고 있는. 술 먹고 놀다가 어쩌구 하는. 그 부분을 이야기하면서 왜 포석정을 고적 1호로 만들었는지 알겠어요? 그게 신민 사상이에요. 너희들은, '왕이라는 작자가 수도가 함락될 때에도 술 먹고 즐겼어. 백성에 대한 생각도 없고, 나라 지킬 생각도 없어. 너희들은 종족 자체가, 자치 능력이 없는 놈들이야.'라는 열등감을 주기 위함이에요. 문제는요, 지금도 그게 사적 1호라는 거예요. 그리고 여전히 대부분의 사람들은 그 사실을 믿어요. 심지어 거기 가서도 그 얘기를 태연하게 해요.

어떤 문제를 제대로 보지 못하면, 그 문제에 대해 제대로 판단하고 대응하지 못해요. 여러분이 살아갈 미래는 아무도 살아 보지 못했어요. 단지 예측할 뿐이에요. 그런데 여러분들은 어떻게 생각해요? 아, 내 인생은 이런 거야. 미리 정해 버렸어요. 그러니 졸업을 하고 나면, 내가 꿈꾸던 것과는 전혀 다른 직업을 갖게 될 거예요. 확정된 거예요? 그렇게 생각하고 싶고, '내 인생은 여기서 끝난 거야.' 라고 생각하면 거기서 끝인 거예요.

자, 여러분이 동아리 모임을 하고, 토론을 하고. 이런 것들을 왜 해요? 이런 몸짓들이, 이런 생각들이 여러분이 앞으로 살아가면서 뭘 생각하고, 내 안에서 나를 버텨 주고, 나의 다른 모습, 세상의 다른 모습을 제대로 대응할 수 있게 해 주는 힘이 되는 거예요. 이건 여러분들이 수업 시간에 책을 놓고 하는 것과는 또 다른 거예요.

여러분의 삶은 여러분의 것이고 아무도 그걸 대신할 수 없어요. 엄마가 대신해 줘요? 자, 현실을 한 번 봅시다. 대구여고는 굉장히 뛰어나던데, 경대를 작년에 130명 갔대나? 서울대 가는지 솔직히 관심 없죠. 3명 가나, 5명 가나 뭐가 달라. 저는 제일 꼴보기 싫은 게, 수능 끝나고 교문 앞에다 뭐 붙여 놓는 거예요. 아무개 무슨 대학 합격. 나머지는 뭐야? 이게 아주 폭력적인 거예요. 그 학교 못 간 사람은 사람도 아니고. 그 사람들이 여러분의 삶을 도와줄 것 같아요? 축하할 일이에요. 그렇지만 저 사람은 10년 정도는 안정적인 삶을 살고, 그 다음부터는 down and worse할 확률이 더 높아요.

이제는. 좀 더 현실적으로 봅시다. 여러분은 대구에서 가장 높은 진학률을 가지고 있어서 좀 덜하지만, 부모님도 그렇고, 나도 그렇고 왜 좋은 대학을 가고 싶을까요? 좋은 직업을 얻기 위해서죠? 내가 원하는 직업을 얻기 위해서죠? 좋은 직장. 좋은 직장은 뭔데요? 여러분이 꿈꾸고 부모님이 꿈꾸는 좋은 직장이 약 300개에서 500개 정도가 돼요. 많다면 많고 적다면 적어요. 우리 때는 50개밖에 없었어요.

부모님이 여러분에 대해 그런 말을 하죠. '얘는 꿈도 없고, 뭐가 되고 싶은 것도 없고.' 그런 얘기 하면서 꼭 뒤에 한마디씩 덧붙이죠. '애들은 말야, 부족한 게 없어서 그런 생각도 없대.' 우리가 무뇌아냐, 그치? 여러분의 부모님이 선택할 수 있었던 건 20개에서 50개 정도밖에 없었고, 우리가 선택할 수 있는 건 500개인데 그걸 어떻게 골라.

일단, 보세요. 좋은 직업을 얻으려면 일단 좋은 대학을 가야 되죠? 이른바 일류 대학을 가야 돼요. 다 가고 싶은데 다 받아줘요? 메가패스가 아니야, 대학은. 성적 순으로 자르죠? 2등급이라도 돼야 접수라도 해 보죠? 2등급이 몇 프로예요. 맥시멈 11프로. 그리고 대학을 갔어요. 가서 내가 정말 하고 싶은 걸 하는 게 아니라, 내가 관리하기 쉽고, 스펙 쌓기 쉽고 유리한 과목을 들어서, 학점 잘 쌓고, 스펙 잘 쌓고. 그래서 좋은 직장을 얻을 수 있는 확률이 30프로를 넘을까요, 넘지 않을까요?

예를 들어서요, 대학에서 취업률을 따질 때 4대 보험을 받을 수 있는 직업을 취업으로 따져요. 그런데 여러분이 알고 있는 일류 대학의 취업률에서 대략 65% 정도 돼요. 맥시멈 70% 정도 돼요. 그럼 그 70% 중에서 정말 '좋은 직장'이 50%가 될까요, 안 될까요. 안 돼요. 그럼 그 일류 대학에서, 좋은 직장을 가는 사람은 30%도 안 된다는 소리예요. 그럼 아까 10%였죠. 지금 30% 하면 전체 3%예요. 100명 중에 세 명이 좋은 직업을 얻어요. 짜증나죠.

자, 한 번 더 가 봅시다. 그 3%도 어떠냐면요, 1%는 특목고 가서 가요. 5대 사립, 5대 국립처럼. 1%는 대도시의 좋은 학군이 가져가요. 대구 수성구처럼. 나머지 1%를 놓고 전국의 모든 학생들이 머리 터지도록 싸우는 거예요. 그런데 그렇게 해 봐야, 10년쯤 있으면 '자, 너 쓸모없어. 내리세요.' 그러는 거예요. 무슨 말 하려고 하는지 아시겠어요?

제가 아까 우리 사회는 이미 팀으로 가는 사회로 바뀌었다고 했죠. 그런데 그 팀이 왜 팀이 되었는지는 모르고 있어요. 자, 내가 질문을 하나 하죠. 옹달샘이라는 노래 알죠? 가사 다 알아요? 주인공이 토끼죠? 이상한 토끼예요. 건망증이 심하든지. 아침 일찍 옹달샘에 갔죠? 세수하러 갔죠? 왜 일찍 일어났어요? 그래야 깨끗한 물 쓰잖아요. 일찍 갔으면 권리가 있죠? 샤워해도 돼. 근데, 세수하러 갔는데 이 바보 토끼는 세수를 안 해요. 왜 안 했을까? 아, 목 말라서. 그래서 까먹은 거예요? 다른 관점에서 봅시다. 분명히 세수하러 간 거예요. 내가 그런 권리를 갖고 있어요. 그럼 물을 마시고 세수를 하려고 하는데, 가만히 생각해 보니까 내가 세수를 하면 물이 탁해지죠. 그러면, 이 숲에 있는 다른 동물 친구들은 어때요? 마시기 불편하죠? 세수는 저 아래 내려가서 해도 된단 말이에요. 그래서 세수 안 하고 물만 마시고 왔습니다. 이런 게 상상력이에요. 그럼 보세요, 이게 배려고 연대예요.

여러분은 지금 3년 동안 같은 학교를 다녀요. 연대 의식을 느껴요? 솔직히? 다 제각각이지, 뭐. 그냥 우연히 쟤랑 같은 반 되고, 재수 없이 저 인간이랑 같은 반 되고……. 이거 하나만 기억하세요. 여러분이 앞으로 평생 살아가면서 여러분 곁에서 가장 든든한 메이트는, 바로 여기에 있는 사람들이에요. 여기 있는 사람 중에 누가 판사 되고, 대통령이 돼서 혜택을 받겠어요? 여러분 친구 중에 대통령이 된다고 해도 내가 비즈니스 하지 않는 이상 뭐 될 것도 없어.

그런데 내가 살아가면서 누군가 내 곁에 있어요. 논어에 이런 말이 있어요. "有朋(유붕)이 自遠方來(자원방래)하면 不亦樂乎(불역락호)라." 그래요. 먼 곳에서 벗이 나를 찾아 오면, 이 또한 즐겁지 아니한가. 이 말 잘 생각해 봅시다. 우리는 찾아 오는 친구가 없어? 내 친구들 다 어디 처박혀 있는 거야? 그래서 그런 친구가 찾아 오면 기분 좋은 거예요.

상상력을 가지고 보세요. 공자는 2500년 전 사람이에요. 공자가 말하는 自遠(자원), 멀리서 오는 친구는 적어도 1박 2일 걸리는 거예요, 오는 데. 왜 와요? '야, 나 본전 뽑아 줘. 나 어디 취직시켜 줘.' 그러려고 온 거 아니에요. 그냥 너 보고 싶어서. 그리워서. 그럼 보세요. 누가 더 행복해요.

찾아온 사람이 행복해요, 아니면 방문을 받은 사람이 행복해요? 방문을 받은 사람은 언제부터 행복하냐면, 그 친구를 보고 버선발로 뛰어나갈 때부터 행복한 거예요.

그런데 엊그제부터 온 사람은, 오면서 걷는 건 힘들었을지 모르겠지만 점점 내가 보고 싶어 하는 친구를 곧 보게 되겠죠? 또, '아, 내가 얘를 만나러 가야 돼.' 언제부터 생각했을까요? 어제 갑자기? 아니에요, 한 달 전에, 혹은 열흘 전에. 그러면, 내가 거길 가 보려면 내 시간을 많이 들여야 하죠? 힘들어요. 다른 때는 바쁜데, 내가 보고 싶은 친구를 만나러 가기 위해 시간을 이틀 정도 비워 두려면 일을 더 빨리, 밀도 있게 해 놔야 되죠? 일은 버거워요, 아니면 재밌어요? 재밌죠. 이미 그게 '樂(락)'이고, '悅(열)'이에요. 상상력은 이런 거예요. 누가 더 행복하다고요? 찾아간 사람이 행복해요.

그렇지만 이 말의 진짜 핵심은 '有朋(유붕)'이라는 것이죠. 벗이 있다는 것 자체가 행복한 거예요. 여러분은 서로가 그런 존재인 거예요. 팀이 되려면, 나 혼자 팀 할 거예요? 여러분은 이미 팀을 경험해야 되는데, 이 동아리가 왜 매력적이냐면. 공부는 팀으로 해요, 아니에요. 공부는 각자가 하고 각자가 결과를 받아요. 그런데 동아리는 어때요. 팀이죠? 이게 단지 어떤 행동을 같이 한다는 것만으로 끝나는 게 아니라, 팀 플레이를 배우죠. 팀워크가 무엇인지, 집단성이 무엇인지. 그것이 중요한 연대고, 중요한 힘이에요.

토끼 이야기 나온 김에 토끼 이야기 하나 더 하죠. 이솝우화를 보면 토끼와 거북이가 시합을 하죠? 거북이가 이기죠? 그래서 교훈이 뭔데. 'Slow and Steady wins the race.' 좀 부족해도 꾸준히 하면 돼. 되긴 개뿔이 돼요. 그렇게 쓰고 뭐라고 읽는다? '적의 불행이 나의 행복이다.' 지. 뭐. 토끼 안 잤으면 거북이 못 이겨요.

자, 여러분 중에 교과서를 쓰는 데 참여한 사람? 뭐, 여러분 중에 혹시 미분을 세운 사람? 없어요? 대구여고 별거 아니구나. 질문해 본 사람? 해 봤죠. 질문 누가 해요. 내가 해요? 다른 사람이 해요. 내가 하는 거죠. 주체성 별거 아니에요. 질문은 내가 하는 것. 질문을 하는 사람은 주인이 돼요. 질문을 해 보셔야 돼요. '얘들 도대체 왜 뛴 거야?' 이거 물어봐요, 안 물어봐요.

자, 텍스트의 권력, 권위에 쉽게 빨려들어가면 안 돼요. 이솝우화는 전 세계 사람들이 다 알고 있는 책이고, 이미 교훈까지 정해진 거예요. 맞죠? 그러니까 우리는 그걸 묻고 따지기보다는 빨리 받아들여서, '나 그거 알아. 그게 내 지식이야.' 자랑하고, 권력이 되게 하고 싶은 거예요. 그렇죠? 근데 그거 알아서 뭐하려고. 잘 봐요, 질문을 해 봐야 하는 거예요. 권위에 의존하면 안 돼요. 얘네 왜 뛴 거야, 도대체? 좀 이상하지 않아요? 의미가 있어요, 없어요. 무의미해. 토끼와 늑대가 뛴다면 좀 의미가 있어. 누가 빠른지 나도 좀 알아보고 싶어. 근데, 토끼와 거북이가 뛰어봐야 무슨 의미가 있어요? 그렇지 않아요?

그럼 상상력을 가지고 가자고요. 자, 이 경주가 왜 가능했을까요? 토끼는 뭍에 사는 동물이에요. 뭍에서 겁이 제일 많은 동물이야. 얼마나 겁이 많냐면, 자기보다 한참 작은 개구리가 폴짝 뛰어도 놀라서 도망가요. 토끼 귀가 왜 큰지 알아요? 응? 잘 들으라고? 그렇게 안 커도 들려. 잡기 좋으라고? 토끼가 바보예요? 냉각 장치예요. 갑자기 뛰면 열이 생기죠. 체온이 올라가죠. 그러면 표면적이 넓어야 빨리 식힐 수 있잖아요. 귀는 쿨러예요. 맨날 놀림받았겠죠. 저 겁쟁이. 얘가 잘하는 건 토끼는 것밖에 없어요. 오죽하면 이름이 토끼야.

그러던 어느 날, 우리 동네 애도 아닌데 가끔 놀러 오는 애가 있어요. 저 아랫 동네 애들이 가끔 놀러 와요. 걔가 거북이예요. 거북이가 오자마자 '야, 너 나랑 한 판 뛸래?' 그랬을까요? 천만에요. 거북이와 씨름을 해 보면, 글쎄. 승산이 있어? 안 하겠죠. 바보가 아니면. 그렇지만 내가 확실하게 이길 수 있는 게 있어요. 내 장점과 쟤의 단점. 나는 잘 뛰고, 쟤는 느려요. 그럼 올 때마다 잡아요. 옛말에, '똥개도 자기 동네에서 반은 먹고 간다.'라는 말이 있어요. 거북이는 가끔 놀러 오는데, 걔한테 내가 지금까지 받았던 설움을 다 떠넘기는 거죠. 거북이의 특징이 뭐예요, 느림보죠? 매일 놀리는 거예요. '야, 느림보.' 근데 내가 그걸 객관적으로 입증해 보고 싶은 거예요. '야, 한 판 뛰자.' 아무 의미도 없어. 그럼 거북이가 '그래, 한 판 뛰자.' 그랬을까요? 미친 거북이나 닌자 거북이가 아니었다면 누가 하자고 했겠어. 상상을 해 봐요. 얼마나 시달렸으면 '그래, 한 판 뛰어.' 그랬을까? 상상력이 있으면 계속해서 이야기가 나와요.

그런데 상상력은 쥐어짜는 게 아니라 묻는 데서 와요. 그러니까 혼자 묻고 혼자 대답하기가 어렵죠? 팀이 돼서 물어보면 어때요? 내가 전혀 못 물어봤던 걸 다른 친구들이 물어보고, 그걸 들으면 그게 내 것이 되는 거죠? 아까 뭐라고 그랬어요. 길을 간 사람에게 물어보지 말고 길을 가 보지 못한 사람들끼리 모여서 길을 찾으라고. 길을 간 사람한테 물어보면 자기가 간 길밖에 못 말해 준다고요. 우리처럼 살지 말란 말이에요.

여러분은? 거북이는, 도대체 무슨 똥배짱을 가지고 이걸 달리자고 했을까? 거북이의 입장에서 생각해 보죠. 이 거지 같은 새끼가, 날 볼 때마다 달리자고 하는 거야. 차라리 '그래, 뛰어.' 그러면 다시 뛰자고 안 할 거 아니에요. 속으로 '내가 잘하면 너 이길 수도 있어.' 그런 생각을 했을까요? 미친 거북이가 아니고서야 그런 생각 안 해요. 왜, 나도 뭐 할 수 있는 걸 보여 줘야지. '나는 느려도 끝까지 갈 수 있어. 내가 할 수 있는 건 그게 최선이야. 피할 수 없는 거고, 그래, 한 판 뛰어.' 뛰어요.

엉금엉금 가고 있는데, 저 멀리 뛰어가던 토끼가 저쪽에서 자고 있어.

이솝우화의 이야기죠. 여러분이 거북이라고 생각해 봅시다. 나는 그 토끼를 깨울 것이다? 안 깨운다. 왜 깨워? 내가 재운 거 아닌데. 게다가 나 매일 놀려 먹었잖아요. 내가 보란 듯이 이기면 코가 납작해질 거 아니에요. 지금까지 받았던 모든 설움을 한 번에 끝.

잠깐, 이겨서 뭐하려고. 우리 동네 아니에요. 토끼가 이럴 수 있어요. 처음부터 불가능한 경기를 하고 있는 거란 말이에요. 토끼가 워낙 지랄 떨고 우겨서, 그럼 토끼가 뭐가 그래요. '야, 넌 아주 치사한 놈이야. 나 자고 있을 때 너 갔잖아. 다시 해.' 그래서 한 번 더 뛰면 거북이 죽어. 과로해서. 나 어차피 이길 생각 없어요. 나 끝까지 가는 걸로도 족해. 두 번째 가능성으로 이런 게 있을 수도 있어요. 토끼가 중간에 깼든지, 아님 다른 동물들이 중간에 토끼를 깨웠어. 그래서 거북이가 힘차게 가다가 저만큼만 가면 목표예요. 잠들어 있던 토끼가 요만큼 남겨 놓고 역전했어. 토끼에게 진 거북이는 놀림이에요, 아니에요. 토끼에게서 진 거북이. 쪽팔려요, 안 쪽팔려요? 쪽팔릴 건 없어요. 당연히 지는 건데. 대신 그 앞에 뭐가 붙어. '잠잔 토끼에게도' 진 거북이가 돼요. 이건 얘기가 달라. 세 번째, 패가망신의 지름길이 될 수 있어요. 오, 내가 토끼를 이겼어요. 만나는 토끼마다 '야, 한 판 뛸래?' 그러다가 어떻게 돼요. 우스갯소리라고 치부하고 대답을 안 해요. '아이, 이거 걸어.' 내기를 해요. 맨날 져요. 가산 다 덜어먹어요. 무슨 말인지 아시겠어요? 어떻게 묻느냐에 따라 달라요.

하나 더, 이 경주가 이상하다는 생각을 안 하는 이유 중에 하나는, 여러분은 물에 살아요? 뭍에 살아요. 여러분이 만약에 멍게라고 한 번 상상을 해 보세요. 거북이랑 토끼가 경주를 하는데 땅에서 한대. 말이 돼, 안 돼? 안 되지. 멍게인 우리가 봤을 땐 당연히 물에서 해야 돼요. 조건이 안 돼, 라고 하는 데에 저항하지 못한 이유는 나도 뭍에 살아서예요. 어떻게 보느냐에 따라 달라지는 거예요.

몬테소리라고 하는, 이탈리아의 소아과 의사예요. 이탈리아 최초의 여자 의과대학 재학생. 얼마나 재밌냐면요, 그 당시만 해도 여자는 의과대학에 못 갔어요. 20세기 초반에. 근데, 몬테소리라고 하는 여학생은, '나는 꼭 의과대학에 가서 아이들을 도와주고 싶어.' 근데 대학에서 안 받아 주잖아요. 여러분은 그때 어떻게 할 거예요. 할 수 없지. 대부분 포기한단 말이에요. 그런데 몬테소리라는 여학생이 얼마나 당돌했냐면, 이탈리아는 교황의 힘이 세죠. 교황에게 편지를 썼어요. '교황 할아버지, 저는 밀라노 어느 여고에 다니는 학생입니다. 저는 의사가 되고 싶어요. 의사가 돼서 고통받는 아이들에게 도움이 되는 사람이 되고 싶습니다.' 편지를 보내죠. 그래서 교황이 이 여학생을 불러서 '너 진짜 그런 마음이 있어?' 하고 확인한 뒤에, 교황이 이 대학 총장한테 편지를 써요. '애 좀 받아 줘.' 그래서 의과대학에 처음으로 들어가게 됐어요. 신기하게 뒤에 후원을 해요. 그게 여러분이 잘 알고 있는 몬테소리 교육이에요.

우리는 토끼와 거북이라고 하는 우화를 통해서, 말로는 어쩌구 저쩌구 하고 배우지만, 실제로는 적이 불행했을 때 내가 행복한 거잖아요. 토끼가 안 자고서는 내가 이길 수가 없어요. 그럼 어떤 수가 생겨요? 토끼랑 경주해요. 야, 친구 한 잔해. 수면제 타서 주는 거예요. 이렇게 안 하면 못 이겨요. 얘를 이기기 위한 유일한 수단은 얘를 재우는 거예요. 얘를 재우기 위해 나는 모든 수단을 다 쓸 수 있어요. 맞죠?

몬테소리는 이 이야기를 이렇게 바꿨어요. 토끼와 거북이가 경주를 해. 그런데 토끼는 땅으로 가고, 거북이는 물로 수영을 해서 나란히 가요. 누가 이기느냐를 따지는 게 아니라 저기까지 같이 가는 거예요. 이왕이면 재밌게, 누가 이기는지 최선을 다해서 해 보자. 거북이가 물에서 수영을 잘

하지만 토끼가 훨씬 빠르죠. 박태환이 아무리 수영을 잘해도 내가 뛰는 것보다는 느려. 한참 수영하다가 고개를 들어 보니까 토끼가 안 보여. '겁나빠르네.' 한참 가도 안 보여. '벌써 갔나?' 계속 가도 안 보여. 뒤를 돌아보니까 저기 누워 있어요. 거북이가 어떻게 했을 것 같아요, 여기서? 처음엔기다려요. 그러다 갑자기 궁금해지는 거예요. '쟤 뭐 하고 있을까? 이솝우화집처럼 혹시 자고 있는 거 아닐까?' 자고 있을 수도 있죠. 궁금해서 돌아가요. 가 봤더니, 토끼 발에 큰 못이 찔린 거예요. 누워서 아파 죽겠다고 낑낑거리고 있는 거예요. 그래서 거북이가 토끼의 발에서 큰 못을 뽑아 줘요. 뽑아 주면 갈 수 있어요? 아프잖아요. 못 걸어, 못 뛰어. 거북이가 토끼한테 이렇게 말해요. '야, 타.' 이게 야타족이에요. 별주부전 뉴 버전입니다. 그렇게 해서 거북이는 토끼를 등에 태우고, 물에 가서, 원래 같이 가고 있던 저기까지 같이 헤엄쳐서 가는 거예요. 똑같은 이야기예요.

비슷한 이야기 같지만 전혀 다르죠? 여러분 중에서는 토끼도 있고, 거북이도 있어요. 그런데 교육을 잘못 받아들이면, 토끼는, '나는 무조건 빠른 존재다.' 라는 것만 머릿속에 있는 거예요. 그렇지 않아요. 서로가 어떻게 도와주느냐는 거예요. '有朋' 이, 그걸로 행복한 거예요. 뒷문장 볼 것도 없어요. 그렇게 말할 수 있게 사는 사람이 진정 행복한 사람인 거예요.

그럼, 여러분이 3년 지내면서, 때로는 맘에 안 들 때도 있고, 때로는 재수 없을 때도 있고, 미울 때도 있죠. 그런데 그거 꼬투리 잡아서 평생 안보거나, 아주 야비하게 힘을 합쳐 쟤를 따돌린 적 있죠? 하지만 그거 자기가 자기 목 조르는 거예요. 여러분이 80년, 100년을 살아가면서 계속 누구를 따돌리면서 살아갈 수 있을 것 같아요? 내가 힘이 없을 땐 나도 똑같이 그 누군가에 의해서 나보다 더 힘세거나 고약한 사람 만나서 따돌림 당해요. 힘이 약하면 그렇게 되는 거예요. 여러분이 힘이 세요? 약해요? 힘이 약해요. 나이가 어리니까 약하지. 뭘로 이겨낼 수 있어요? 손잡아야 이겨낼 수 있어요. 그걸 여러분이 경험하는 게 중요한 학교생활의 가치예요. 지금 내 옆에 있지만, 이 친구가 내 평생을 살아가는 데 제일 중요한 소울메이트가 될 수도 있는 거예요.

자, 하나만 더. 여러분 혼자 있으면 어때요? 불안해요? 불편해요? 여러분 고독한 거 좋아해요? 싫죠. 그래서 자꾸 누군가와 SNS를 하든지, 뭘 하든 하죠? 이거 하나만 구별해 주세요.

고독과 고립은 달라요. 고독은 내가 스스로 선택하는 거예요. 다시 말해, 자율적인 고립이에요. 그에 반해, 고립은 타율적 고독이에요. 날 따돌리는 거니까. 그런데 이게 구별이 안 되니까 혼자 있으면 무조건 불안하고 싫어. 그래서 자꾸 누굴 만나고 얘기를 하거나, 아님 카톡을 하고, 페북을 하거나. 뭘 어떻게든 연결을 해서 내 존재를 느껴야 돼요. 누군가를 통해서. 그럼 무슨 수가 생기냐. 내가 나를 볼 수 있는 시각이 없어요. 여러분은 검색은 많이 하지만 사색은 잘 안 해요. 사색은 어떤 때 해요? 혼자서 고독할 때 해요. 책은 언제 읽어요? 고독할 때 읽어요. 고독과 고립을 구별을 못 하니까 혼자 있으면 계속 외롭고, 불안하고, 뭔가 얽어매려고 하고. 그런데 반대예요.

여러분들 여기 운동장 도는 거 좋아한다면서요? 뭐, 같이 얘기하며 도는 것도 좋지만, 때로는 혼자. 그래서 어떤 배려를 해 줄 필요가 있냐면, 나란히 걷지만, 때로는 말하지 않고 걸을 필요가 있어요. 같이 가지만, 각자가 스스로 자신을 엿보는 거예요. 여러분이 그런 룰을 만들면 되죠. 왼쪽을 돌 때는 말하고, 오른쪽을 돌 때는 말 안 하고. 이거 습관이에요. 훈련이에요. 훈련해야 내 몸에 배는 거예요. 어떻게 해라? 기꺼이 고독할 수 있어야 해요. 여러분이 고독할 수 있는 능력을 키우지 않으면, 평생 남에게 의존해서 살아요. 누군가가 나를 따돌리면 못 견뎌서 죽고 싶어요. 그럼 결국 내 삶이 없어요. 인문학이라고 하는 게 별거 아니에요. 내가 주인이 돼서 나를 보는 거예요. 남의 삶을 사는 게 아니죠? 상상력을 가지세요. 상상력이 없는 삶은 참 재미없어요.

자, 이런 상상을 한 번 해 봅시다. 여러분은 드라마나 영화의 주인공을 보면 부럽죠? 나도 그렇게 되고 싶죠? 그래서 드라마 볼 때 주인공한테 확 빠지죠? 주인공 옆에 있는 사람은 남자인지 여자인지, 옷을 뭘 입었는지도 몰라. 주인공은 남자인지 여자인지 중요해. 그런데 옆 사람은 뭘 하는지 궁금해요? 주인공은 뭘 하는지 궁금하죠? 주인공이 한 귀걸이는 내일 벌써 인터넷에 떠요. 아무개 귀걸이 하고. 둘이 카페에서 만나서 뒤에 버스가 지나가요. 빨간 버스인지, 파란 버스인지. 그 길 건너편의 가게가 무슨 가게인지. 오로지 나는 주인공에게만 몰입해서 봐요. 그럴 때, 한 30초 정도 소리를 딱 끊어 보세요. 그럼 어떤 일이 생기냐면, 다 붕어야. 입만 뻐끔뻐끔해. 그러면 버스 색깔도 보이고, 건너편 가게도 보이고요, 옆 사람이 무슨 옷을 입었는지, 헤어스타일이 뭔지가 보여요. 내가 꽂혀 있는 누군가에게만 몰입되어 있으면 다른 걸 못 봐요.

그 다음에, 여러분이 살아가는 세상도 좀 더 예리하게 볼 필요가 있어요. 무슨 티비만 보면 미치겠죠. 이 인간도 그렇고, 저 인간도 그렇고. 다 먹는 타령이죠? 이른 바 '먹방' 이죠. 티비 볼 시간이 없다고 그러고 싶은 거지? 그러면서 다 보잖아, 뭘. 10년 전에 일본에서 '먹방' 이 대유행이었어요. 왜 '먹방' 프로그램이 유행하는지 아세요? 살 만해서, 풍요로워서 유행하는 것 같죠? 요새 풍요로워요? 천만에요. 점점 더 악화돼요.

먹는 프로그램이 왜 생기느냐, 먹는 게 제일 빨라요. 사람이 느끼는 행복의 체감이. 고민할 것도 없고, 관계되는 게 없는 거예요. 음식과 혓바닥만 만나면 되는 거예요. 복잡한 거 싫구요. 예를 들어 성에 관련된 것도 어떤 관계가 필요하고 노력이 필요한 거예요. 근데 지금은 그런 욕망도 안 가지려고 한단 말이에요. 사는 게 힘드니까. 그래서 삼포, 이런 거 하잖아요? 결혼 포기, 출산 포기, 뭐뭐 포기…… 이제 어디까지 왔어요? 칠포까지 왔어요. 사람 관계까지 포기를 해요. 내가 존재한다고 느낄 때가 먹을 때. 내 울분을 풀 수 있을 때가 먹을 때. 그러니까 그렇게 볼 수 있어야 돼요. 도대체 왜 갑자기 '먹방'이 뜨지? '먹방'이 뜬다는 건 분명 우리 사회의 하나의 흐름이에요. 혹은, 뭔가를 누가 건드려 놓은 거예요.

그런데 거기에 반응을 해요. 왜 반응을 하지? 그게 여러분들의 주위 노상인 거예요. 누가 만들어 놓은 풀숲에 들어가서 살고, 그 기제에 의해 움직이면. 그건 여러분이 주인이 돼서 사는 게 아니에요.

그래서 인문 정신은 비판 정신이에요. 여러분, 비판하면 듣기 싫죠? 상대가 뭐라 그래요? '쟨 비판만 해. 대안도 없이.' 혹시 누가 그런 말을 하면, 이렇게 말하세요. '이 세상 최고의 대안은, 바로 비판이야.' 비판 그 자체가 바로 대안이에요. 뭐가 잘못된지 알아야 고칠 거 아니에요. 그 계기를 주는 게 비판이에요. 비난과 다른 거예요. 그 안목을 통해서 봐야, 지금 내가 어떤 세상에 살고 있고, 어떻게 살아가야 하는지를 알 수 있어요.

여러분 지금 몇 텀짜리 인생이에요? 다섯 텀? 열 텀짜리 삶을 살아요. 첫 시작에서 실망하지 마세요. 내 삶이 계속해서 'up and better, up and better.' 그래서 맨 마지막은요, 내 삶의 의미를 찾아야 되는 거예요. 내가 살아온 삶의 공동체적 의미를 찾아야 돼요. 그렇게 살 수 있는 설계를 해야 돼요.

학교는, 무슨 공부를 하는 곳이냐면, 여러분이 어떻게 행복하게 살 수 있을까 하는 다양한 시뮬레이션을 하는 곳이에요. 교과서만 들여다보고 하면 안 돼요. 그렇게 스트레스 받는 생활이 아니라, 여러분이 어떻게 하면 행복할지, 정말 뭘 하면 행복할까를 고민해야 돼요. 행복은 1편으로 끝나는 게 아니에요. 속편이 계속 이어져요. 그런데 속편을 마련하지 않은 사람은 달랑 1편에서 끝나요. 그래서 준비를 해야 여러 편이 돼요. 스토리가 길고, 그것이 내 삶에서 나왔을 때, 그게 진짜 행복인 거예요.

우리가 다른 공부를 하는, 예를 들면 포석정 이야기라든지 그런 얘기를 하는 이유는 뭐냐면, 똑같은 걸 보더라도, 어떤 비판적인 안목과 질문의 주체가 돼 던지면, 그걸 다양하게 보게 돼요.

그러나 그것들을 혼자 보면 한계가 있는데, 같이 보면 훨씬 더 많아져요. 제가 팁을 하나 드릴게요. 제가 아까 무슨 이야기를 했냐면, 여러분에게 검색은 쉽다고 그랬어요. 검색은 과잉이에요. 사색은? 검색을 하지 말란 뜻이 아니에요. 사색을 즐길 수 있어야 한다는 말이에요. 검색도 해야 돼요. 궁금한 게 있으면 일단 적으세요. 그래서 그런 말이 있잖아요. 적자생존이라고. 자기 기억력을 믿지 마세요. 3분 못 가요. '내가 무슨 생각 했지?' 그 자체를 기억 못 해요. 일단 적어 놓으세요. 여러분이 뭘 보다가, 얘기를 하다가, 책을 읽다가, 내가 잘 모르는 게 나오면 일단 적어 놓으세요. 용어든, 뭐든. 그 다음에 검색을 해 보세요. 곧바로 검색을 하지 말고, 하루에 세 개 정도만 하세요. 그리고 날마다 하지 마세요. 제일 바보 같은 게 날마다 하는 거예요. 일주일에 세 번? 네 번? 그 정도만. 세 개씩만 적었다가, 여러분이 시간을 정하세요. 예를 들어, 학교 생활 끝나고 집에 가서. 혹은 집에 가기 전에. 뭐, 다섯 시 반이라고 칩시다. 다섯 시 반에 그 세 개를 인터넷 검색창에 넣고 찾아요. 검색하면 나올 거 아니에요, 이야기가. 그건 여러분 게 아니에요. 남이 만들어 놓은 지식이에요. 이걸 한 달, 두 달 하면 수백 개씩 쌓이겠죠? 이것들은 남이 만들어 놓은 지식이에요. 석 달쯤 하면 지들끼리 엉켜. 이게 융합이에요. 융합이 별거 아니에요. 단, 융합이 되려면 주인이 내가 되어 있어야만 가능한 거예요. 엉켜 있는 것들은 누구 거예요? It's mine. 내 거예요.

아까 뭐라고 그랬어요? 곧바로 검색하지 말라고 그랬죠? 그럼 뭘 즐기냐면, 일단 적어 놓으라고 했죠. 적는 순간 머릿속에 스크래치가 났죠. 그럼 나름대로 짐작을 해 보는 거예요. 이게 도대체 뭘까. 막 생각해 보는 거예요. 그렇게 해서 검색을 했는데 맞아. 역시 내가 추론한 게 맞았어. 뿌듯함을 즐겨요. 틀렸어요. 그럼 '내가 바보인가 봐.' 가 아니에요. 얘가 말한 거 말고 이런 생각도 했구나. 그렇게 한 일 년, 습관 되면 3년을 쭉 가요. 나중에 여러분이 다음 번 삶을 살려고 선택을 했을 때, 이 쌓인 힘이 어마어마한 에너지와 아이디어로 작동을 해요. 하버드 졸업장이 중요한 게 아니에요. 내가 맨땅에서 할 수는 없는 거예요. 그래서 공부를 하는 이유가 뭐냐면, 내 안에서 그걸 체계적으로 융합시켜서 내 걸 만들고, 그것들이 내 삶을 움직이는 힘이 되게 하기 위해서.

자, 정리해 봅시다. 상상력을 갖추셔야 해요. 전해 받은 생각을 따라가려고 하지 마세요. 두 번째, 내 옆에 있는 친구가 내 평생의 친구예요. 세 번째, 내 생각 하나보다 여럿이 모여 생각하는 게 훨씬 더 매력적이고 많은 것을 줘요. 네 번째, starting point가 좋다고 끝까지 가는 거 아니에요. 진짜 끝은 뭐예요? 내가 점점 더 나은 삶을 사는 것. 그러려면 꿈만 가져서는 안 돼요. 또, 꿈을 쉽게 포기해서는 안 돼요. 내가 잘하는 것과 좋아하는 것을 잘 구별해서 관리하셔야 돼요. 마지막으로, 혼자 있는 시간을 자꾸 더 만드셔야 돼요. 고독을 즐기세요. 즐기실 것까진 없지만, 기꺼이 고독할 수 있는 훈련을 해야 해요. 검색보다는 사색할 수 있는 시간을 가져야 되고, 하나로 딱 줄여 봅시다. "내가 묻는다."예요. 그게 인문학이에요. 누가 물어요? 여러분이 물어보셔야 해요.

우리가 묻고, 인문학이 답하다

Q. 교수님께서 자꾸 질문을 많이 하라고 하셨잖아요? 근데 만약에 질문을 했는데 거기에 대해서, 질문에 대한 대답을 못 찾았을 때는 어떻게 해야 할까요? 이은지

A. 그럴 때 있잖아요. 선생님께 물어보고 싶은데 대답 못 하실 것 같아서 배려하는 마음으로 질문하지 않을 때, 일단 적어 놓으세요. 그건 따로 칼럼을 만들어서 모아 두세요. 자꾸 생각해 보면 돼요. 가끔 보세요. 그럼 어, 이거 하고 영감이 떠오를 때도 있고요. 아, 그거였어. 하고 떠오를 때도 있어요. 그런 게 바로 평생 살아가면서 매우 중요한 것이 돼요. 오히려 답이 없는 건 심오한 질문을 해서 그런 거예요. 하루아침에 배운 답이 아니라 오랫동안 많이 보고 배워야 얻을 수 있는 답이라고 생각하면 돼요.

Q. 작가님은 인문학을 무엇이라고 생각하시는지, 인문학이 작가님에게 어떤 의미인지, 마지막으로 작가님의 꿈은 무엇인지 궁금합니

다. <u>김엄지</u>

A. 여러분들 아인슈타인의 상대성이론에 대해 알아요? 몰라요. 물리학 한 사람들도 몰라요. 예전에는 물리학에서 시간은 절대성이에요. 아인슈타인은 시간도 바뀔 수 있다고 생각했어요. 아인슈타인은 그걸 증명해 보인 거예요. 그게 'E=mc^2'라는 방정식이에요. 근데 인터스텔라는 뭐예요? 거기에서 모티프를 얻어서 배경을 만든 거예요. 시간이 바뀌니까 내가 바뀌고 내 삶이 바뀌고 관계가 바뀌고 세상이 바뀌죠. 그게 인문학이에요. 그건 어떤 과거, 어떤 주제, 어떤 분야를 하든지 그 주체도 인간이고, 그 목적도 인간이고, 주제도 인간이에요. 그렇게 하면 그게 인문학이라는 거예요.

예를 들어서 여러분들이 미분을 배워요. 다짜고짜 계산법만 배우죠. 내 삶을 미분해 봐요. 그 기울기가 뭘까? 목적이 될 수도 있고, 의미가 될 수도 있고, 반대로 적분을 해 보면 어떨까? 예를 들어 연애를 하면 미분을 하는 거예요. 마지막으로 알고 싶은 게 서로의 삶의 기울기예요. 결혼은 적분이에요. 알파와 베타라는 범위 내에서 면적을 구하는 거예요. 결혼은 함께 가는 거예요. 적분을 수로 할 때는 수리과학 자연과학이지만 삶에 적용시키면 상상력이죠. 이런 게 인문학이에요. 사람이, 삶이 개입해서 생각하는 거예요.

저는 뭐가 되고 싶었냐고요? 어른이 되고 싶었어요. 왜냐면 청소년이 지겨워서요. 노예 같은 삶이잖아요. 내가 하고 싶은 거 아무것도 못 하게 하고 매일 공부나 하라 그러고. 빨리 이 지긋지긋한 거 벗어나고 싶었어요. 솔직히 저는 아직도 20대로 돌아가고 싶은 마음 없어요. 학교는 노는 곳이지 공부하는 곳이 아니어야 한다는 거예요. 지식으로 놀아야 해요.

공자가 학이시습지면 불역열호아(學而時習之 不亦說乎)라고, 공부하는 게 즐겁다고 했잖아요. 또한 즐거우면 학이 즐겁다는 거죠. 진짜 공부하는 게 재밌냐? 재밌게 해 놔야 그게 공부해요. 학위의 글자대로. 근원적인 질문을 자꾸 던져 봐야 해요. 그냥 공부하는 것하고 재미로 만드는 공부하고 다르겠죠. 내가 못 했으면 여러분은 해야 돼요. 그게 역사의 발전이에요, 그게 세대의 발전이에요. 사실은 아까도 얘기했지만 여러분 나이에 내가 더 많이 누렸어. 여행할 거 다 했고요, 뭐가 되고 싶었냐면 사실은 시를 쓰고 싶었어요. 그런데 시적 재능이 없어서 산문을 썼고요. 공부를 하면서 몰랐던 것을 아는 즐거움, 늘 머릿속에 뭔가를 넣었다가 아는 즐거움을 품고 있으세요. 아무것도 없으면 반응할 주체가 없는 거예요. 그럼 지나가는 거예요. 근데 품고 있잖아요? 저게 마주치는 순간 원빈에게 반응하듯 스파크가 팍 터지는 거예요. 그래서 꿈을 가져야 하는 거예요. 그리고 투자를 해야 돼요. 투자 별거 아니에요. 아직 여러분들의 나이에는 이루어질 수가 없어요. 품고 있으세요. 그랬을 때 뭔가 계기가 주어지면 전류가 흐르듯이 이루어지게 돼요. 그게 여러분들을 진짜 행복하게 해 주는 거예요.

Q. 공부만 가르쳐 주는 학교에서 잘하는 것, 좋아하는 것을 어떻게 찾을 수 있나요?

A. 거울효과라는 게 있어요. 상대방을 보면서 나를 아는 거고 닮아가는 거예요. 나는 누군가에게 거울 뉴런일까 생각하고 학교의 제도화된 모습이 전부라고 생각하는 거예요. 그리고 그게 내 탓이 아니라고 생각하는 거예요. 그 제도에 순응하고 그 방식대로 살아가는 게 익

숙해지고 저항하지 않는 것도 잘못이에요. 여러분들이 자꾸 이야기를 해야 하는 건 서로 읽은 것, 생각하는 것, 느낀 것들을 자꾸 이야기해 봐야 하는 거예요. 상대가 나의 거울 뉴런이고 그래서 나를 객관화시키는 거예요. 또 상대의 이야기를 통해 내가 몰랐던 걸 알게 되죠? 그럼 좋은 거예요.

Q. 옛날 사람들이 살아 보지 못한 우리의 삶들이 뭔가요?

A. 예전에 서양 사람들이 중국 영화를 10분 이상 볼 수가 없었어요. 날아가고 구름 타고 다니고 그래요. 서양 사람들이 볼 때는 완전히 비논리적이라고 생각해요. 아날로그 세계는 시간과 공간이 1대 1로 대응하게 돼 있죠? 논리적이고 합리적 사유예요. 디지털 시계는 1대 다수죠. 사실 1대 1이지만 그냥 너무 빨라서 그런 거예요. 디지털 세상에 와서 보니까 어때요. 시간과 공간이 반드시 한 장소에 있을 필요가 없는 거예요. 대표적인 영화가 와호장룡이라는 거예요. 그 영화를 보고 뭐라고 말하냐면 중국 영화 10분도 못 보던 사람들이 fantastic이라고 말해요. 아날로그에서 디지털로 바뀐 거예요. 해리포터가 딱 그 타이밍인 거예요. 자기들이 겪어온 이야기거든요. 우리 머릿속에서 예전에 상상만 하던 게 이제는 그게 가능한 세상에 살고 있는 거예요. 완전히 다른 세계죠.

어떤 생각이 떠오르면 무조건 적어 두세요. '이게 가능할까?'라고 생각하지 마세요. 말도 안 되는 이야기라고 생각하지 마세요. 스티브 잡스가 성공한 건 어떤 영감을 기술과 정보의 진보 속도가 너무 빨라 이제 나는 여기 있고 네가 와. 그 생각을 하고 났더니 전화기로 됐어요. 그게 스마트폰의 개념이에요. 처음에 아이폰으로 했어요.

엠피쓰리 하는. 말이 되든 안 되든 자꾸 상상을 하셔야 돼요. 그리고 그걸 적어 놓으세요. 그 상상을 빚어내는 건 여러분들이에요. 언젠 가 그게 가시화될 수 있는 때가 오면 그게 현실이 돼요. 우리 세대에 는 꿈도 못 꾸는 거예요. 여러분들은 별개의 세상을 가지고 있는 거 예요.

작가님, 고맙습니다!

<u>윤혜성</u> 항상 뭔가를 볼 때 비판적인 시각을 가지고 질문을 하라고 하셨던 점이 가장 인상 깊었던 말이었습니다. 앞으로도 이런 시각으로 세상을 좀 더 깊게 이해하고 상상력을 이용해서 삶을 살아 보고 싶어졌습니다. 또한 바쁜 일상에서 자신의 내면을 돌아보고 깊게 생각할 시간이 없었는데, 사색의 중요성에 대해서 말씀하시니 삶을 살아가면서 먼저 나 자신에 대해서 알아야지만 다른 것들도 잘 이해할 수 있을 것만 같았습니다. 2시간 동안 좋은 강연을 들을 수 있어서 좋았고 앞으로도 이런 강의를 많이 들어 보고 싶습니다.

<u>강지은</u> 인문학에 대해서 뜻도 모르고 관심도 없었는데 강의를 들으며 사람에게 영감을 주는 삶에 대해서 고민하게 되었습니다. 어렵게 생각한 고민도 재미있게, 간단하게 말씀해 주셔서 생각을 쉽게 할 수 있었던 것 같아요. 마지막에 질의응답 중 고민에 대한 답을 얻지 못했을 때 적어 두란 말 멋있었습니다.

이은지 저는 영화감독이 꿈인 2학년 학생입니다. 선생님 강의를 들으니까 공부가 꿈을 찾는, 혹은 꿈에게 다가가는 지름길이 아니라는 걸 알았습니다. 그렇지만 어떤 것을 알아야 다른 것을 보는 시선이 달라지고 더 잘 이해해야 된다고 하셨으니, 더 열심히 공부해야겠다고 생각했습니다.

장보민 '꿈만 꾸어서도 안 되고 포기해서도 안 된다.', '기꺼이 고독할 수 있어야 한다.' 등과 같은, 마음에 쏙쏙 들어오는 즐거운 강의였어요! 대세가 인문학이라고 하면서 아무도 인문학에 대해 가르쳐 주지는 않았는데 오늘 이 시간을 통해 100프로는 아니지만 많은 것들을 알고 가는 것 같아요. 오늘부터는 생각이 떠오르면 적어 두는 습관을 위해 노력하겠습니다. 멋진 강의 감사합니다.

신연지 난생 처음 강의를 듣게 되었지만 생각했던 것만큼 딱딱하지도 않고 즐거운 시간이 되었어요. 5교시는 정말 졸릴 수도 있는 시간인데도 전혀 졸리지 않고 뜻 깊은 시간을 만들어 주셔서 감사합니다! 짧은 시간이었지만 꼭 남들에게 자랑하고 싶은 경험이었습니다. 언제까지고 잊지 못할 것 같아요. 큰 교훈 주셔서 정말 다시 한 번 감사합니다.

김은정 오늘 들었던 강의 내용 중 사색의 중요성에 대해 말씀하신 게 제일 인상 깊었습니다. 대한민국의 학생으로 살아가며 사색에 잠길 생각, 시간이 없었던 것 같은데, 교수님의 말씀을 듣고 사색을 해야겠다는 생각이 강하게 자리잡았습니다.

이예은 제 학교생활에 대해 다시 돌아보게 되었고 '내가 아무 생각 없이 읽던 이솝우화가 이렇게도 해석이 될 수 있구나.' 하는 생각을 하게 되었습니다. 이 세상을 다양한 관점으로 볼 수 있도록, 기꺼이 사색에 잠길 수 있도록 노력하겠습니다.

김엄지 저는 동아리장입니다. 저도 제가 하고 싶은 일을 하고 싶지만, 집단 생활이기에 모두를 생각하고, 어떻게 잘 이끌지를 생각합니다. 우리는 다 함께 꿈을 가지고 있습니다. 모두가 처음이기에 같이 생각하고 함께 도전해 보고 있습니다. 혼자였다면 할 수 없었던, 용기조차도 낼 수 없었던 일들을 지금 함께하고 있습니다. 오늘의 강의를 듣고 우리 동아리 친구들이 '함께 함'의 중요성에 대해 더 많은 것을 배운 것 같아 작가님께 꼭 감사의 말씀을 드리고 싶었습니다. 그리고 꿈을 포기할까 고민하였던 저는 저자님의 말씀을 듣고, 포기하지 않고 꿈을 품고 무작정 가 보려 합니다. 그리고 그 꿈을 이루고 다른 꿈을 위해 투자해 볼까 합니다.

김수진 '인문학이란 내가 묻는 것이다.' 오늘 강의 중 가장 인상 깊은 말씀이었습니다. 사실 나는 인문학이 정확히 무엇인지도 몰랐고 인문학이 많은 것을 필요로 하는지도 몰랐습니다. 인문학은 작가 혼자 그냥 생각해서 쓰는 건 줄 알았는데 인문학은 혼자 쓰는 게 아니라 여러 사람의 생각도 필요하다는 것, 그것이 나 혼자의 생각보다 더 좋은 생각이라는 것을 알게 되었습니다.

김채린 인문학이다 하면 공자, 맹자, 순자와 같은 어려운 사람들이 나오는 것인 줄만 알았는데, 토끼와 거북이의 이야기나, 우리의 꿈과 같은 주제로 재밌고 쉽게 풀어 나가서 재미있었습니다. 또 꿈을 꾸고 있는 것도 어려운 게 아니라 꿈을 계속 잡고 있는 것 또한 꿈이라고 하셔서 희망을 가지게 되었습니다. 고맙습니다.

박정빈 강의를 들으며, 가장 인상적이었던 부분은 바로 '고립과 고독은 다르다. 기꺼이 고독할 수 있어야 한다.'는 말씀이었습니다. '그 동안 나는 고립과 고독을 구별하고 있었을까?'와 '나는 앞으로 기꺼이 고독할 수 있을까?'라는 생각이 들었습니다. 고독을 즐길 줄 아는 사람이 되고 싶게 만든 강의였습니다.

정수연 교수님께서 하신 말씀들이 전부 감탄을 자아낼 만큼 새로운 깨달음이나 제게는 없었던 새로운 생각을 심어 주는 것들 같아서 감명 깊었습니다. 이번 강의가 인문학에 더 관심이 많아지는 계기가 된 것 같습니다. 앞으로는 더 넓은 시야로 세상을 바라볼 것 같은 느낌이에요.

박예지 처음에 말씀하신 '길을 가 본 사람에게 길을 묻지 마라.'라는 말이 인상적이었습니다. 내가 원하는 길을, 같은 꿈을 꾸는 사람들과 함께 개척해야 한다는 걸 느꼈고, 모르면 당연히 물어봐야 더 잘 갈 수 있다는 생각이 바뀌게 되었습니다. 고맙습니다.

인문학은 언제나 따뜻하거나, 현실과의 거리감에 가슴이 답답해지거나, 그냥 이런저런 깊은 사색에 빠지는 거라고 생각해왔었는데, 교수님과의 특강은 나에게 나름 파격이었다. 처음부터 현재 현실의 반복되는 down and worse 얘기에 나는 많이 당황했었다. 하지만 계속 들으면 들을수록 깨달았다. 인문학은 사람을 연구하는 학문이었다. 그런데 나도 모르게 인문학을 내가 아는 인문학으로만 한정지어 왔던 것이다.

교수님은 다양한 이야기를 들려주셨다. team, 꿈, mate, 역사왜곡, 토끼와 거북이, 고독, 먹방, 비판 등등. 나에겐 한 가지를 꼽을 수 없이 모든 이야기가 인상 깊었다. 이야기들이 가리키는 것은 평소 내가 아주 어렴풋하게나마 생각해오거나 머릿속에 정리되지 않고 두루뭉술하고 희미하게 드문드문 있던 것이었는데, 교수님이 그것들을 정확하고 날카롭게 집어서 확실히 내 머릿속에 각인시켜주셨다.

그중에서도 내가 새롭게 깨달은 것이 있다. 우리가 'team'으로 살아가야 한다는 것이다. 사람은 혼자서는 살 수 없다는 걸 안다. 하지만 나는 팀이란 걸 불화를 일으키는 성가신 것이라고 생각해왔다. 팀 안에서 서로 도움을 주고받으며 효율적으로 일을 수행할 수도 있지만, 그런 경우는 정말 운이 좋은 경우라고. 그렇지만 교수님의 특강을 듣고 다시 생각하게 되었다.

내가 team이란 걸 기피한 가장 큰 이유는 같은 team이 될 사람들 때문이었다. 나와 맞지 않는 타입의 사람과 함께 해야 하는 게 싫었다. 또 어디 모여 의견을 나누고 피드백을 하고 그러는 게 귀찮고 그냥 혼자 하는 게 편해서도 그랬다. 아마 특강을 듣고 있던 대부분의 학생들이 나와 같은 생각이었을 것이다. 그런 우리들에게 교수님은 '배려'와 '연대'를 말했다. 그 말을 들은 나는 무심코 '그런 게 안 통하는 사람도 있어요.' 라고 생각했다. 그리고 스스로 놀라버렸다. 사람이 사람을 포기한다면 우리는 어떻게 될까? 이런 식으로 간단히 누군가를 판단하고 포기해버린다면 우리 사회는 어떻게 되어버리는 걸까. 나도 누군가가 포기하는 사람이 될 수 있다. 그런 식으로 사람들 사이의 인연을 놓아버리고 배려와 연대는 더욱 잊어버리는 걸까. 나는 이미 내가 그런 생각을 가지고 있었던 것에 충격을 받았다. 그리고 생각했다. 교수님 말씀대로 우리에겐 team이란 게 필요하다고. 지금 당장 배려와 연대가 부족해도 상관없다고.

이미 우리는 배려와 연대를 많이 잊어버렸는지도 모른다. 그러니까 제대로 된 출발점에 서서 다시 시작하자고. 팀으로서 함께 한다면 처음에는 많이 삐걱거려도 언젠가 배려와 연대로 행복할 수 있지 않을까?

대구여자고등학교 2학년

이수나

"21세기의 인류는 자유로운 상상력과 창의력이 마음껏 융합되는 창조의 시대로 나아갈 수밖에 없다. 그 바탕에 있는 인문학은 인간에 대한, 인간의 가치에 대한 재발견이라는 점에서 지금 우리의 인문학은 중대한 전환점에 서 있다."

네 번째 만남
(7월 15일)

사람은
무엇을 위해 사는가?

임헌우 _ 『스티브를 버리세요』 저자, 계명대 시각디자인과 교수

강 연 속 한 구 절

"버려야 할 것은
우리 시대가 아니라
우리 시대의 편견이다."

강연 스케치

오늘의 강연 주제는 '사람은 무엇을 위해 사는가?'

현재 이곳의 기온은 38도.
전력 부족으로 에어컨은 지금 out.
게다가 임헌우 교수님이 갖고 오신
사과 모양이 반짝이는(?) 노트북을
우리 학교 빔이 한동안 소화하지 못하고,
간신히 연결하고 나니,
동영상 소리가 재생되지 않고……
최악의 특강 여건에도 불구하고
교수님의 강의는
이렇게 아이들의 집중을 이끌어 내고 있다.

이렇게 보니,

교수님 머리스타일이 정말……

스스로 고백하셨듯이

아줌마 헤어스타일. ㅋㅋ

그러나 이렇게 멋진 교수님을

처음 봤다는 학생들이 반응이 많았다는

〈수요일 인문학〉의 열혈 팬, 제이미 선생님의 소감 발표

〈꿈길〉의 초대장

"이것으로 당신의 마음은
한없이 뜨거워질 것이다!"

『상상력에 엔진을 달아라』에 이은
임헌우 교수님의 신작, 『스티브를 버리세요』

삶을 살아가며 마주하게 되는 두려움,
미래에 대한 불안과 인생에 대한 고민에
임헌우 교수님이
직접 부딪치면서 찾아낸 해답을 알고 싶다면?

『스티브를 버리세요』의 저자,
임헌우 교수님의 북토크에 여러분을 초대합니다!

임헌우 교수님은,
이런 분입니다

현재 계명대학교 시각 디자인과 교수님, 디자인센터장.
『와이낫커뮤니케이츠』 크리에이티브 디렉터.
『스티브를 버리세요』의 작가.
그 외에도 많은 책을 저술하셨고,
많은 직책들을 맡고 계십니다.
특히 『상상력에 엔진을 달아라』는
한 대형서점의 정치사회 부분에서 60주 동안 베스트셀러!

그리고 무엇보다 인문학에 대한 사랑이 넘치는 분으로, 그것이 이 대구여고에 오신 가장 큰 이유이기도 합니다. 교수님은 특히 상상력과 창조성에 대한 특강과 다양한 인문학적 강연을 하고 계십니다.

사람은 <u>무엇을</u> 위해 사는가?

안녕하세요. 제 책 『스티브를 버리세요』 읽어보셨나요? 이 책의 맨 처음은 '인생은 우리를 숨 막히게 하는 몇 순간들로 이루어져 있다.' 라는 글귀로 되어 있습니다. 이 글귀에 동의하시나요?

『보르헤스에게 가는 길』이라는 책을 아시나요? 이 책의 한 부분에 대해 말씀드리고 싶습니다. 보르헤스는 소설가 중의 소설가이지만 나이가 들어가며 서서히 시력이 감퇴해 결국에는 책을 읽지 못하게 됩니다. 대신 그의 노모가 대신 책을 고르고 읽어주지만 한계가 있죠. 그는 아르헨티나 피그말리온 서점에 자주 들렀는데 그때 그 서점의 아르바이트생이 알베르토 망구엘이었습니다. 그래서 보르헤스는 망구엘을 자신에게 대신 책을 읽어주는 사람으로 고용하게 됩니다. 이 책은 망구엘이 보르헤스에게 책을 읽어주러 가는 그 장면을 묘사하는 내용입니다. 망구엘은 보르헤스에게 4년 동안 책을 읽어주면서 자신도 지식을 쌓게 됩니다. 그런 망구엘은 책에 대해 '우리는 책을 읽어도 모를 수 있지만, 책은 무수한 가능성을 제시한다.' 라는 말을 남겼습니다.

마찬가지로 엉터리 책이라도 운명적으로 맞는 독자에게는 통찰의 순간을 허락할 수 있습니다. 그 예로 책을 통해 자신의 인생의 방향을 정한 나카타니 아키히로라는 사람이 있습니다. 나카타니 아키히로는 4천 권의 책, 4천 편의 영화를 대학 생활 내내 보았다고 합니다. 이후 작가가 되어 19년 동안 800권의 책을 쓰게 됩니다. 이렇듯 아키히로는 자신의 꿈을 책과 영화를 보면서 찾았지만, 현재 여러분들은 진로와 성적에 대한 걱정이 많아 불안하기도, 두렵기도 할 것입니다. 하지만 여러분, 여러분의 부모님들을 생각해 보세요. 아마 여러분보다 더 불안하실 겁니다. 문제는 여기에 있습니다. 여러분은 지금까지 살아오면서 스스로 판단하고 결정할 기회가 별로 없었습니다. 그리고 여러분에게는 앞으로 더 큰 선택인 '대학'이 남았습니다. 오늘은 이 문제에 대해 우리가 같이 얘기해 보고자 합니다.

우리는 책을 왜 읽을까요? 첫 번째 이유는 책을 읽는 것은 디지털에서 정보를 얻는 것과는 언뜻 같아 보이지만 엄연히 다른 것이기 때문입니다. 디지털에서 얻을 수 없는 것을 우리는 책에서 얻을 수 있습니다. 또 실제로 한 조사 결과에 의하면, 책으로 읽는 것이 2.6배 기억에 오래 남는다고 합니다. 디지털 미디어는 산만하고, F자 형태로 분절되어 있기에 읽어도 기억이 오래 가지 않지만 이와 달리 책을 읽으면 온전히 저자와의 대화를 즐기게 되고 몰입할 수 있습니다.

책을 통해 사유하는 기회를 가지지 못한 사람은, 아이의 손에 쥐어진 칼처럼 위험하고, 또 위급합니다. 예루살렘의 아이히만에 대한 『악의 평범성에 대한 보고서』라는 책을 예로 들어봅시다. 아이히만은 히틀러 밑에서 학살에 가담했던 사람입니다. 하지만 끝나지 않을 것만 같던 히틀러의 독재가 결국 파국을 맞이하고, 곧 아이히만도 이스라엘에서 잡혀 공개 재판을 받게 됩니다. 그 과정을 모두 지켜본 사람인 한나 아렌트가 쓴 책이 바로 이 책입니다.

이 책의 가장 충격적인 내용은 끔찍한 학살에 가담한 전범이라 생각된 아이히만이 지극히 평범한 사람이었다는 것입니다. 그래서 한나 아렌트는 아이히만이 자신의 의사를 잘 표현하지 못하는 사람이었다는 점에서 말하기의 무능성, 생각의 무능성, 타인의 입장에서 생각하기(공감)의 무능성 세 가지를 깨닫게 되었습니다. 이 세 가지의 능력이 없다면, 누구든지 끔찍한 살인자가 될 수 있다는 것입니다.

우리가 공부하고, 지식을 쌓아야 하는 이유가 바로 여기에 있습니다. 미디어들은 현재 우리들을 더 일차원적으로 만들고 있습니다. 하지만 사유도, 의지도, 판단도 할 수 없다면, 우리 모두의 안에 아이히만이 존재할 수 있다는 점을 잊어서는 안 됩니다. 앞서 제가 여러분들도 여러분들의 판단에 의해 결정한 적이 별로 없다고 말했었죠? 계속 그렇게 살게 된다면 여러분 또한 사유도, 의지도, 판단도 할 수 없는 상태에 이르게 될지도 모릅니다.

오늘의 강의는 최종적으로 '어떻게 인생을 살 것인가'에 관한 것입니다. 존 듀이는 '학교교육의 목적은 성장을 가져올 수 있는 힘을 체계적으로 구비해 교육이 지속되도록 하는 일이다.'라고 말했습니다. 즉 교육의 가장 큰 목적은 성장이란 것입니다. 그런데 여러분은 지금 성장해나가고 있나요? 나이만큼 정신도 성장해나가고 있느냐고 묻는다면, 꼭 그렇지만도 않은 것 같습니다.

교육부 대학 정책실에서 조사한 바에 의하면, 산업계 수요와 전공분야의 불일치가 지금 큰 사회적 문제가 되어가고 있다고 합니다. 인력수급이 미스매치를 이루고 있다는 것이죠. 전공불일치자 비율, 즉 전공과 직장이 일치하지 않는 사람의 비율이 무려 50.3%에 이른다고 합니다. 이렇게 자신의 전공과 관련 없는 직장을 선택한 사람들이 과연 나중에 행복할까요?

여러분에겐 아직 먼 얘기처럼 느껴지나요? 여러분들과 같은 고등학생의 경우도 별반 다르지 않습니다. 학생들의 진로 선택 방법의 대다수는 수능점수입니다. 고등학교 1학년, 2학년 때까지만 해도 많은 꿈을 가지지만, 3학년 수능점수를 받고 나서는 점수에 맞게 그 꿈이 20개 안팎으로 확 줄어듭니다. 그러다 보니까 미스매치 현상이 일어날 수밖에 없는 것입니다. 원해왔던 과든, 그렇지 않든 간에 대학교에 진학하는 학생들의 비율은 75% 이상입니다. 그중 대기업에 진출하고 공무원 시험에 합격하는 사람은 넉넉하게 잡아 15%입니다. 나머지는 중소기업, 백수, 프리랜서 등의 직업을 가지죠. 대학에서 배우는 것은 이 15%에 들어가기 위한 교육입니다. 그러다 보니 대졸자가 신입사원 일 년 안에 퇴사하는 비율이 29.3%에 달하는 것입니다. 우리나라의 대학 진학률은 유럽에 비해 2배 정도 높지만, 퇴사할 가능성 또한 훨씬 높습니다. 퇴사 이유를 조사해 보면 적성과 맞지 않는다, 위계질서 문화가 싫어서 등의 이유가 주를 이룹니다.

지금까지 본 것은 취업자 입장이고, 또 요즘 면접관들의 입장을 한 번 생각해볼까요? 국민일보 신입사원 면접관은 '응시자들의 의상, 행동, 표정, 말투 모두 어디에선가 배워온 듯한 느낌이 든다.' 라고 말했습니다. 이에 대해 로버트 치알디니는 '평균의 자석'이라는 용어를 제시합니다. 평균에서 벗어난 사람들이 평균에 맞추려고 한다는 것이지요.

여러분들은 어떤가요? 평균에 달려가고 있진 않나요? 여러분 부모님이 여러분들을 학원에 보내는 이유가 무엇이라 생각하시나요? 그 이유 중 하나는 '남들이 다 보내니까' 일 것입니다. 여러분들이 고등학교를 졸업하고 대학에 처음 들어와 1학년이 되면 다들 하는 일이 술을 마시며 노는 것밖에 없습니다. 하지만 마치 모종의 계약처럼 부모님은 그에 대해 아무 말씀하지 않습니다. 그래서 1학년은 더욱 열심히 놉니다. 그러다가 노는 게 좀 지겨워지면 2학년 때부터는 연애하기 바쁩니다. 그 연애가 또 지겨워지면 3학년 가을쯤 돼서는 면담을 와서 전공과 적성이 맞지 않다는 말을 하기 시작합니다. 실컷 놀다보니 정말 자신에게 필요한 생각은 하지 못하고 결국 늦은 거죠.

선택과 판단은 지금 해야 합니다. 하면 재밌는 일, 했으면 좋겠다고 생각하는 일과 자주 만나야 합니다. 지금 내가 막연하게 생각하는 꿈이 진짜 나의 꿈일까요? 물론 그럴 수도 있겠지만, 여러 곳에서 영향을 받아 착각하는 것일 수도 있습니다. 여러분, '네가 좋아하는 일을 하라.'라는 말을 흔히 듣죠? 그래서 친구들은 언젠가 그것이 내 눈앞에 나타날 거라 믿어요. 하지만 그게 아닙니다. 내가 좋아하는 일은 내가 찾아야 합니다. 저는 여러분이 그런 선택과 결정들을 지금쯤은 고민해 봐야 한다고 생각합니다. 그리고 진짜 하고 싶은 일이 생기면 부모님에게 내가 그 일에 대해 얼마나 많은 열정을 갖고 있는지 보여줘야 합니다. 그런 열정을 보면 누구라도 여러분이 하고 싶은 일을 허락해 줄 것입니다.

누구나 꿈이 없는 사람은 없지만, 그것은 온전히 내가 선택한 것이 아닐 수도 있음을 항상 기억해야 합니다. 내가 이제껏 내 꿈이라고 생각해왔던 것이 어디서 본 것이거나 또는 다른 사람의 바람일 수 있기 때문입니다. 현재 여러분에게는 그것을 발견하는 것이 중요한 일입니다. 이것이 평균의 자석에서 벗어나는 방법입니다.

이 책의 내용 안에는 '스펙 쌓지 마세요.'란 말이 있습니다. 우선, 스펙은 나의 자질과 능력, 남과 다른 나만의 독특한 가능성과 재능을 의미합니다. 하지만 요즘은 그런 의미로만 쓰이는 건 아닌 것 같아 안타깝습니다. 여러분, 스펙 쌓지 마세요. 자신의 개성을 길러 '여러분다운' 선택을 하세요.

저는 오늘 몇 가지 중요한 말을 했습니다. 그래서 저는 여러분이 오늘 저의 강의를 듣고 머리가 아팠으면 좋겠습니다. 그만큼 자신의 인생에 대해 생각하고 고민해 보았으면 좋겠습니다. 생각하지 않으면 아이히만이 될 수 있기에.

책 제목의 '스티브'가 과연 무엇일까요? 여기서 스티브는 스티브 잡스처럼 한 사회를 대변하는 영웅 또는 고정관념, 편견을 의미합니다. 이 스티브를 버릴 때 새로운 것이 만들어질 수 있습니다. 이 책을 출판했을 때, 교보문고에서 이 책을 가장 잘 표현할 수 있는 멋진 카피를 달아주었습니다. '스티브를 버리세요. 그리고 당신이 되세요.' 스티브와 같은 것들을 버리고 진짜 여러분들로 돌아올 때, 여러분은 비로소 여러분 자신이 될 것입니다.

마지막으로, 닐 게이먼이 했던 말인 '멋지게 실수하라.'를 여러분에게 말해 주고 싶습니다. 조금 더 지혜로운 사람이 되세요. 만약 되지 못한다 하더라도, 그런 척이라도 했으면 합니다. 그리고 나서는 그저 지혜로운 사람들이 할 만한 행동들을 하시면 됩니다.

여러분도 그렇습니다. 아는 것과 하는 것은 엄연히 다릅니다. 하세요. 여러분은 알지만 실천하지 않습니다. 여러분 스스로가 판단하고, 진짜 좋아하는 일을 찾아갈 수 있도록 스스로 발견하고 탐색하고 만들어가는 일이 고등학생 때 진짜 해야 하는 일임을 명심하세요. 그래야 진정으로 여러분 자신이 됩니다.

우리가 묻고, 인문학이 답하다

Q. 『섬』이라는 책에는 '책의 첫 문장을 읽고 방으로 달려 들어가 몰입해 읽었다.'는 구절이 있습니다. 교수님의 책이 저에게 그랬습니다. 교수님에게는 그런 책이 무엇인가요? 이다빈

A. 그런 책이 있다는 건 정말 큰 행운입니다. 저는 책을 너무너무 좋아해서 그런 책이 저에게는 한 두 권이 아니죠. 장 그르니에의 『섬』이란 책도 나에게 그랬습니다. 『젊은 소설가에게 보내는 편지』라는 책도 추천합니다.

Q. 디자인을 전공하려는데 요즘 제 그림에 대한 자신감이 떨어집니다. 어떻게 해야 자존감을 회복할 수 있을까요? 이다빈

A. 앞으로 우리 사회에서 디자인의 개념이 좀 달라질 것입니다. 그림을 무조건 잘 그려야 한다는 개념도 점점 없어지고 있는 추세이고요. 우리 학교에서는 그래서 아이디어를 더 보려고 노력합니다. 그림은 때론 잘 그리기도, 못 그리기도 하는 것이죠. 그건 당연한 것이고 또한 그림을 그리는 사람이라면 평생 지고 가야 하는 것입니다. 그림

은 쉽게 풀리지 않기에 재미있는 것이죠. 안 될 때는 좀 쉬고 에너지를 충전해 시기를 견디세요. 특히 디자인 실력은 일차함수가 아니라 계단형으로 향상합니다. 노력하다보면 어느 순간 뛰게 되는 것입니다. 수평적으로 갈 때는 참 지루하지만 그 시기를 잘 견뎌야 갑작스러운 도약을 가질 수 있습니다. 조금 더 해보세요.

Q. 하고 싶은 일을 하긴 하지만, 내가 정말 그 일을 하고 싶어 하고, 계속 할 수 있을까 의문이 듭니다. 김현지

A. 제 친구들 중에는 디자인 일을 계속 하다가 결국 때려친 친구가 있습니다. 저는 그걸 보고 좋아하는 일을 하되, 좋아만 하는 것이 아니라 그 일을 가꾸는 일 또한 필요하다는 걸 느꼈습니다. 연애도 그렇습니다. 남자친구와 좋은 관계를 유지하기 위해서는 엄청난 노력이 필요합니다. 계속 관리하고, 물도 주고 가꾸어야 합니다. 내가 좋아하는 일을 함부로 했다간 곧 싫어질 것입니다. 그렇기에 잘 관리해야 합니다. 연인처럼.

Q. 스펙을 쌓으려 하지 말라고 하셨는데 현실은 그렇지가 않은 것 같습니다. 스펙이 화려한 사람을 사회에선 더 필요로 하지 않나요? 익명

A. 그게 사실일 수도 있습니다. 하지만 요즘 면접관들의 공통된 의견은 취업 지원자들의 스펙이 모두 비슷하다는 것입니다. 제가 하고 싶은 말은 그렇기에 여러분만의 것을 개발해야 한다는 것입니다. 하고 싶은 것과 잘 하는 것을 갭을 줄여나가다 보면 찾을 수 있을 것입니다. 여러분에게는 남들과 다른 자신의 강력한 무언가가 필요합니다. 현대카드 광고를 보면 '단 한 번이라도 너만의 생각대로, 너만의 방식

대로 게임을 이겨본 적 있는가. 너만의 방식으로 주먹을 뻗어라.' 라는 글귀가 나옵니다. 이처럼 경쟁에서 승리하기 위해서는 여러분만의 주먹과 방법이 필요한 것입니다. 전 여러분의 가능성을 믿습니다. 지금 받는 어떤 시험의 점수가 너의 그대로의 능력이라고 한다면, 그걸 믿겠습니다. 하지만 만약 좀 더 나은 네가 될 가능성이 있는 거라면, 저는 그걸 믿겠습니다. 여러분의 점수로 여러분을 평가한다면 그거야말로 기분 나쁜 일입니다. 여러분은 그 점수보다는 훨씬 더 나은 사람입니다. 정말 하고 싶은 일을 하고 싶다면, 하기 싫은 일도 할 줄 알아야 합니다. 여러분에게 더 나은 잠재력이 있다면, 그것을 세상에 증명해보이세요.

Q. '너답게 살아가라' 라는 말은 참 좋은 말이지만, 너답게 살아가는 첫 발을 아이들이 힘들어합니다. 이 첫 발을 어떻게 하면 쉽게 내디딜 수 있는지 용기를 주세요. 제이미 선생님

A. 여러분은 지금 불안과 두려움을 느끼고 있습니다. 그건 인간의 몸에 장착된, 우리가 살아가게 하는 기제이기에 당연한 것입니다. 그때 우리에게 필요한 방법은 그 두려움과 불안을 타자화시켜야 한다는 것입니다. 그 두려움에 내가 먼저 말을 건다면, 두려움과 불안을 진정시킬 수 있습니다. 그러기 위해서는 일단 뭐든 시작하는 게 중요합니다. 작심삼일이라는 말, 들어보셨죠? 작심삼일도 모이면 여러분의 습관이 될 수 있습니다. 어떤 한 행동을 습관으로 만들기 위해서는 3주가 필요하다고 합니다. 일단 3주 정도만 시도해 보세요. 그러면 여러분의 인생이 바뀔 수도 있습니다. 인생을 바꾸는 것이, 말처럼 그리 거창한 게 아닙니다. 일단 하세요.

교수님, 고맙습니다!

익명 조금 더 진로에 대한 고민이 생겼고 많은 생각을 할 수 있었습니다. 책 정말 잘 쓰시는 것 같아요!

이승미 계속 디자인을 해오다 고2 여름방학에 문득 디자인이 적성에 맞지 않는 것 같아 오래도록 고민을 했었습니다. 결국 늦은 시기임에도 불구하고 과를 옮겼는데 선생님이 들려주신 대학생들 이야기를 들으니, 제 선택이 좋은 선택이었던 것 같습니다. 강의 고맙습니다!

정재임 선생님 *100% 공감 강의!*

익명 책을 다 읽어보지는 못해서 강연을 들으며 내용 속에 밑줄을 그어주신 것들, 색의 변화를 주신 것들을 강조하신 것들이라고 생각하고 그 문장들을 읽어보는데, 그 문장만으로도 많은 감동을 받았습니다. 강연도 ppt도 좋았고 목소리도 너무 좋으셔서 책을 읽어주시는 듯한 느낌이었습니다. 평소 미술 분야로 진학하고 싶었지만 늦었다는 느낌 때문에 많았던 걱정을 강연을 통해서 좀 덜어내고 용기를 얻은 것 같습니다.

박예지 사유의 의무를 강조해 우리 같은 고등학생 때에도 자신이 결정하기 위해 생각하고 고민해야 한다고 말씀하신 것이 감명 깊었습니다. 내 미래인 만큼 생각 없는 편안한 삶보다 앞으로 더 많은 고민을 하는 머리 아픈 삶을 살아야겠다고 생각했습니다.

교수님을 처음 보았을 때, 인상이 무척 좋은 분이라고 생각했다. 그리고 그 생각은 바뀌지 않았다. 강의를 들으면서 많은 깨달음을 얻을 수 있었기 때문이었다.

특히 『보르헤스에게 가는 길』이야기를 해 주셨을 때가 가장 인상 깊었다. 소설가들의 소설가라고 불리면서, 시력이 안 좋아졌음에도 불구하고 책 읽어주는 사람을 고용해서라도 독서를 놓지 않은 보르헤스가 대단하다고 느껴졌다.

그리고 스펙을 쌓지 말라는 말도 인상 깊었다. 현재의 대한민국은 너도 나도 스펙 쌓기에 빠져서 살고 있다. 그래야만 좋은 대학에 갈 수 있고, 좋은 곳에 취직을 할 수 있으며 그래서 행복하게 살 수 있다고 믿기 때문이다. 그렇지만 교수님은 모두가 그렇게 하고 있으니, 이는 평균치에 가까워지기 위해, 모두 남들과 비슷한 수준을 유지하기 위해 싸운다고 하셨다. 우리는 다른 것투성이인데, 모두들 같아지려고, 서로를 닮아 가려고 애쓰고 있다고 하셨다. 이는 우리를 금방 질리게 하고 스트레스를 주게 된다고 하셨다. 그리고 진정한 스펙은 남과 다른 것이라고 하셨다. 남과 다른, 오직 자신만의 이야기. 나는 이 말을 듣고 정말 깊은 감명을 받았다.

강의가 끝난 후 학생들과의 질문타임에서도 정말 내게 필요한 말들을 해주셨다.

"좋아하는 일은 스스로 질리지 않게 잘 관리할 필요가 있다. 연인처럼."

"하고 싶은 것과 잘 하는 것의 갭을 줄여라."

"어떤 일을 꾸준하게 하기 위해서 3주가 필요하다."

"자신만의 색깔을 잃어버리는 것 같을 때는 다른 관점에서 봐라. 아직까지 나도 내 자신이 되지 않았고, 되어가려고 노력중이다."

이런 말들을 듣고, '과연 내가 무엇을 하면 좋을지?', '어떻게 해야 할지', '어떤 것이 필요할지' 등 평소에 내가 궁금했지만, 답을 찾을 수 없었던 고민들의 답에 대한 윤곽선이 잡히게 되었다. 나의 특기와 취미의 차이를 좁혀 그 길을 잘 관리하여 나아가는 것. 강의를 듣고 이런 많은 것들을 깨닫게 되어서 무척이나 좋은 시간을 보낸 것 같다.

대구여자고등학교 2학년
방영임

미리 읽었던 『스티브를 버리세요』 책의 내용과 내가 이미 잘 알고 있던 '아이히만' 얘기가 나와서 듣기 쉬웠다. 특별히 새로운 주제는 없었지만, 중간 중간 가슴에 와 닿는 구절과 교수님의 위트 있는 말솜씨로 지루할 틈이 없었다.

많은 이야기를 들었지만, 일단 진로에 대한 이야기가 인상 깊었다. 대한민국의 학생 75%가 대학에 진학하고, 그 학생들의 50%가 자신의 전공과 상관없는 곳에 취업한다. 그리고 취업한 사람들 중 30%가 일 년 안에 퇴사를 한다. 퇴사 이유의 2위가 '적성에 맞지 않아서.'라고 한다. 이 말을 들은 순간 불안감이 엄습해왔다. 나도 그 30% 중 한 명이 될까 봐.

나는 진로를 이미 정했다. 아주 오랜 시간을 진로를 결정하지 못해 헤맸지만, 위기감을 느껴 책과 인터넷을 뒤지고 상담실을 들락거려 제일 나에게 괜찮은 직업을 찾았다. 하지만 나에게 그 직업을 향한 강렬한 열정이나 의욕이 있는지는 확신이 들지 않았다. 불안감이 자꾸만 생겨나 매일 스스로를 세뇌했었다. 난 이 직업이 되고 싶다고, 일부러 더 관심 있는 척을 해

왔다.

교수님은 자기 혼자, 자기의 마음속을 깊이 들여다보고 진짜 자기가 하고 싶은 걸 찾아보라고 하셨다. 나는 내 자신을 충분히 들여다보고 충분히 진지하게 생각해 보았다고 여겼었지만, 그렇다면 왜 내가 진정으로 원하는 직업을 못 찾았을까? 나는 다시 한 번 더 생각에 빠져들어야겠다고 느꼈다. 그 생각의 시간은 답이 없는 것만 같이 답답하고, 때론 생각이 이어지질 않아 짜증이 나기도 하는 또 다시 겪고 싶지 않은 시간이지만, 도망치지 말아야겠다고.

두 번째는 '스펙 쌓지 마세요'에서 '나답게' 살라는 말이었다. '평균의 자석'에서 벗어나 나답게. 나다운 게 바로 스펙이었다. 우리가 조금이라도 더 쌓으려고 아등바등하는 세간의 스펙이 아닌, '나'를 보여주는 나다운 스펙. 스트레스를 엄청나게 받으며 쌓는 게 아닌, 내가 이미 잘 알고 잘하고 좋아하는, 나답게, 나다운 스펙. 이게 나에게 큰 깨달음을 주었다. 나도 불안감에 평균으로 달려가고 있지 않았나? 내 자신의 개성과 매력이 점점 흐릿해지고 있는지도 모르고. 평균이란 게 과연 매력이 있을까? 이제 닿고 싶어 안달하던 평균에서 눈을 돌릴 때가 온 것 같다. '나답게'라는 건 누구도 개척하지 않고 지침서도 없이 혼자 가야만 하는 거칠고 힘든 길이지만, 어쩌면 나 자신은 더 즐겁고 행복할지도 모르겠다. 나답게, 나만의 길을 개척해 보자.

세 번째는 "못해도 괜찮다. 다만 이전보다는 나아져라."라는 말이었다. 이 말을 듣는 순간 교실 옆에 걸려 있던 액자 속 글귀가 떠올랐다. '나는 천천히 가지만 뒤로 가진 않는다.' 솔직히 매일 이 글귀를 보지만 그때는 아무런 감흥이 없었다. 그런데 교수님의 설명을 들으니 이 글귀가 달리 보였다. 나도 무엇보다 성장이 중요하다고 생각한다. 어쨌든 나아지는 게 중요하다고. 나는 내가 언제나 조금씩이나마 나아지고 있다고 생각해왔다. 가끔 넘어지거나 드러누워 버리거나 뒷걸음질 칠 때가 있지만, 넓게 보면 꾸준히 나아가고 있다고 생각했다. 그러나 이 날 특강 후 발표대회가 있었는데, 내 발표를 마치고 내가 결국 발전하지 못했음을 깨달았다. 그냥 있는다고 시간이 나를 발전시켜주지는 않는다. 내 스스로 나를 발전시키는 노력을 했어야 했음을 이제야 깨달았다. 나는 노력한다고 했지만, 연습한다고 했지만 나 자신을 바꾸기 위해서는 아주 많은 노력과 마음가짐이 필요한 것을. 이 발전을 위해 교수님이 말씀하신 두려움과 불안감을 '타자화' 시키는 것도 큰 도움이 될 것 같다. 좋은 시간이었다.

대구여자고등학교 2학년
이수나

　임헌우 교수님의 강연을 듣기 전에 먼저 『스티브를 버리세요』라는 책을 읽어보았었는데 각 문장마다 빼놓을 수 없는 좋은 말들이 가득해서 기대되는 마음으로 교수님의 강연을 맞이하였다.

　먼저 강연을 들어가기 전 교수님에 대한 소개를 들을 수 있었는데 계명대학교 시각 디자인과 교수님이라는 말씀을 듣고 책을 읽었을 때 보통의 책과 다른 시선을 사로잡는 문장 배열들이 떠올랐던 것 같다. 『스티브를 버리세요』라는 책을 본격적으로 파헤치기 전에 교수님께서 여러 가지 시각 디자인을 활용한 광고나 갖가지 정보들을 얻을 수 있었던 것 같다.

　교수님의 강연을 들으면서 무엇보다도 인상 깊었던 '스펙 쌓지 마세요.'라는 구절이 스크린에 띄어졌을 때, 조용히 미소를 지었던 것 같다. 교수님의 책을 생각하면 가장 먼저 떠올랐던, 그리고 궁금했던 구절이기 때문이다. 모두들 스펙을 쌓기 위하여 학력, 학점, 토익 점수를 올리고, 자격증을 취득한다. 모두가 똑같이 스펙을 쌓으며 평균이 되려고 한다. 교수님이 말씀하셨던 스펙은 내가 이때까지 생각해왔던 스펙과는 달랐다. 내가 생각해왔던 스펙은 쌓아두면 취업 하기에 수월하고, 많은 경험을 쌓는 것. 마냥 쌓아두면 좋겠다라고 생각했지만 교수님께서는 남들과 똑같이 스펙을 쌓기보단 자신의 개성을 쌓으라고 하셨다. 실제로 '스펙'에 대해 많이 걱정해왔던 나의 고민이 뻥 뚫렸던 것 같았다. 마치 교수님의 책 안에서 내 마음을 대변해 줬던 '당신이 지나치게 생각을 많이 한다면 새로운 제안을 시도해 보는 것은 너무 튀는 일이며, 당신이 지나치게 생각을 많이 한다면 사회는 너무 이기적이고, 세상은 너무 위험한 곳이며, 인생은 너무 덧없는 것이다'라는 구절처럼.

임헌우 교수님의 강의를 들으면 무척이나 공감되고, 또 힘들었던 내 마음에 있던 짐을 조금이나마 덜어줬던 것 같고, 교수님께서 서술하신 인상 깊었던 구절들을 적은 포스트잇이 곧 내 방 벽을 가득 채울 것 같다.

대구여자고등학교 2학년
장희정

처음 책을 받았을 때 『스티브를 버리세요』라는 책의 제목에 굉장히 의아했었다. 실제로 스티브 잡스는 창조와 도전의 아이콘으로, 21세기의 가장 성공한 사람들 중 하나이기 때문이다. 나 역시도 스티브 잡스의 'Stay hungry, stay foolish' 라는 명언에 큰 감명을 받은 적이 있어서 책을 읽고 강의를 듣기 전까지는 책의 제목에 대해 잘 이해가 가지 않았다. 하지만 교수님의 강의를 듣고 나니 스티브를 버린다는 말이 나만의 창조성을 찾으라는 말이었음을 알게 되었다. 이 책은 우리에게 시대의 편견을 버리고 '나다움'을 찾기 위해 '스티브를 버려라!' 라고 얘기하는 것이었다.

교수님의 강의를 들으면서 가장 색다르다고 느꼈던 것이 '스펙 쌓지 마세요.' 라는 말이었다. 모두 정해진 스펙에 나를 맞추려고 하지 말고, 남들과 다른 나의 가능성에 주목하라는 것이다. 다르게 태어난 나를 평균에 맞추려 하지 말라는 교수님의 말씀을 들으면서, 책 속의 많은 제목들 중 하나인 '당신답게, 그래서 남다르게' 라는 글귀를 읽은 나는 깊은 감명을 받기도 했다. 하지만 나는 아직 고등학생이라도, 나보다 먼저 대학교에 입학해 사회를 경험해 본 주위 사람들에게 취업하기 위해서는 스펙이 필수라는 말을 종종 들은 적이 있다. 특히 요즘은 좋은 대학교를 나온 사람들마저도 스펙 쌓기에 혈안이 되어 있다고 한다. 그래서 한편으론 이런 시대에서 스펙을 쌓지 말라는 말은 곧 취업을 하지 말라는 말과 같은 것이 아닐까 라는 생각이 들기도 했다. 내가 생각하는 나의 가치가 '스펙'이라는 정해진 기준 없이는 다른 사람들에게는 전혀 설득력이 없을 수도 있겠다는 생각도 들었다. 그래서 '스펙 쌓지 마라.'라는 말이 나에게는 그저 노력하지 않을 핑계거리가 될까 봐, '나만의 스펙을 쌓아라.'라고 받아들여야겠다고 다짐했다. 그리고 교수님의 '두려워하지 말고 그냥 하세요!'라는 말씀에 그 '나만의 스펙'을 쌓을 용기를 많이 얻을 수 있었던 것 같다.

　책 표지를 보면 큰 가위가 하나만 그려져 있다. 임헌우 교수님은 우리에게 스티브와 같은 우리 사회의 고정관념과 편견을 잘라내 버리라는 의도를 전해주시기 위해 그 가위를 책 표지를 선정하셨을 것이다. 나는 새로운 행동을 위해, 지금까지의 지켜지지 못한 수많은 지난 다짐들을 잘라내 버려야겠다는 생각이 들었다. 책 속의 인용구인 '너를 나타내는 건 생각이 아닌 행동이야.'라는 말처럼, 지나친 생각으로 행동해야 할 때를 놓치지 않는 것이 지금 나에게 가장 필요한 일인 것 같다.

대구여자고등학교 2학년

박예지

"스티브를 버리세요,
그리고 당신이 되세요.
스티브와 같은 것들을 버리고
진짜 여러분들로 돌아올 때,
여러분은 비로소 여러분 자신이 될 것입니다."

다섯 번째 만남
(9월 9일)

우리는
희망을 변론한다

윤지영 _ 『우리는 희망을 변론한다』 저자, 공익인권법재단 〈공감〉 소속 변호사

강 연 속 한 구 절

"우리가 들어야 할 것은 정보가 아니라 누군가의 소리이며,
소리는 앉아서 듣는 것이 아니라
소리 나는 곳으로
달려가야 한다."

강연 스케치

오늘의 강연 주제는 '우리는 희망을 변론한다'
우리의 예상과 달리
(우리는 굉장히 카리스마 있는 분인 줄 알았다.)
윤지영 변호사님은 굉장히 '여리여리' 했다.

우리가 갈망하는
서울대, 그리고 사법고시 합격
드라마에 나오는 대형 로펌 입사.

엄청난 스펙을 갖고 있지만
윤지영 변호사님은 공익인권법재단에서
아주 작은 월급을 받으며

우리 이웃을 위해 변호하고 계신다.

왜?

그 답을 찾는 과정이 우리에게 '감동' 이었다.

〈꿈길〉의 초대장

"법으로 희망을
이야기할 수 있을까?"

힘없고 소외된 이웃들을 위한 로펌 공감과
변호사 윤지영의 따뜻한 발걸음

『우리는 희망을 변론 한다』의 저자
윤지영 변호사님의
북토크에 여러분을 초대합니다!

윤지영 변호사님은,
이런 분입니다

서울대 법대 졸업. 사법 고시 합격.

한경 로펌에서 근무.

지금 현재, 공익인권법재단 공감 소속 변호사.

공익인권법재단 공감은,
이런 단체입니다

대한민국 최초의 공익 활동을 본업으로 삼은 변호사 단체인 공익 변호사 모임, '공감'에서 나온 단체.

소송으로 이익을 얻지 않고 오직 후원으로만 운영되는 단체. 사회적 약자의 인권을 보장하고 인권의 경계 확장과 변화를 지향하는 법적 실천, 공익법 활동의 활성화를 지향하고, 이를 위해 여성, 장애, 이주난민, 국제 인권, 취약 노동, 성소수자, 공익법일반, 공익법 교육 및 중계 등의 다양한 영역에서 활발히 활동하고 있는 단체.

우리는 <u>희망</u>을 변론한다

오늘처럼 이렇게 멋지고 인상적인 소개는 처음 들어봅니다. 이런 자리를 준비해 주셔서 정말 감사합니다. 오늘은 여러분들이 좀 더 관심가질 만한 주제인 우리 사회에서 일어나고 있는 일들과 변호사가 하는 일에 대해 말해 보고자 합니다.

저 같은 경우에는 원래 꿈이 특별히 있었던 건 아니에요. 한때는 스님이 꿈이기도 했습니다. 어떤 책을 읽고 많은 감명을 받았는데, 알고 보니 그 책의 작가님이 스님이었습니다. 그 스님은 사형수들만 만나는 스님이었습니다. 그 책에 의하면, 사형수들도 사정이 참 딱하더라고요. 본인의 잘못보다는 그렇게 될 수밖에 없었던 일도 많았어요. 저는 그걸 읽고 약자인 사람들, 그래서 사회에 버림받고 사회에 폐를 끼친 사람들을 위해 일하고 싶었습니다. 그래서 잠깐은 사회복지사도 생각을 했었어요. 그런데 기억이 정확한지는 모르겠는데 엄마의 '사회복지사도 아무나 할 수 있는 건 아니다. 그 일조차도 돈이 있는 사람이 제대로 할 수 있는 일이다. 돈이 없어도 내 몸뚱어리로, 내 능력으로 남을 가장 잘 도울 수 있는 건 변호사다.' 라는 말씀에 법대를 진학하게 되었습니다. 법대에 진학하게 된 후, 여러 다양한 변호사들을 만날 수 있었는데요. 저의 경우에는 이분이 특히 인상적이었습니다.

간단하게 설명을 할게요. 이분은 법조인 모든 사람들이 존경하는 사람입니다. 이분이 맡으셨던 사건을 간단히 설명하자면 우선, 한 여대생이 소위 말하는 공장에 위장취업을 하게 됩니다. 대학생이라는 신분을 고등학교 졸업이라 속여서 취업했기 때문에 수사를 당하게 되는데, 그 과정에

성적 수치심을 느낄 만한 일을 당합니다. 성고문을 당했던 거죠. 그런데 오히려 고문을 했던 경찰은 무죄로 판명나고 여대생은 잡혔습니다. 성고문에 대한 증거가 없었고, 여대생은 가난했고, 국가를 상대로 싸우는 것은 아주 위험했기 때문에 이 여대생을 변호해 주는 사람은 아무도 없었습니다. 그러나 조영래 변호사는 무료로 이 사건을 맡았고, 끝내는 승소했습니다.

저도 '이런 변호사가 되고 싶다' 라는 생각으로 공익인권법재단 '공감'에 들어가게 되었습니다. 저희는 돈을 받지 않습니다. 우리의 주 고객들은 돈을 낼 수 없는 사정이 많고, 공익을 위해서라면 돈을 받아서는 안 된다고 생각하기 때문입니다. 또 변호사라고는 하지만, 실내에서 작업하는 것보다는 마구 돌아다니는 경우가 많습니다. 시위도 가고, 기자회견도 가며 온 사방을 돌아다닙니다.

오늘 딱 3가지 사건을 소개드리겠습니다. 모두 여성들의 이야기인데,

같은 여성으로써 공감하며 들어주세요.

한 한국인 부부가 있었어요. 그들은 아이를 가지고 싶었습니다. 하지만 끝내 아이가 생기지 않아 이혼을 하게 됩니다. 그 후 남성은 바로 베트남 여성과 결혼을 해서 아이를 낳습니다. 하지만 이 베트남 여성은 아이를 낳고, 마취에서 깨어나니 아이를 찾을 수가 없었어요. 남편이 그럽니다. 어머니가 돌봐주려고 아이는 데려갔다. 그래서 그 베트남 여성은 그저 그런가보다 했습니다. 하지만 곧 베트남 여성은 곧바로 이혼을 당해 베트남으로 쫓겨납니다. 왜 그랬을까요? 네, 베트남에 갔던 여성이 아이를 만나고 싶어 수소문을 해보니 이혼을 했다는 부부가 다시 재결합해서 아이를 키우고 있었던 겁니다. 소위 말하는 씨받이 용도로 결혼하고 바로 이혼을 했던 거죠. 그저 아이를 낳는 도구로써 말입니다. 한국인 남성과는 연락이 두절되었고, 이 여성은 혼자 힘으로는 어떻게 할 수가 없어 우리를 찾아왔습니다. 우리는 양육권과 위자료를 달라는 소송을 했습니다. 어떻게 되었을까요? 양육권은 인정받지 못하고, 위자료만 인정이 됐습니다. 정신적 손해에 대한 위자료로요. 이 판결에 대한 재판부의 이유는 베트남 여성은 가난하지만 한국인 부부는 돈이 많기에 아이를 잘 키울 수 있다는 것이었습니다. 그런데 이것도 편견 아닌가요?

이런 인식들이 우리 사회에 많이 깔려 있는 것 같아요. 황티남이라는 베트남 여성은 남편에게 칼 두 개로 난자당해 사망했습니다. 한국인 남자가 결혼을 못할 때 손쉽게 결혼할 수 있는 게 동남아 여성인데요. 제가 폄하하려는 의도가 아니라 그에 따른 문제점을 말씀드리자면, 손쉽게 결혼할 수 있기 때문에 한국인 남성들은 동남아 여성에 대해 너무 쉽게 생각하는 경향이 있어요. 내가 돈 주고 사왔다는 거죠. 그래서 자기 뜻대로 되지 않으면 폭행을 하는 거예요. 그런 식으로 사망하는 이주여성들이 아주 많습니다. 이건 베트남 여성과 한국인 남성의 결혼을 중매하는 광고에 문제가 있어요. '베트남 숫처녀', '베트남 여자 결혼전문', '베트남 결혼은 행운입니다!', '남편한테 헌신적이며 순종적인 여성임', 이런 문구가 비일비재합니다. 환불서비스까지 갖추고 있다는 광고도 있습니다.

이런 광고를 하는 회사에서 제공하는 만남의 과정은, 일단 그 나라로 가는 것부터 시작합니다. 그곳으로 가면 메뉴판이라고 보통 표현되는 게 있어요. 그 메뉴판에는 신체에 대한 이것저것이 써져 있죠. 그 메뉴 중 하나를 고르기만 하면 바로 만나 결혼을 하게 됩니다. 이 모든 과정이 속전속결로 이뤄지죠. 그러니 이 동남아 여성들을 남성들이 얼마나 쉽게 생각하겠어요. 그래서 폭행도 하는 것이죠. 이 여성들은 그럼 돈 때문에 결혼하는 걸까요? 아니에요. 그들은 행복한 가정을 꾸리고 싶어 합니다. 그러나 우리는 편견을 가지고 그들을 바라보죠. 그녀들이 돈 때문에, 한국 국적 때문에 결혼하는 거라고.

저희는 광고에 문제가 있다고 보고 법안을 신청했습니다. 국회에서만 법을 만드는 게 아니라 국회 밖에서도 국회에 법 제정을 요구할 수 있습니다. 사고가 터진 뒤 수습하기보다 먼저 손을 쓰기 위한 법을 만들기 위해 저희가 직접 이런 식의 광고를, 국제 중매 사업을 못하도록 신청을 해 통과가 됐던 거죠.

이번에는 좀 다른 이야기를 하고자 합니다. 시기는 3년 전쯤, 장소는 서울 강남구 서초구입니다. 이곳은 지대가 낮아서 침수가 잘 됩니다. 거기서도 은마아파트는 지하가 물에 다 잠긴다고 합니다. 그래서 청소부가 이곳 물을 퍼내는 역할을 하는데요, 그 날 청소 일을 하던 노동자가 거기서 감전사합니다. 그분의 딸이 저희에게 도움을 요청했습니다. 그래서 저희는 그 사건에 관련된 자료를 모두 가져왔는데, 당시의 사진을 보면 청소도구들이 둥둥 떠다니기도 하고요. 분명 쉬는 곳인데 쉴 수도 없고 청소도구도 다시 말려서 써야 되고 그렇죠. '지하실에 물을 수시로 퍼주십시오.'라고 적혀 있는 종이도 붙어 있죠. 이 모든 일을 해야 되는 거예요. 이 사람은 매일 8시간씩 주 6일을 일했어요. 그런데도 80만 원을 받았습니다. 실제로는 훨씬 더 많이 일을 했는데 아파트 측에서는 그중 3시간은 휴게시간이라고 가짜로 만들어서 가짜 근로 계약서를 체결하고 돈을 덜 준 거죠. 딸되시는 분이 저희를 찾아온 결정적인 이유는, 일을 하다 다쳤으면 국가가 운영하는 산재보험처리를 받고 치료비, 보상금 이런 걸 받을 수 있으니 회사가 이 모든 걸 책임지는 게 맞는데, 회사 측에서 그럴 수 없다고 모른 척했기 때문이었습니다.

이 사진을 보면, '근무 중 사고 및 본인의 지병으로 인해 사망하게 되어도 법률적 이의를 제기하지 않고 본인의 귀책사유를 불문, 어떠한 불이익 처분도 감수한다.'라는 조항이 써져 있죠. 책임을 못 지겠다는 거예요. 사실 이건 불공정한 조항이기 때문에 법적으론 아무 효력이 없습니다. 그럼에도 불구하고 그 상황이 일반인에게는 매우 당황스러운 거죠. 그래서 변호사 상담을 받고 싶어 했던 거예요. 권리를 주장한 끝에 결국 회사가 책임을 지게 됐습니다.

회사가 책임지는 결말이 되었으니 "아, 잘 됐다. 끝났다." 하고 넘겨도 될 것 같지만, 우리는 그렇게 겉만 보기보다는 좀 더 안쪽의 문제를 볼 필요가 있습니다. 그 청소부 아주머니의 나이가 얼마쯤이었을 것 같아요? 바로 만 62세였습니다. 왜 이 나이의 여성이 이 험한 일을 할 수밖에 없었을까요? 이 집은 딸이 있었지만 딸도 생계를 유지하기 힘든 상황이었고, 또 결정적으로 남편 분이 아팠습니다. 남편이 병원에 입원해 있어서 아주머니가 생활비와 병원비를 위해 어쩔 수 없이 일을 해야 했던 상황이었죠.

그런데 그런 여성들이 할 수 있는 일이 굉장히 한정적이에요. 청소, 간병인, 요양보호사와 같은 일밖에 없습니다. 사회는 나이든 여성의 일을 딱 이 정도로밖에 보지 않는 거죠. 자신에게 인정되는 일이란 이런 일밖에 없었기 때문에 이분도 청소를 할 수밖에 없었던 거예요. 나이도 나인데, 이 일들은 다 매일, 매시간 몸을 써야 하는 일이잖아요? 이분에게는 육체노동이 덜 한 일이 필요한데, 오히려 중·고령의 여성들에게 주어지는 일자리는 이런 것들뿐인 것이죠. 적은 돈이라도 받으면서요.

마지막 이야기는 세월호 김초원, 이지혜 선생님에 대한 이야기입니다. 벌써 세월호 참사 일 년이 지났습니다. 희생된 수많은 사람들 중 선생님들도 많았어요. 그 학교가 공립학교였어요. 선생님들도 공무원 신분이잖아요. 순직이란 걸 인정받아요. 그런데 이 두 분은 각각 2학년 3반, 2학년 7반 담임선생님이셨는데도 순직을 인정받지 못했어요. 기간제 교사라는 이유였죠. 똑같은 업무를 했음에도, 우리에게는 다 똑같은 교사였음에도 불구하고 국가는 기간제 교사이므로 공무원이 아니라고 한 겁니다. 사실인지는 모르겠으나 '세월호 희생자들이 여행자보험으로 3억 원 정도 받았다.' 뭐 이런 소문이 돌았었는데요. 이 두 분은 복지 포인트도 적용이 안 되고 상해보험도 여행자보험도 가입되어 있지 않았어요. 그래서 보험료도 받지 못했어요. 이게 바로 차별인 거죠. 하지만 제가 강조하고 싶은 건, '이분들이 능력이 없어서 기간제 교사였나.' 라는 것입니다. 절대 그렇지 않습니다. 값싸게 인력을 사용할 수 있다는 이유로 계속 정교사를 적게 뽑고 있고 기간제 교사를 늘리고 있는 요즘의 추세 때문인 것이죠. 이분들의 능력과 관계없는 사회의 상황에 따른 것이라는 얘기입니다. 그렇기에 이 얘기는 언젠가 여러분들 이야기가 될 수도 있다는 거죠.

지금까지 같은 여성이라는 공통점으로 이야기를 해봤는데요. 이 얘기들은 결코 여러분의 이야기는 아닙니다. 그렇지만 여러분이 얘기를 들을 때 안타까운 표정을 짓고, 탄식하는 소리를 낸 것처럼, 단순히 자신들의 얘기가 아니라고 신경 쓰지 않는 것은 아닙니다. 그게 저희 이름인 '공감'이란 것입니다. 그 마음이 가장 중요합니다.

여러분께 '공감'을 위한 시 한 편을 들려드리고 싶습니다.

나치가 그들을 덮쳤을 때

마틴 니묄러

나치가 공산주의자들을 덮쳤을 때,
나는 침묵했다.
나는 공산주의자가 아니었으므로.

그 다음에 그들이 사회민주당원들을 가두었을 때,
나는 침묵했다.
나는 사회민주당원이 아니었으므로.

그 다음에 그들이 노동조합원들을 덮쳤을 때,
나는 아무 말도 하지 않았다.
나는 노동조합원이 아니었으므로.
그 다음에 그들이 유태인들에게 왔을 때,

나는 아무 말도 하지 않았다.

나는 유태인이 아니었으므로.

그들이 나에게 닥쳤을 때는,

나를 위해 말해 줄 이들이

아무도 남아 있지 않았다.

이 시에서처럼 어떻게 보면 우리 사회가, 결국 다 연결되어 있는 것이고, 결과적으로는 나에게 영향을 미친다는 거죠. 또 이와 관련된 책 하나도 말씀드릴게요.

이 책은 웹툰 '송곳'으로 아주 유명한 최규석 작가의 그림책인데요. 생각해 볼 내용이 참 많아요. 꼭 읽어보시기 바랍니다.

어느 마을을 배경으로, 똘똘 뭉쳐 사는 염소들 때문에 늑대는 염소를 잡아먹지 못합니다. 그래서 늑대는 너무 답답한 나머지 어른 늑대를 찾아갑니다. 어른 늑대는 답답한 늑대에게 그 해답으로 '검은 염소만 공격하라.'고 합니다. 그러다보면 모든 염소를 먹을 수 있게 될 거라면서요. 검은 염소들만 공격 당하다보면 다른 염소들은 검은 염소들에 대해 잡아먹힐 만한 이유가 있어서 잡아먹히는 거라고 여기게 될 테니, 방심한 염소들을 사냥하는 것은 식은 죽 먹기라는 것입니다.

검은 건 잘못이 아니에요. 아무런 상관도 없죠. 그럼 이주여성이라는 것은 잘못인가요? 이주여성이라는 이유가 늑대에게 잡아먹히고, 결국 다른 염소들에 의해 배척되는 상황을 합리화시킬 수 있나요? 그건 결코 합리적인 이유가 아닙니다. 마찬가지로 청소를 하는 사람인 것이, 나이가 많은 여성인 것이, 기간제 교사라는 게 차별을 받는 정당한 이유가 될 수는 없죠. 우리 사회에는 이처럼 차별이라는 폭력이 참 많습니다. 하지만 속을 들여다보면 그 차별에는 어떤 합리적인 이유도 없습니다.

이번에는 이런 일들을 막기 위해 실천할 수 있는 방법을 알려드리겠습니다.
(공익인권법재단 〈공감〉 활동 소개 동영상 시청)
저희는 이렇게 여러 방법으로 싸우고 있습니다.
하지만 이 모든 일들은 우리들의 힘만으로 할 수 있는 것은 아닙니다. 저희는 많은 분들과 같이 일을 합니다. 여러분처럼 이 일들의 취지에 동의하는 사람들이 함께 고민하고 나섰기 때문에 저희가 이런 일들을 알게 되고, 함께 해결해나갈 수 있는 것입니다.

이 친구들은 플래시몹을 하고 있는데, 이런 움직임들도 굉장히 도움이 돼요. 또 더 간단하게는 인터넷으로 세월호 기간제 교사 순직 서명을 하는 방법 같은 것으로도 지금 내 도움을 나눠줄 수 있는 거죠. 좋은 생각을 갖고 우리 사회의 문제들에 관심을 보이고 공감하는 것만으로도 아주 큰 도움이 돼요. 언젠가는 관심과 공감을 넘어서, 실제로 나서게 될 수도 있고요.

'나도 지금 할 수 있어.' 라고 생각하면, 여러분들이 할 수 있는 일은 무궁무진하게 열립니다.

우리가 묻고, 인문학이 답하다

Q. 예전에 로펌에서 일하셨다고 했는데, 로펌에서 일하는 게 경제적으로 더 안정적일 텐데 어떻게 하다 '공감'으로 옮기게 되셨나요? 김영지

A. 앞에서 이야기하기도 했는데, 제가 원래 변호사를 생각하게 된 건 어려운 사람들을 돕겠다는 마음 때문이었어요. 사법연수원에서도 바로 '공감' 같은 곳에 가고 싶었지만 집이 어려워서 생계를 많이 책임져야 하고, 개인적으로 빚도 많았기 때문에 로펌에 갔던 거예요. 지금은 양상이 많이 바뀌었지만 그때만 해도 변호사의 수입이 높아서 지금의 3,4배를 받았었거든요. 그렇게 빚을 청산하고 형제 중 한 명이 돈을 벌게 되면서 '이젠 내가 하고 싶은 것을 해도 되겠다.' 라는 마음이 들어서 공감에 가게 되었습니다.

Q. '공감'에서 일하면서 가장 인상적이었던 경험이 뭔가요? 도채연, 이다빈

A. 작년에 승소했을 때가 기억이 납니다. 그때 기분이 정말 좋았어요.

저희가 좀 특이한 일을 많이 하는데. '무한도전'에 나왔던 우토로 이야기 들어보셨어요? 일제 강점기 때 강제 징병됐던 사람들이 교토 주변에 우토로라는 마을을 이뤘어요. 사할린이라는 곳도 그래요. 사할린은 아주 추운 곳인데 지금은 러시아 땅에 있어요. 거기도 광산 지대라 일본에서 조선인들을 많이 징용해서 보냈거든요. 결과적으로, 이분들은 무국적으로 지금도 살고 있어요. 1, 2, 3세대 다요. 이분들은 한국말을 쓰고, 얼굴도 한국인들과 다름이 없어요. 그런데 무국적이에요.

조금 복잡한 일인데, 여러분들이 대한민국 국민인 이유는 여러분들의 아버지가 대한민국 국민이기 때문이에요. 대한민국이 만들어진 지 얼마 되지 않았을 시점에, 부모가 국민이면 자식도 그렇다는 법인 국적법이란 것을 만들었어요. 이 법이 만들어지기 전에 우리는 한국 식민이었죠. 징병됐던 사람들도 당시에는 한국 식민이었습니다. 그렇지만 그들이 끌려 간 지 얼마 지나지 않아 대한민국이 만들어졌고, 대한민국에 들어가려 했지만 대한민국은 그들을 받아주지 않았고, 물론 러시아에서도 그들을 받아주지 않았습니다. 그래서 그들은 아직도 국적이 없는 것입니다. 나에게 국적이 없다는 것은 나에게 불리한 것이 아주 많다는 것을 의미합니다. 그렇지만 그들은 그들의 뿌리를 찾겠다고 한국 국적을 기다리며 그냥 무국적 상태로 있습니다. 하지만 한국정부는 그들의 기다림을 받아주지 않죠.

그래서 우리는 국가를 상대로 소송을 걸었습니다. '의미는 있지만 그렇게 살고 있는 사람들이 너무 많은 이 시점에 승소는 힘들 것이다.'라는 말을 많이 들었는데 결국 저희는 이겼습니다. 저의 승소 한 번이 '무수히 많은 사람들이 대한민국 국민이 될 수도 있다는 것'을 의미함을 알기에 저에겐 아주 기억에 남는 사건이었습니다. 이긴 건 한 명이지만, 이게 큰 한 걸음이 될 거예요.

Q. '공감'에서 일하며 가장 힘들었던 일은 무엇인가요? <u>윤동주</u>

A. 도시가스 검침원분들을 위해 일하던 적이 있었어요. 그분들은 한 달에 한 4천 세대를 돌아다니며 일을 하시는 분들인데요. 마찬가지로 80만 원 정도를 받죠. 그런데도 회사가 돈을 안 줘서 소송을 하게 됐어요. 1심에서 이겼고, 2심에서 지게 되는 바람에 대법원까지 가서 3년을 미루다 결국 승소했는데, 그 사이 의뢰인이 사망했어요. 너무 씁쓸하더라고요. 대법원 판결이 좀 더 일찍 나왔더라면 이 기쁜 소식을 전할 수 있었을 텐데…….

저희는 일단 힘듭니다. 기존의 논리에 맞서 싸우거든요. 없던 판례를 만들거나 있던 판례를 바꾸는 일을 하는 게 우리 '공감'의 일입니다. 소수자들의 편에서 강자들에게 맞서야 하고, 때로는 제도라는 것에 맞서야 할 때도 있습니다. 그래서 패소를 할 때도 많죠. 그럴 때면 실망하지 않으려 노력하지만, 그게 마음처럼 잘 되지 않기에 저는 자괴감에 빠지기도 합니다. 늘 힘듭니다. 남들 눈에는 제가 엄청 좋은 일을 하는 것 같겠지만, 저는 언제나 힘들고 항상 '나보다 더 능력 있는 사람들이 해야 하는 일은 아닌가' 하는 생각이 듭니다.

Q. '공감'이 난민을 위해 하는 일을 자세히 설명해 주세요.

A. 난민이 합법적인 체류를 할 수 있도록 소송을 하고 있습니다. 현재 우리나라에도 난민이 많이 오려고 하고 있습니다. 버마, 필리핀 같은 곳도 난민이 많습니다. 그런데 한국에도 난민이 많아요. 탈북민

도 난민이라 볼 수 있거든요. 탈북민의 경우에는 한국에 올 때 오자마자 조사를 받게 됩니다. 중국 동포인지 아닌지, 진짜 북한 이탈 주민이 맞는지 아닌지에 대해 조사합니다. 국정원에서 조사를 받는데, 그 과정에서 가혹 행위가 굉장히 많습니다. 진짜 탈북민을 가려내기 위해서 굉장히 강하게 질문을 하는 거죠. 제가 만났던 분들은 일주일 동안 내내 자술서를 썼대요. 그걸로 계속 질문도 하고요. 그러다 대답이 이상하면 협박을 하는 거죠. 가혹하고 아주 센 질문을 하고, 또 맞기도 했어요. 또 건강이 안 좋은 사람들은 시급한 수술을 받지 못해 목숨이 위험한 적도 있었습니다. 맹장이 터져서 복막염까지 번졌는데 필요한 치료는 받지 못하고 소화제만 받을 수 있어 쓰러지기도 했었다고 합니다. 나중에는 수술을 받았지만요. 직업을 구하기도 아주 힘들어요. 어찌 보면 북한의 체제가 싫어서 이곳에 힘들게 온 건데, 오자마자 나쁜 인상을 받는 거죠. 우리는 우리나라의 난민, 탈북민에 대해서도 관심이 필요한 거죠.

Q. 국선변호사도 따로 개인에게 돈을 안 받고 국가에서 받는다고 알고 있는데, 국선변호사가 하는 일도 '공감'이 하는 일과 비슷하지 않은가요? 정예지

A. 국선변호사와 '공감'의 차이는 공감은 국가와 아주 상관이 없다는 거죠. 우리는 민간 기업이거든요. 국가에게 돈을 받지 않는다는 점이 아주 큰 차이점이죠. 그리고 국선변호사는 형사재판만 맡아요. 중대한 범죄를 저지른 사람들이요. 그리고 소송만 합니다. 하지만 저희는 소송만 하는 게 아니라 호구조사도 하고, 법도 만들어요. 반은 변호사, 반은 활동가 같은 거죠. 소송도 특정한 소송보다는 행정

소송, 헌법소송, 민간소송을 많이 하죠.

Q. 아무래도 '공감'이라는 회사에서 사회적 약자들을 대상으로 변호를 하잖아요. 그러면 오히려 강자 측에서 외부적 압박을 행사한 적은 없었나요? 이주은

A. 아직까지 눈에 보이게 외부로부터 압박을 받은 적은 없었습니다. 이게 좀, 희한합니다. 활동 주제가 사회적으로 민감한 것인데, 오히려 강자 측에서 관심을 보이기도 해요. 그러니까 아직까지 그런 실질적인 위협은 없습니다. 그렇지만 요즘은 저도 나름대로 스스로 자기 검열을 하려고 하는 편입니다.

Q. 얼마나 많은 일을 맡으시는지, 승소율과 패소율의 비율은 어느 정도 되는지가 궁금합니다. 또 배우자가 같은 법대를 전공했기 때문에 내가 하는 일에 쉽게 공감할 수도 있겠지만, 때로는 몰랐으면 하는 일들이 있을 것 같습니다. 그럴 때는 언제인가요? 임채희 선생님

A. 저희가 다루는 소송의 건수는 사실 그렇게 많지 않습니다. 평균 열건 정도인데요. 많이 가지고 있는 변호사는 7, 80건도 들고 있어요. 승소율, 패소율은 정확하게 말씀드리긴 어렵습니다. 꼼꼼히 따져본 적이 없어서요. 반반 정도 되는 것 같아요.

같은 분야의 단점은, 자꾸 법과 관련된 일을 물으면 피곤할 때도 있죠. 공과 사를 구별하고 싶은데 집에서도 법 얘기를 하면 집에서도 일하는 기분이라 별로 안 좋고요. 하지만 정식으로 같은 일을 하게 된다면, 같은 분야에 종사하는 것이 장점이 될 수도 있을 것 같아요.

나중에 서로 도움이 필요할 수 있으니까요.

Q. 기득권자와의 갈등도 있었을 것 같은데요. 어떤 어려움이 있으셨나요? 이예린

A. 기득권자와의 갈등인지는 모르겠으나, 그와 비슷한 최근에 겪었던 어려움에 대해 말씀드릴게요. 작년에 아파트 경비원이 입주원이 괴롭혀서 분신자살을 한 일이 있었잖아요. 그 사건을 맡아 소송을 하고 있는데, 가해자 그분이 평소에 경비원들을 함부로 대했더라고요. 먹을 것을 집어 던져주고, 그쪽 말로는 먹을 것을 줬으니 좋은 일을 했다고 하지만 그건 명백히 타인을 인격적으로 모독하는 행위죠. 그런데 가해자의 이름을 모르겠는 거예요. 우편물에 있는 이름으로 소송을 했는데, 계속 우편물을 받지 않아서 결국 직접 찾아갔는데도 끝까지 우편물을 받지 않는 사람이었어요. 그래서 우리는 이분의 인적사항을 알려고 관리사무소에 알려달라고 요구를 했었어요. 관리사무소에서도 알려주지 않겠다고 한 탓에 경찰서에까지 인적요원을 요구했지만 결국 저희는 가해자의 인적사항을 알 수 없었습니다. 그 다음에 고인은 오히려 경찰서로부터 방화죄로 조사를 받았습니다. 가해자는 참고인이 되었습니다. 충분히 알려줄 수 있는 정보를 가지고 너무 비협조적으로 나오는 거예요. '경찰서는 우리 사회의 정의를 실현하는 곳이 아닌가?' 라는 생각에 답답했어요. 이 일뿐만 아니라 경찰을 상대로도, 검찰을 상대로도 싸우는 일이 잦은데, 그분들이 상식적으로 납득이 안 되는 일을 하는 경우가 많았거든요. 변호사인 저마저 우리 사회의 경찰과 검찰에게 의심이 드는 실정인데, 하물며 경비원 같은 분들은 어떻겠어요.

한 가지 더 말하자면, 앞에 이주여성 얘기를 했었잖아요. 외국인을 혐오하는 한 단체가 있어요. 토론회마다 나오시는데 꿍장히 위협적으로 나올 때가 많더라고요. 우리의 취지에 반대하는 사람들이 그렇게 위협적으로 나오면 때로는 겁이 나기도 하더라고요.

Q. 어떤 이유로 사회에서 약자인 사람들을 돕고 싶다고 생각하게 되셨나요? 김정인

A. 제가 특별히 잘난 사람이라서 착한 마음을 품게 된 건 아니에요. 어떤 의미에서 이 활동은 제 취향이라고도 생각해요. 모든 사람들은 각자의 취향에 따라 일을 하면 된다고 생각해요. 돈을, 권력을 추구하는 것도 나쁜 게 아니라고 생각해요. 그러니까 저도 이유를 잘 모르겠네요. 아마 저희 집이 사정이 좋지 않았기 때문일지 몰라요. 참고로 저의 가족은 6남매입니다. 가난하게 사는 게 익숙했고, 본의 아니게 차별 아닌 차별도 꽤 받았다고 생각해요. 예를 들면 초등학생 때 미술시간에 물통을 제일 싼 걸 썼는데 다른 친구들은 더 고급스러운 걸 썼고, 체육복도 더 질이 안 좋은 걸로 입었던 기억이 생각나네요. 그렇게 어렸을 때부터 '가난하다'는 것을 누구보다 많이 느끼고 살았죠. 그러면서 나 같은 사람들을 위해 일하고 싶다는 조금은 이기적인 생각도 했던가 봐요. 저희 엄마가 정말 고생을 많이 하셨어요. 하지만 능력이 부족해서가, 나쁜 짓을 해서가 아니라 원래 가난한 집안에서 태어났다가 아이를 많이 낳은 사람인 게 그 이유였어요. 저는 그게 사회적으로 잘못됐다고 생각했죠.

Q. 기부금이 부족할 땐 어떡하나요?

A. '공감'은 늘 적자에 시달립니다. 하지만 생각해 보면 지금 우리의 취지에 공감해 주는 기부자들도 많고, 로펌에서 큰돈으로 지원을 해주기도 해요. 저희는 큰 로펌을 상대로 싸우기도 하는데, 이렇게 받기도 하죠. 공생관계랄까? 아이러니하죠.

Q. 혹시 '공감'에 기부하려면 어떻게 해야 하나요? 혹시 작은 금액이라도 기부할 수 있나요? 박하은

A. 말씀만으로도 감사합니다. 인터넷에 '공감'이라고 치면 바로 떠요. 거기서 신청해 주시면 됩니다. 기부하시는 분들은 기부하는 방식으로 저희와 비슷한 일들을 하고 있다고 봐요. 저희는 기부자들을 대신해서, 그들의 사자로 열심히 하고 있다고 생각합니다.

Q. 변호사가 되려면 2학년 때 '법과 정치' 과목을 선택하는 것이 도움이 될까요? 권민준

A. 중요하지 않아요. 괜찮습니다. 저는 사법고시를 통해서 갔었는데요. 요즘은 제도가 많이 변해서, 대학교 법학과 대신 대학원인 로스쿨이란 곳에서 법조인을 양성합니다. 하지만 어쨌든 대학은 진학해야 합니다. 그래서 변호사가 되는 데에 과는 중요하지 않아요. 지금은 굳이 법과 관련해 미리 공부를 할 필요는 없습니다. 법대를 없앤 이유도 법전만 죽어라 본 사람이 아니라 우리 사회에서 다양한 현상들을 바라볼 사람들을 원하기 때문입니다. 법은 도구일 뿐입니다. 변호사가 되려면 법을 미리 공부하기보단, 사회적 문제에 관심이 많아야돼요. 그래야 공익변호사로서 제대로 일을 할 수 있습니다. 공익변호사 뿐만 아니라 지적재산권을 다루는 변호사, 의학 전문 변호사들

도 있듯이 다른 지식들도 많이 필요하거든요. 그러니 현재 관심 있는 것을 듣고 공부하세요. 법은 나중에 공부하면 됩니다.

Q. 이런 일을 하신다는 게 존경스럽습니다. 혹시 미래에 대한 계획이 있으신가요?

A. 요즘 제가 가장 많이 고민하는 건데요. 솔직하게 얘기할게요. 저는 지금 39세입니다. 저의 10년, 20년 후, 노후까지 고민하게 되는 나이죠. 솔직히 지금 정말 재밌습니다. 충분히 가치 있고요. 혜택 받고 있다고도 생각해요. 하지만 노는 것만큼 재밌는 게 없잖아요? 그렇게 놀면서 살고 싶죠. 그렇지만 부양해야 할 가족도 있고, 돈도 더 벌어야 하기 때문에 그럴 수가 없어요. 그러니까 결론은, 제가 그렇게 훌륭한 사람이 아니라는 거죠. 저도 평범하고, 노는 거 좋아합니다. 단지 운이 좋아서 남들 보기에 좋은 일을 하고 있는 거예요. 오히려 저보다는 여러분이 더 훌륭한 사람들이 될 수 있다는 거예요.

Q. 열심히 소송을 준비했는데 패소하기도 하고, 소송이나 법 제정이 단기간에 되는 게 아니라 몇 년을 기다릴 때도 많을 것 같습니다. 그런데도 어떻게 그걸 견디는지, 당장 나 혼자만의 힘으로 뭔가 바뀔 수 있는 게 아닌데 좀 더 멀리보고 싸울 수 있게 하는 힘이 무엇인지 궁금합니다. 박예지

A. 소송할 때 시간이 많이 걸리는 것은 사실입니다. 그 긴 과정의 먼 끝을 바라보고 소송을 시작하기 위해 변호사가 가져야 할 마음은 당사자랑 너무 밀접하게 있어선 안 된다는 거예요. 소송이 객관적이지 않고 주관적으로 흘러가면 안 되거든요. 결과적으로 좋지 않아요. 상대방 말

이 옳을 수도 있다고 생각하고 그에 대한 방어 방안 같은 걸 생각해야 하기 때문입니다. 저는 가급적이면 당사자와 거리를 두려고, 노력을 해요. 너무 감정에 휩쓸려서 좋지 못한 결과가 나오지 않도록요.

Q. 사회적 약자가 아닌 고객이 오면 어떻게 하시나요?

A. 어려운 문제예요. 다들 상황은 억울하죠. 저희가 안 하겠다고 하면 화를 내기도 합니다. 하지만 저희가 맡는 일에는 기준이 정해져 있습니다. 저희는 사회적 약자라는 이유로 인권이 침해되거나 차별받는 사건을 맡아, 사회적 약자를 위해서 일합니다.

Q. 우리 사회에서 요새 여성 혐오를 비롯해 화장실 몰래카메라 등의 여성 인권 유린 문제가 가장 심하다고 생각하는데, 그에 관해 앞으로 하실 활동이 궁금합니다. 김민준

A. 여성에 관한 일도 많이 하고 있습니다. 아직까지 여성을 약자라고 말하기엔 좀 그렇지만 그래도 여전히 여성들이 차별을 당하는 일이 많거든요. 성희롱, 스토킹, 이주여성, 여성노동 등을 다루는 변호사들이 각자 있어요. 앞으로도 활동을 꾸준히 할 것 같아요.

Q. 어떤 계기로 책을 펴내셨나요?

A. 특별한 이유는 없었습니다. 출판사에서 먼저 책 출판에 대한 제의를 해서 저희가 각자 원고를 쓰게 된 거예요.
우리 사회에서 관심을 잘 가지지 않는 주제를 사람들이 많이 알았으면 좋겠다는 취지로 책을 냈어요. 이 책을 읽고 어떤 것이라도 뭔가 느끼는 부분이 있었다면, 저희로는 성공했다고 생각합니다.

작가님, 고맙습니다!

박윤아　제 꿈도 국제기구에서 일하면서 약자를 돕는 일입니다. 윤지영 변호사님의 강연을 듣고 많은 것을 느끼게 되었고 자극을 받았습니다. 배운 사람일수록 약자를 도와야 한다는 말이 생각납니다. 변호사님 같은 분들 덕분에 이 사회가 발전해 나가고 있다고 생각합니다.

이나연　평소에 변호사라는 직업에 관심이 많았는데, 강의를 듣고 나서 사회적 약자를 위해 일하신다는 것을 알고 매우 인상 깊었고 존경하는 마음을 갖게 되었습니다.

박영연　직접 이 책을 쓰고 경험하신 변호사님이 솔직하고 유익한 정보를 주셔서 귀한 시간을 보낸 것 같습니다.

전수연　'공감'이라는 단체가 무슨 일을 하는지, 어떤 사람들을 도와주는지 책을 읽고 나서 또 강의를 듣고 나서 더 자세하게 알 수 있어서 좋았습니다. 이런 일에 관심을 갖게 되고, 이런 사건들에도 더 관심을 갖게 된 것 같습니다.

<u>최소영</u> 장래희망과 관련된 직업이 아니기에 처음엔 큰 흥미를 느끼지 못하였고 큰 기대가 되지 않았는데, 안타까운 실제 사례들을 예로 들어가며 친절히 설명해 주시니 졸지 않고 잘 들을 수 있었던 것 같습니다. 그리고 강의를 듣고 난 후 변호사에 대한 긍정적인 인식이 많이 생긴 것 같아 좋았습니다.

<u>도채연</u> 변호사라고 하면 당연히 많은 돈을 받고 변론해 주는 사람인 줄 알았는데 사회적 약자를 위해 일하시는 모습을 보고 정말 존경스러웠습니다.

<u>윤효정</u> 변호사에 대해서 안 좋은 이야기도 많이 들었는데 이번 강연을 통해서 사회적 약자 편을 들어주는 '공감' 이라는 단체를 알게 되어 너무 좋았고, '나도 변호사가 되서 저 단체에 들어가고 싶다.' 라는 생각도 하게 되었습니다.

<u>한명지</u> 열심히 공부하여 사회적 약자들을 위해 일한다는 것이 너무 대단해 보였고, 항상 정의를 지키기란 어려운 일인 것 같은데도 국가나 국가기관을 상대로 소송을 하는 모습이 너무 인상 깊었습니다. 또, 여러 영상들과 변호사님의 강연을 들으며 내 주변에도 사회적 약자가 있을 것이라는 생각을 했고, 평소 나와 관련 없다고 생각했던 난민이야기도 사실은 관련 있는 일임을 느꼈습니다. 앞으로는 주변을 잘 살피고 작지만 어려운 일을 겪는 분들을 도와드리고 싶습니다.

<u>신유진</u> 지금의 꿈은 경찰이지만, '변호인' 이라는 영화를 보고 변호사란 직업에 관심을 가진 적도 있었는데 사회적 약자들을 위해 누구보다 열심히, 힘든 사람들을 위해 일을 하신다는 게 멋있었습니다. 경찰이란 직업도 국민을 위해 하는 일이니만큼, 오늘 변호사님의 강의에 좀 더 귀 기울여 열심히

들었습니다. 남들 눈에는 좋아 보이는 직업이 변호사님께는 고민을 많이 하게 되는 직업이라고 하셨을 때 인상 깊었습니다.

이예슬   책으로 읽어 이미 알고 있던 이야기였지만 실제로 일하고 계시는 변호사님의 말씀을 들으니 조금 더 와 닿았던 것 같습니다.

김수현   변호사님께서 말씀해 주시는 여러 여성 관련 사건들을 보며 아직도 우리의 작은 손길이라도 필요한 곳이 많음을 느끼고 작은 힘이나마 보태고 싶다는 생각을 했습니다.

익명   '변호사'라는 직업은 소위 '사'자가 붙는 유망 직업으로 고 수입 직종이기도 해서 많은 사람들의 부러움을 받는 직업으로 알고 있습니다. 저도 책을 읽기 전까지는 그런 인식을 가지고 있었지만 책을 읽고 '공감'이라는 단체의 활동을 보고 그 생각이 많이 바뀐 것 같습니다. 공감 변호사님들의 진심이 느껴졌기에 앞으로 '공감'이 더 좋은 일을 할 수 있기를 소망하고 사회에서도 본받을 수 있는 단체가 되었으면 좋겠습니다.

강연 소감문

1학기 때 인문학 발표 대회를 준비하면서 『우리는 희망을 변론한다』라는 책을 알게 되었다. 처음에는 우리 조의 발표 주제였던 난민에 관한 부분만 읽고 필요한 부분을 사용하려 했는데, 읽다보니 책의 처음부터 끝까지 다 읽게 되었다. 수많은 소외된 사람들의 이야기도 안타까웠고, 그들을 위해 일하는 인권변호사들의 이야기도 따뜻했기 때문이다. 그리고 내 꿈이 법조인이 되는 것이기 때문에 더 관심을 가지고 읽었던 것 같다. 그래서 저자 초청 특강에 이 책의 저자 중 한 분인 윤지영 변호사가 오신다는 말을 듣고 꼭 강연을 듣고 싶었다. 하지만 우리 동아리가 특강 신청을 하지 않아서 강연을 들을 수가 없었다. 운 좋게도 강연이 끝나고 윤지영 변호사가 학생들에게 사인을 해주시는 중에 시청각실에 갈 일이 생겨서 책도 받고 사인도 받을 수 있었다. (책도 주시고 사인 받을 기회도 주신 임채희 선생님 정말 감사합니다!) 그래서 강연 후기는 쓸 수가 없고 『우리는 희망을 변론한다』를 읽은 소감문을 올리게 되었다.

이 책은 수많은 인권 변호사들이 실제로 사회적 약자들을 위해 노력한 이야기가 담긴 책이다. 변호사들이 의뢰인을 변호하기 위해 진심 어린 노력을 기울이지 않고 돈을 버는 수단으로 여긴다는 평가와 신문에서 볼 수 있는 비리 기사들을 통해 변호사라는 직업에 대한 부정적 인식이 꽤 있다고 한다. 그래서 이 책을 읽고 이렇게 진심으로 의뢰인들을 돕는 인권 변호사들도 있다는 사실을 많은 사람들이 꼭 알아주면 좋겠다고 느꼈다. 이 책의 공동 저자인 공익인권법재단 '공감'의 변호사들은 인권을 침해당한 사회적 약자들을 위해 인권 변호사로만 활동하며, 적은 수입과 지원으로도 그들의 직업에 보람을 느낀다.

　나는 난민법에 대해 알아보려고 이 책을 읽게 되었기 때문에 난민에 대한 부당한 처우를 개선하기 위해 노력한 변호사들의 이야기에 중점을 두었다. 과거에 취업을 허가받지 못한 난민신청자들은 생계를 유지하기 위해 불법으로 취업할 수밖에 없었고, 공장 사장들은 이 사실을 이용하여 그들의 노동력을 착취했다. 그리고 정부는 불법 취업자들을 잡아서 외국인 보호소에 구금할 궁리만 하고 있었다.

　이러한 난민들의 처지를 개선해 주기 위해 공감의 변호사들은 난민 인정과정의 신속성, 신청자들에 대한 처우 개선, 그리고 난민들에 대한 지원을 세 가지 주제로 한 난민법을 제시했다. 또한 그 소송과정에서 지쳐 돌아가려는 신청자들을 다독여주며 승소할 수 있도록 돕고, 직접 찾아가서 필요한 증거를 준비하는 등 진심 어린 노력을 보여주었다. 그리고 신청자들이 패소했을 때 마치 자기 일처럼 분노하며 다시 도전해 보자고 용기를 북돋아주고, 승소했을 때는 마치 자신이 정착할 곳을 찾은 난민인 것처럼 기뻐하는 모습을 보여주었는데, 이것이 진정한 변호사의 태도가 아닐까 라고 생각했다.

　난민뿐만 아니라 결혼이주여성, 장애인, 이주노동자, 성소수자 등 우리나라의 소외된 약자들을 위해 변론하는 모습도 정말 인상적이었고, 인권 변호사가 되어 사람들을 돕고 싶다는 생각도 했다.

아직 법조인이 되고 싶다는 목표만 가지고 있고 구체적으로 어떤 일을 할지 확신을 세우지 못 했는데, 이 책을 읽은 후에 인권 변호사라는 직업이 의미 있는 일이라고 느꼈고, 하고 싶다는 마음도 생겼다. 온전히 사회적으로 약한 사람들을 위해 그들의 목소리를 대변해 주는 모습이 많은 사람들에게 도움을 줄 수 있는 사람이 되고 싶다는 내 직업가치관이랑 잘 맞는다고 생각했기 때문이다. 내가 나중에 이러한 일을 하는 사람이 된다면, 윤지영 변호사의 사인이 담긴 이 책을 꼭 기억하게 될 것 같다. 강연을 듣지 못해서 아쉬웠지만 이 책을 읽었던 경험을 다시 한 번 떠올릴 수 있는 기회가 되어서 좋았다.

대구여자고등학교 1학년

정지원

　나는 꿈이 변호사는 아니지만 정의를 추구하는 사회의 일원으로서 조영래 변호사님을 내 롤모델, 멘토로 삼고 있었기에 윤지영 변호사님이 특강 초반에 조영래 변호사님을 소개시켜줬을 때 굉장히 기쁘고 반가웠다.

　특강 내용은 이주여성과 청소부 아주머니, 세월호, 기간제 선생님 이야기를 중점으로 '공감'이 하는 일들과 윤지영 변호사님의 개인적인 일들에 대해서도 들을 수 있었다. 책에서 읽었던 내용이 많았다. 하지만 책에서 읽었던 것과 그 자리에서 직접 그 일들을 보고 발로 뛰었던 사람이 앞에서 우리에게 얘기를 들려주는 것은 정말 달랐다. 물론 나는 책을 읽으면서 분노하기도 하고, 슬퍼하기도 하고, 답답해 하기도 하고, 안타까워하기도, 기뻐하기도 했다. 그러나 나는 책을 읽고도 아무 변함이 없었다. 열여덟 여고생인 나는 여전히 똑같이 하루하루를 살아가고, 뉴스 몇 쪼가리만 보고, 몇 마디 말만 뱉고, 변한 것은 아무것도 없이 그 책으로 단순한 지식만 쌓았을 뿐이었다.

　이 모든 일들이 실제 우리나라 곳곳에서 일어났고, 일어나고 있다는 건 당연히 인지하고 있었지만, 윤지영 변호사님의 목소리가 나의 바로 앞에서 내 뇌를 직접 통과해갔을 때 나는 그제야 진정한 현실감이 들었다. 정말로 그랬다고, 그러고 있다고 실감 했다. 변호사님은 우리에게 "여러분의 그 공감하는 마음이 정말로 소중한 거예요."라고 하셨다. 나는 당시에는 열심히 고개를 끄덕이며 동조했지만, 조금 부끄러운 마음이 들었다. 내가 한 공감은 진정한 공감이 아닌 것 같았기 때문이다. 집과 학교만 오고 가는 여고생에게는 먼 얘기로 느껴질 수도 있다는 걸 감안하더라도, 나는 사람들의 공감이 필요한 일들을 조금 회피했던 게 아닐까?

'나는 지금 어리고 바쁘니 할 수 있는 게 없잖아.'

나는 이런 식으로 생각해왔던 것 같다. 마음 구석 깊숙한 곳에 이런 생각을 숨겨두고 하는 공감이 진정한 공감이 될 수 있었을까? '뭐라도 하고 싶다. 내가 할 수 있는 일은 없을까?' 라고 생각하지 못하고 회피하는 생각만 했던 내가 부끄러웠다.

앞으로는 바꿔나가고 싶다. 언제나 이런 책을 읽거나 이야기를 들으면 마음이 불편하고 묵직했던 이유를 알게 되었으니까. 마음은 너무나 슬픈데 머리로는 피해서 얼른 내 일상으로 돌아가고 싶은 생각을 했으니 당연한 것이었는지도 모르겠다. 이제는 스스로 더욱 찾아보고, 마음으로도 머리로도 공감해서, 공감이 필요한 사람들을 위해 직접 실천할 수 있는 내가 되도록 노력할 것이다.

대구여자고등학교 2학년

이수나

　인권이란 말 그대로 인간으로서 당연히 가지는 기본적 권리로서 현대 사회가 지향하는 민주주의의 핵심이라 할 수 있다. 지금은 당연시되고 있지만 이 '인권'이란 말이 현재까지 정착되기까지는 굉장히 많은 사람들의 희생이 따랐고 오랜 세월이 걸렸다. 하지만 요즘 이 인권이 생겨난 진정한 취지를 우리는 잊고 살고 있는 듯하다.

　평소 나는 신문이든 뉴스든 여러 매체에서 여러 사회적 문제들을 접해 왔다. 하지만 이 책을 읽고 그 문제들이 지금 나에게 닥친 나의 문제가 아니기에 어쩌면 막연히 생각하고 있던 건지도 모르겠다는 생각이 들었다. 국제결혼이나 성 소수자들의 문제에 대해 존중은 하지만 나와 관계없는 일이라는 생각이 어렴풋이 있었는데 『우리는 희망을 변론한다』라는 책을 통해 이러한 문제들이 생각보다 가까이 위치해 있다는 것을 깨달았다. 그래서 지금까지 무지했던 나에 대해 반성이 되었고 좀 더 관심을 가져야겠다고 생각했다.

　이 책을 읽어보면 현재 여러 계층의, 여러 국적을 가진, 수많은 사람들의 인권이 보장받지 못하고 있다는 사실을 알 수 있다. 그 이유가 경제적 빈곤, 민족, 취향 등 여러 가지로 될 수 있지만 그들, 취약계층은 우리가 인간으로서 마땅히 받아야 할 존중과 보호도 받지 못하고 있다. 이러한 사람들을 위해 공익인권법재단 '공감'이 생겨난 것이었다. '공감'은 법률자문, 입법운동, 공익소송, 사회적 약자 보호를 위해 크게 앞장서고 있다. 신영복, 박원순, 장서연, 소라미, 광필규 등과 여러 저명한 공익변호사님들이 계시며, 비영리기관임에도 자발적인 운영이 잘 이루어지고 있는 단체이다. 평소 변호사라는 직업에 대해 구체적인 꿈을 가져본 적은 없어 그 분야에 대해 잘 모르고 있었던 나는 이 책을 통해 처음 '공감'이란 공익단체를 알게 되었다. '공감'에 대해 알면 알수록 나는 대가없이 사회적 약자들을 보호하는 이분들이야말로 진정한 변호사이고, 이분들이 하시는 일이야말로 변호사의 진정한 할 일이 아닌가라는 생각이 들었다.

내가 이 책을 읽으며 가장 안타까웠던 이야기 중 하나는 베트남 후안마이 씨의 이야기였다. 베트남 후안마이 씨는 국제결혼으로 결혼에 대한 환상을 품고 우리나라에 들어왔지만 남편의 끝없는 폭력으로 결국은 스스로 목숨을 거뒀다. 이는 우리나라의 국제결혼의 현재 참상을 적나라하게 보여 준다. 그들은 인간이 아니라 마치 경매에 나온 상품처럼 거래되고 있었다. 그저 결혼이 시급한 한국 남자들에 의해 거래되는 이주여성들의 인권은 철저하게 유린되고 있었던 것이다. 이런 점에서 국제결혼이 제대로 정착하기 위해서는 바람직한 제도도 필요하지만 결혼을 거래라고 생각하는 개개인의 인식 또한 개선되어야 한다고 생각했다.

또한 벼랑에 몰려 결국 죽음을 선택한 청소년 성소수자 육우당 씨의 이야기도 안타까웠다. 전보다 성소수자에 대한 인식이 많이 개선된 것은 사실이지만 아직까지도 성소수자들을 색안경을 끼고 바라보는 시선도 적지 않다. 특히 청소년이라는 점에 있어서 육우당 씨에게는 많은 상처와 아픔이 있었을 것이다. 나는 성 소수자들에 대한 차별이 다수가 정해놓은 정답의 테두리에 들지 못한 소수에게 전하는 비난과 꾸짖음과 같다는 생각이 든다. 하지만 다수가 반드시 소수에 우선하는, 옳은 일을 이끌어가는 존재는 아니다. 그렇기에 세상에는 필요 없는 삶이란 없다. 우리는 모두가 저마다의 방식으로 살아가는 것을 존중해 주어야 한다. 육우당 씨의 이야기를 통해 나와 조금이라도 차이가 있으면 바로 '우리'가 아닌 '남'으로 구분하는 편견이, 나뿐만 아니라 남에게도 얼마나 많은 상처를 줄 수 있는지 알 수 있었다.

진정한 인권에 대한 인식이란, 인권에 있어서는 차별이 있어서는 안 된다는 것이다. 진정으로 우리나라에 거주하는, 거주하고 싶어 하는 모든 국민을 위해 인권이 존재하는지, 다수를 위해 오용되고 있진 않은지 우리 모두 생각해 볼 필요가 있다. 그러기 위해 내가 당장 할 수 있는 일은 '공감'과 같이 인권 지도자의 역할을 할 수는 없더라도, 사회적 약자들의 인권 유린에 대해 항상 관심을 가져야 한다는 것이다. 알고 있을 때 해결할 수 있다고 생각한다. 지연된 정의는 진짜 정의가 아닐 수 있기에 지속적인 관심, 희망을 줄 수 있는 힘이 나 뿐만 아니라 모든 청소년, 국민들에게 필요하다.

대구여자고등학교 2학년

박예지

동아리에서 이 책을 나에게 주었다. 빨리 읽고 다른 친구들에게 넘기란다. 이 책을 동아리장인 내 친구에게서 받은 때가 정확하게는 기억나지 않지만 방학식이 있는 주의 수요일이었을 것이다. 내가 경찰동아리에 속해 있기 때문에 당연히 경찰과 관련된 책을 읽을 줄 알았다. 그런데 법, 그것도 공익인권법재단 '공감'과 관련된 책이라니. 그래도 그나마 다행인 것은 '공익'과 관련된 책이었다는 것이다.

나는 이 책을 여름방학 때, 공항과 비행기 안에서 읽었다. '표지는 마음에 들게 잘 만들었네.'라는 생각을 하면서 읽게 되었다. '책을 편찬할 정도면 꽤나 큰 로펌이겠구나.' 했는데 아니었다. 공감은 2004년 등장한 국내 최초의 공익 로펌으로써 연봉은 국내 변호사 평균 연봉의 1/3인 수준 정도를 받고 100퍼센트 기부로 운영되는 변호사 사무실이라고 한다. 그리고 변호사들의 수도 다른 큰 로펌에 비하면 새 발의 피 수준이다. 나는 이런 많지 않은, 오히려 적다고 느껴지는 사람들이 어떻게, 얼마나 노력해서 지난 10여 년 동안 사회적 약자를 도왔는지 궁금해졌다.

'공감'에서 다루는 문제는 매우 다양하다. '공감'은 여성인권, 장애인권, 이주와 난민, 빈곤과 복지, 취약노동, 성소수자, 국제 인권, 공익법 일반, 공익법 중개와 교육 등을 다룬다. 이 책은 공감에 소속되어 있는 변호사님들이 공감에서 느꼈던 일들과 그 일들에 대한 느낌 등을 모아놓은 책이다. 그만큼 '우리는 희망을 변론한다'는 이름을 가진 이 책에는 다양한 내용과 판결 등이 담겨 있다. 읽은 지 세 달이 넘어서 독후감을 쓰는 지금, 이 책의 모든 내용이 다 기억이 난다고 하면, 이것은 거짓말이다. 모든 내용이 기억나지는 않지만 정말로 인상 깊게 읽어서 생각나는 사건들은 있다.

내가 저자이신 윤지영 변호사님께서 오셔서 강연을 할 때 물었던 내용이기도 한(물론 그때 이름을 안 써서 익명 처리되었다.) '난민', 이것이 가장 인상 깊게 기억에 남는 내용이다. 세계지리 시간에 난민이라는 개념을 배워서 잘 안다. 그런데 내가 아는 난민들은 아프가니스탄, 수단, 소말리아, 콩고 등에서 발생하여 파키스탄, 이란, 미국, 독일 등으로 대부분 간다고 배웠다. 그래서 한국에는 불법 체류자나 외국인 노동자들은 있지만 난민은 없는 줄 알았다. 그런데 한국에 몇 안 되지만 난민으로 인정을 받아서 살고 있는 사람들이 있다는 것이다. '공감'에서는 난민이 되고자 하는 사람들을 대리로 소송을 하고 있다고 한다. 난민 인정이라는 것을 나라에서 시행하는 이유가 불법 체류자들이랑 구분하기 위해서라고 생각하고 책을 읽었었다. 그러다 문득 난민이 되고자 하는 사람들은 자신의 나라의 억압에서 피해서 한국으로 도망쳐 왔는데 오자마자 난민 신청하고 조사를 받고 하니 한국에까지 와서 이 고생을 하는 것이 안타깝게 느껴졌다. 미국과 같이 난민들이 많이 가는 나라에 가서 난민 신청을 했으면 훨씬 더 수월하게 진행되었을 것인데 말이다. 문제는 난민 신청이 아니다. 난민 신청을 해도 인정되는 사람은 정말 극소수라는 문제라면 큰 문제이다. 책에 제시되어 있는 난민 신청자 수와 난민으로 인정된 사람의 수를 비교해 보면 4천여 명 중 6명 정도이다. 자신은 난민으로 인정받을 수 있을 것이라는 희망으로 아무것도 모르는 한국에서 버텨야 한다는 것을 이 수치가 말해 주는 것 같았다. 한국의 이러한 현실을 보자니 암담해졌다.

내가 이 책을 베트남 행 비행기에서 읽고 있어서 더 안타깝게 느껴졌던 사건이 있다. '베트남 신부 쇼핑, 인권은 옵션'이라는 글 안에 있었던 베트남 여성 후안마이(가명)라는 여성이 남편의 폭행으로 사망했다는 사건과 '현대판 씨받이 사건'으로 불리는 불임으로 고민하던 한국인 부부가 씨받이처럼 베트남 여성을 이용한 사건이다. 베트남 여성 후안마이는 남편을 위해서 한국어를 배우려 하였다. 그러기 위해서는 집 밖으로 나가서 한국어 학원에 다녀야 한다. 그러나 남편은 한국어 배우기를 원하는 후안마이의 요청을 거부하였고, 바깥출입조차 금지시켰다. 그렇게 한 달 후 고향으로 돌아가겠다고 남편에게 말을 하고 난 후 그녀에게 돌아온 것은 남편의 폭행이었다. 그렇게 후안마이는 남편의 손에 맞아 죽게 되었다. 이 두 사건은 모두 베트남 여성들이 피해자이지만 나는 이 사건들이 한국에서 일어나는 이주 여성들의 인권 문제와 관련이 있다고 생각한다. 이러한 사건들이 베트남 여성들뿐만이 아니라 다른 나라의 여성들에게까지 일어날 수 있다는 것이다. 많은 사람들이 동남아 여성들과 같은 이주 여성들을 자신의 소유물이라 여기거나 자신들보다 밑이라고 여긴다. 그러한 사회적 인식이 외국인들에게 한국을 부정적으로 만드는 것이다. 그래도 '공감'이 이주 여성들을 위해서 도와준다니까 그들에게는 정말 한 줄기 빛과 같을 것이다.

공익인권법재단 '공감'이라는 단체는 내가 제목으로 쓴 '사회적 약자에게 도움의 손길을' 과 잘 맞아 떨어지는 것 같다. 길거리를 돌아다니면서 나는 한 번도 사회적 약자라고 불리는 사람들이 곤경에 처해 있는 것을 보지 못했다. 이 책에 쓰여 있는 피해자들은 많은데 나는 보지 못했다. 내가 아직 오래 살지 않았고 좁은 지역 내에서만 활동하니 보지 못한 것일 수도 있다. 그러나 피해자들이 사람들의 눈을 피해 살아가는 것만은 사실이다. 이러한 숨어 있는 피해자들에게 빛과 희망을 넣어주는 공감이라는 단체가 대단하다고 느껴지고 공감과 같은 뜻으로 활동하는 사람들이 많이 나와 한국 사회에 대한 사회적 약자들의 인식을 좀 더 밝게 만들어주었으면 한다. 그리고 법과 관련된 책은 '딱딱하고 무겁다' 라는 편견에서 벗어나 이 책을 통해 친구들이 나와 같은 감정을 느껴보았으면 좋겠다.

대구여자고등학교 2학년

류수하

    '공감'은 비영리 + 전업 + 공익 + 변호사 + 모임이다. 즉 우리나라 최초의 공익 로펌이라고 말할 수 있다. 더 놀라운 것은 '공감'이 정부의 지원금에 전혀 기대지 않고, 개인과 로펌 등의 기부로만 운영된다는 것이다. 내가 이 책에 흥미를 가지게 된 것도 이 때문이다.

    변호사 하면 떠오르는 이미지가 무엇인가? 깔끔한 양복을 입고 고급 외제차를 타고 다닐 것만 같은 거대 로펌에 다니는 신사숙녀가 떠오르지 않는가? 심지어 나는 변호사 하면 떠오르는 단어에 '돈'이 들어갈 정도로 변호사를 부유한 직업이라 생각해 왔다. 그러나 공감은 다르다. 이들은 자신이 충분히 가질 수 있는 경제적 특권을 버리고 오직 기부금으로만 월급을 받는, 따라서 기부금액에 따라 수입이 달라지는 경제적으로 약간은 불안정적이라고 말할 수 있는 길을 선택했다.

    공감이 활동하는 분야는 난민, 아동 인권, 여성 인권, 장애인 인권, 노동 인권, 성소수자 인권, 주거권 등 매우 다양하다. 이 책에는 결혼이주여성, 장애인, 이주노동자, 성소수자, 중고령 여성노동자, 난민, 주거취약계층의 인권을 변호했던 사례가 나온다. 한 사례를 읽어 나갈 때마다 내가 인권이라는 개념에 얼마나 무지했는지 느끼게 했다. 그 이야기 몇 개에 대해서 지금 써보고자 한다.

첫 번째 분야는 결혼이주여성의 인권이다. 요즘은 국제결혼이 증가하고 있는 추세인데 그중 가장 많은 것이 한국 남성과 베트남과 같은 개도국의 여성의 결혼이다. 그러나 이 '결혼'은 사실상 '구매'에 가깝다. 말 그대로 그 여성을 많은 상품들 중 하나로 취급하는 것이다. 그렇게 이루어진 결혼이라도 후에 행복이 만들어지면 좋으련만 사랑하지 않는 사이에서 갑자기 그런 애틋한 감정이 생길 리가 없다. 한국남성들은 대부분 결혼 후에도 여성을 상품 취급했다. '내 돈 주고 샀는데 때리면 어때.' 하는 얼토당토 않은 사고가 머리에 자리 잡은 것이다. 이런 불행한 결혼생활에 다시 자신의 나라로 돌아가겠다고 말한 여성에게 남편은 심한 구타를 했고 심한 경우 사망까지 했다. 다음은 유서가 되어버린 한 베트남 여성의 편지 중 일부이다

"저는 당신과 많은 이야기를 나누고 싶은데, 당신은 왜 제가 한국말을 공부하러 못 가게 하는지 이해할 수가 없어요. 저도 다른 사람들과 같이 대화하고 싶어요. 당신을 잘 시중들기 위해 당신이 무엇을 먹는지, 무엇을 마시는지 알고 싶어요. 저는 당신이 일을 나가서 무슨 일이 있었는지, 어떤 것을 먹었는지, 건강은 어떤지 또는 잠은 잘 잤는지 물어보고 싶어요. 제가 당신을 기쁘게 만들 수 있도록 당신이 저에게 많은 것들을 가르쳐 주기를 바랐지만, 당신은 오히려 제가 당신을 고민하게 만들었다고 하네요."

이 짧은 편지글에서 결혼이주여성들의 애환이 묻어나는 것 같아 마음이 아팠다.

다음에 인상 깊었던 분야는 성소수자 인권 분야이다. 평소 다른 분야에 비해 생소한 편이라 더 인상 깊었던 것이 아닌가 싶다. 이 글은 '성소수자 친구를 사귈 생각이 있나요?' 라는 물음으로 시작한다. 나는 선뜻 "YES" 라고 답할 수 없었다. 오히려 "NO"에 가까웠다는 것이 내 솔직한 대답이다. 보수적인 한국사회에서 성에 대한 개방적인 문화는 쉽게 받아들여지지 않는다. 더군다나 소수자가 붙었으니 오죽하랴? 사람들은 나와는 '다른' 적은 수의 사람을 '틀리다' 라고 생각한다. 사실은 나와 똑같이 대우받아 마땅한 인간인데도 말이다. 나라고 다를 것 없이 마찬가지로 생각했다. 어쩌면 나는 다른 분야에서는 '다름'을 인정했음에도 주위에서 보지 못했다는 성소수자에 대해서는 열린 마음으로 대하지 않았던 것 같다. 그러나 이제는 그들이 우리와 같은 존재이고 오히려 그 다름 때문에 차가운 시선과 억압을 받고 있음을 생각하게 되었다.

마지막으로 장애인인권 분야에 대해 말하고 싶다. 장애인인권 분야는 소수자의 인권 보호하면 가장 먼저 이야기하는 분야 중 하나이다. 이 책에서는 특히 정신질환자를 비중 있게 다루고 있다. 실제로 신체 중 일부가 불편한 사람들보다 정신적으로 힘든 사람들이 더 차별당하고 있다고 생각한 적이 많았다. 한국사회에서는 정신질환이라고 하면 무조건 나쁘게 생각하는 경향이 있다. 정신질환자라고 하면 어디로 튈지 모르고 언제 돌변해 범죄를 저지를지 모르는 잠재적 가해자로 생각하는 것이다. 주위에서도 정신적인 스트레스로 고통 받고 있지만 정신과 진료 상담기록이 어떤 불이익으로 남아 따라 다닐지 모른다는 이유로 치료를 피하는 사람들이 더러 있다. 이 정도로 정신질환자에 대한 인식이 나쁘다는 것이다. 그러나 정신질환자는 누구보다도 관심이 필요하고 타인의 보살핌이 필요하다.

또한 장애인인권에서 필수적이고 중요한 것은 그들을 불쌍하다는 동정의 시선으로 봐서는 안 된다는 것이다. 때로는 무관심이나 욕설보다도 동정이 더 큰 상처로 다가올 때가 있다. 배려가 아닌 또 다른 차별이 될 수 있다는 것이다.

이 책을 읽으면서 '공감'이라는 단체는 부제에도 나와 있듯이 법이라는 양면성의 무기를 보다 긍정적이게 사용하고 있구나 하는 생각이 들었다. 그리고 또 한 가지, 최근 '공감'이 운영되기 위해 필요한 기부금 중 일반인의 작은 돈이 모인 것이 70%를 넘어섰다고 한다. 국가의 소시민 한 명 한 명이 사회발전을 위해 작은 힘을 보태어 큰 효과를 만들어낸다는 것이, 그리고 그 사람들이 한국 사람이라는 것이 자랑스러웠다.

나는 고등학생이라는 삶의 중요한 시기에 있다. 이 책을 읽고 내가 어떤 직업을 가질지는 모르겠지만 꼭 사회에 도움이 되는 사람이 되어야겠다고 생각하게 되었다. 그러기 위해서 앞으로는 사회, 그리고 그곳에서 살아가는 모든 사람들의 삶에 관심을 가져야겠다.

대구여자고등학교 2학년
이채윤

"좋은 생각을 가지고
우리 사회의 문제들에 관심을 가지고
공감하는 것만으로도
 아주 큰 도움이 돼요."

여섯 번째 만남
(10월 4일)

시험도
등수도 없는 학교
꿈틀

오연호 _ 「우리도 행복할 수 있을까」 저자, 〈오 마이 뉴스〉 대표

강 연 속 한 구 절

'꿈틀' 거리는

많은 이들이 있기에,

우리는 행복해질 수 있습니다.

강연 스케치

오늘의 강연 주제는 '시험도 등수도 없는 학교, 꿈틀'

우리 안의 '덴마크'를 불러일으킨 강연. '꿈틀'

강연 준비한 친구,

운 좋게 남아 있던 친구들과 함께,

기념 촬영 찰각

우리도 행복할 수 있을까?

Ohmynews 대표 오연호 작가님 강연에 초대합니다!

행복한 사회를 꿈꾸는 모든 이들과 함께,
행복지수 1위인 덴마크에서
새로운 길을 찾다!

오연호 대표님은,
이런 분입니다

전남 곡성 산골에서 1964년 출생.

중학생 때 가진 소설가의 꿈을 가짐.

연세대학교 국문과에 입학.

2000년 2월 22일, '모든 시민은 기자다!'를 모토로

인터넷미디어 '오마이뉴스'를 창간.

현재는 8만 명의 시민 기자와 함께 활동 중.

가장 최근 『우리도 행복할 수 있을까』 출판.

시험도 등수도 없는 <u>학교</u>, 꿈틀!

반갑습니다.

저는 어렸을 때 꿈이 소설가였는데 그 이후 기자가 되었고 사장이 되었어요. 사장은 경영을 해야 되죠. 월급을 줘야 할 사람이 처음엔 열 명이었는데 지금은 백 명이 되었어요. 제가 중 고등학교 때 소설가 되려고 했는데 지금은 기자가 되었고 강사가 되었어요. 이젠 학교를 설립하려고 그래요. 이후에 학교를 설립하려고 덴마크 취재를 다녀왔고 내년 2월 24일 개교를 합니다. 내 안에는 소설가가 되고 싶은 나뿐만 아니라 강사, 기자, 사장이 될 수 있던 나도 있었던 거죠. 저는 사실 제가 회사를 경영할 것이라고 생각도 못했는데 37살에 사장이 되어 이제는 직원들 월급도 꼬박꼬박 챙겨 주고 있습니다. 여러분들은 저보다 더 무한한 가능성이 있습니다. 여러분 안에 또 다른 누군가가 있을지 몰라요.

이제 제 소개는 이쯤하고, 덴마크에 대한 이야기를 해 보도록 하죠. 우선 덴마크는 어른들 뿐만 아니라 학생들도 행복합니다. 그 아이들은 '내 안에 또 다른 내가 누가 있을까'를 아는 시간을 가질 수 있습니다. 우리

학생들은 앞만 보고 달려야 되는 경주마 같아요. 옆을 볼 자유가 없죠! 옆을 볼 자유를 가진 덴마크는 왜 행복한가를 저는 지난 일 년 동안 전국을 돌며 이야기 하고 있습니다. 피곤하냐고요? 아니요. 아니요, 전 진심으로 행복합니다.

스웨덴이나 노르웨이 같은 나라는 작지만 행복지수가 높아요. 왜 그럴까요? 덴마크는 저에게 많이 창의적인 생각을 하게 해줍니다. 사진에서 보시다시피 덴마크는 35살부터 교장을 합니다. 우리나라 교장선생님의 연세는 대체로 환갑 전후인데 말이죠. 덴마크는 반장을 뽑지 않아요. 모든 아이들이 반장 역할을 할 수 있다는 생각을 하고 있죠. 학비도 없어요. 대학생이 되면 월 120만 원씩 학비를 받아요. 시험도 없어요. 아이들이 자기 주도적으로 공부하는 걸 강조하기 때문에 시험문제는 학생들이 직접 문제를 냅니다. 그래서 '이럴 수도 있구나' 하는 생각을 줍니다.

사장하고 직원하고 차를 타고 돌아다니는데 누가 운전하면 좋겠습니까? 덴마크를 배워온 저는 이렇게 생각합니다. 그 날 목적지를 아는 사람이, 컨디션이 좋은 사람이 운전했으면 좋겠다는 생각을 해요. 그런데 제 직원은 운전면허가 없었어요. 그래서 제가 직원을 모시고 열흘 동안 천오백 킬로미터를 다니며 행복은 어디에서 나오는가를 찾으러 다녔죠.

책에 나온 여섯 가지 키워드 중에 오늘은 핵심적으로 자유에 대한 이야기를 할 겁니다.

이 학생들의 표정과 자세를 한 번 보세요. 이들의 공통점이 있다면 표정이 좋죠? 행복한 인생이 행복한 학교에서부터 시작되는 겁니다. 학교 다닐 때 하고 싶은 것도 참고 열심히 공부하여 대학 가서 즐긴다는 건 덴마크에서는 잘못되었다고 생각합니다. 학교의 개념이 다릅니다. 성적 우수상 제도가 없어요. 성적이 우수한 것은 여러 가지 우수한 것 중 하나에 불구하다고 생각합니다. 학교운영 주인은 누구나 될 수 있습니다. 중학생이 학교운영위원으로 참여할 수도 있어요.

학교 선생님들은 학생들의 자존감을 지켜주려고 합니다. 핵심이 어디 있냐면 에프터스쿨 제도에 있어요. 중학교 3학년을 졸업하면 일 년 동안 자신이 하고 싶은 걸 하는 기숙사형 학교에 들어갑니다. 보통 학교에 가면 선생님이 학교 안내를 하죠? 근데 여기선 아이들이 학교 안내를 합니다. 일 년에 해가 50일 밖에 안 뜨는데도 행복지수가 1위에요. 해가 안 뜨니까 해 대신에 옆 사람의 얼굴을 본다고 합니다.

여러분의 수학여행이 대체로 2박 3일이죠? 이 학교를 보면서 '이 친구들은 일 년짜리 수학여행을 하는구나!' 생각했습니다. 또 이 친구들은 급식을 받는 게 아니라 직접 밥을 하더군요. 한 초등학교를 가봤더니 초등 4학년이 밥을 하고 있더군요. 모든 학생들이 4, 5학년이 되면 시장을 보고 설거지를 하는 것이 수업과정에 포함되어 있더라고요. 재밌겠죠? 이렇게 하다보면 자신감이 생기겠죠? 이런 제도 하나 하나가 중요합니다. 여러분 스스로 반찬하고 밥 해서 먹는 사람 손들어 보세요. 나중에는 이게 정말 중요한 일입니다.

이 친구들은 축구를 전문적으로 하는 아이들인데 이 학교가 선수들을 어떻게 선발하냐면 잘하는 기준 25프로, 나머지 75프로는 축구를 좋아하는 기준으로 아이들을 뽑아요. 저는 보면서 그 친구들이 정말 부러웠어요. 정말 즐기고 있는 아이들인 거죠.

우리는 초등학교 1학년에 비해 학교에 다닐수록 즐거움과 자존감이 낮아지는 경험을 하고 있어요. 덴마크는 못 해도 괜찮아요. 저는 반 대항 축구 대회에 나가보고 싶었어요. 하지만 못나갔어요. 선생님의 눈치를 받았기 때문이죠. 이미 잘하는 아이가 주목을 받고, '나는 왜 못 할까?' 하는 상처만 남았어요. 하지만 저는 4년 전에 교회 축구팀 회장이 되면서 확 바꿨어요. 하루에 열 골도 넣었어요. 덴마크는 덴마크에만 있는 게 아닙니다. 덴마크는 곳곳에 있습니다. 축구팀이 덴마크의 한 사례입니다. 이 문화를 덴마크 식으로 바꿔버렸어요. 못해도 서로 칭찬해 주기, 우리 안의 덴마크는 이렇게 있을 수 있다는 거죠. 잘하는 순서가 아니라 운동장에 먼저 도착한 순으로 뽑았어요. 못해도 칭찬해 주죠. 그래서 저는 '우리나라에 이런 학교를 만들어 봅시다.' 하고 현재 추진하고 있습니다. 포럼을 하고 덴마크에서 직접 배워오기도 하며 만든 '꿈틀리 인생학교'는 기숙사형 학교로 10개월짜리인데요. 강화도에 만들어지고 있습니다.

그리고 재미있는 건, 덴마크에서는 전 세계 영어 토론 대회 우승자가 고등학교 졸업한 지 2년이 지났지만 대학을 안 가요. 대학은 내가 가고 싶을 때 가는 곳이며 30프로만 대학을 갑니다. 인생을 살면서 행복을 결정하는 것이 두 가지가 있다고 생각하는데 그중 하나가 자존감이고 또 다른 것은 더불어 함께하는 즐거움입니다.

이게 매우 상징적인 장면인데 고3 졸업식날에 하얀 모자 세리머니를 합니다. 트럭을 타며 시내를 돌아다녀요. 3학년 2반 아이들 전원이, 3학년 2반 25명 모든 아이들의 집으로 돌아다니는 겁니다. 이게 엄청 상징적이죠? 더불어 함께 살아가는 사회 공동체가 돼 있다는 거죠. 그리고 졸업식날 모든 아이들이 춤을 춥니다. 이게 바로 자존감이 살아 있다는 얘기죠. 카퍼레이드로 집에 가면 어른이 된다는 의미로 모든 집에서 술을 줍니다. 충분한 시간적 여유를 가지고 다양한 선택지 속에서 남의 눈치를 보지 않고 내가 하고 싶은 것을 스스로 찾아 하는데 나도 즐겁고 옆 사람도 즐겁습니다.

행복한 사회에서는 초등학교 1학년의 표정이 중·고등학교, 어른이 되어서도 유지가 됩니다. 학교에서 배운 것이 사회에서도 통합니다. 학교에서 못해도 괜찮아요.

덴마크에는 전 국민이 주치의 제도가 있어요. 외국인도 공짜예요. 덴마크 사람이 한국에 와서도 공짜예요. 한국 정부랑 협약을 했어요. 이런 사회적 장치들이 있기 때문에 어른이 돼서도 표정이 좋다는 거죠.

표정이 당당하죠? 이 사진은 택시기사의 사진인데. 열쇠 수리공인 자기 아들을 정말 자랑스러워하는 것을 보고 저는 감동을 받아 첫 장에 적었어요.

'나는 고등학교만 졸업했는데 동창회에 나가는 게 부담스럽지 않습니다. 학생 때는 교실에 들어가는 것이 부담스럽지 않고 어른이 되면 동창회에 나가는 게 부담스럽지 않습니다.' 이런 말을 할 수 있는 사람이 대한민국에 몇 명이나 될까요?

자전거 천국인 덴마크는 학교에도 자전거가 엄청 많아요. 40프로가 자전거를 타고 등교를 해요. 자전거를 타고 가고 있는데 자동차 도로가 우리나라 비해 넉넉하죠? 자전거 배우기가 필수인 이런 사회는 그냥 만들어진 사회가 아닙니다. 덴마크는 교육 투고를 하여 살아 있는 교육을 추구하고, 죽어 있는 교육, 시험 합격을 위한 교육이 아닌 삶의 인생을 위한 교육 혁명을 했어요. 우리나라도 이제 죽어 있는 교육 대신에 살아 있는 교육을 해야 합니다. 죽어 있는 교육은 시험이 있는 교육이고, 살아 있는 교육은 삶이 있는 교육이죠.

또 재미있었던 일이 덴마크 학교에서는 청소를 어떻게 할 것인가에 대해 공부하고 있더군요. 변기 청소를 어떻게 하면 잘 할 것인가, 커피를 식탁에 쏟고 어떻게 잘 닦나 공부를 하고 시범을 보여줍니다. 커피를 잘 닦는 방법이 뭔가 싶어서 들어봤더니, 우선 걸레를 가져와서 멀쩡한 식탁을 한 번 닦고, 커피 쏟은 부분을 닦으면 된다고 하더군요. 재밌죠? 이런 게 살아 있는 교육의 한 부분이 아닐까요.

이제 우리 곁에서도 꿈틀거리고 있는 사람들을 소개할게요. 어른들은 대학 졸업하고 안정된 직장에 취업할 것을 권유하지만, 여기 이 사진의 언니는 북 카페를 만들었어요. 춘천에 대학가의 서점이 다 사라지고 술집이 만들어지고 있는 것을 안타까워하며 친구들끼리 서점을 만들려고 해서 칭찬을 해줬는데, 북 카페에 한 시간 동안에 손님이 아무도 없어서 밥벌이 걱정을 하면서 문을 열고 나왔는데, 문에 이런 말이 적혀 있었어요.

당신은 무엇을 바라보는가. 누군가의 꿈을 듣고, 밥 벌어먹겠냐는 말이 먼저 나오는 사람은 출입금지다. 당신은 당신이 좋아하는 것을 찾아가세요.

이 사진은 우리나라 충청도 풀무 학교의 교장선생님이에요. 여긴 사랑방이에요. 여긴 '난' 대신 '낫'이 있어요. 여기 학생들이 함께 목장 짓고 화단 정리하고 그렇기 때문이죠.

이 사진은 무허가 대학교 입학식 하는 날인데, 홍대 미대 교육 디자이너들이 교육을 합니다. 독립 대학이고, 자신이 처음 할 일은 스스로 2년 동안 쓸 자기 책상을 꾸미는 것입니다. 자기가 개성적으로 살자는 거죠.

　다음 사진은 열정대학 학생들이에요. 각자의 자기 대학이 있고, 또 다른 열정으로 만든 대학의 대학생들인데, 맨날 토익 토플 공부하고 언제 인생을 논하나 싶어서 대학을 하나 만들었대요. 모토가 열정적으로 할 수 있는 모든 것이 학과가 된대요. 제 제자 중 한 놈이 오연호 학과도 만든다고 하네요. 하하하.

　저 학생들 중 한 명이 제게 이런 쪽지를 줬습니다.

> "이상만 쫓고 현실을 간과하고 있다는 생각을 스스로 많이 했는데, 이번 기회를 통해 '그래, 내가 틀린 것이 아니었어.'라는 생각을 하게 됐습니다."

　이 말을 들으니 저의 꿈틀거림이 헛된 일이 아니었음을 확신하게 되더군요.

　꿈틀 자유학교 초등학생들은 모두 자기네들이 결정합니다. 이 작은 아이에게 무엇을 결정했냐고 물어보니 '종이 비행기를 접어서 날릴 때에는 접기 전에 반드시 자기 이름을 쓴다.'라는 규칙을 만들었다고 하더라고요. 하하. 이제 졸업을 앞둔 중3 학생은 너무 많은 규칙을 만들었는데, 최종적 규칙이 '더 이상 우리 중 그 누구도 새로운 규칙을 만들지 말자.' 라고 하더군요. 하하하.

　이렇게 곳곳에서 꿈틀거리는 사람이 있는데 지금 여기 모인 여러분들도 이 속에서 더불어 함께 꿈틀거리는 것이 제일 중요해요. 또 중요한 것 하나는 자괴감을 가지지 않는 것이에요. 여러분이 '아, 내 잘못만은 아니었구나.' 하는 생각을 할 수 있어야 한다는 거죠. 우리 각자가 뭘 잘해 보려고 하는데, 안 될 때가 많아요. 그렇게 막힐 때 대한민국은 다른 것에서 이유를 찾기보다 스스로 파고듭니다. 그러면서 끊임없이 떠오르는 자괴감이 자존감을 갉아먹다보니 초등학생 때 비해 고등학생이 되면서 자존감이 높아지긴커녕 더욱 표정이 어두워지는 거죠. 그러니 행복한 우리 사회를 위해 '내 잘못만은 아니다.' 라고 생각하는 것이 가장 중요해요. 지금까지 제 강연의 가장 핵심적인 단어는 '꿈틀' 입니다. 우리의 행복을 위해 어른이나 학생들이 꿈틀거리면 새로운 사회는 분명히 만들어질 수 있습니다.
　내일은 우리들의 오늘이 만들어 갑니다. 우리 이제 함께 꿈틀거려야 합니다.

우리가 묻고, 인문학이 답하다

Q. 대안 학교와 대표님께서 이번에 개교하시는 꿈틀리 학교와의 차
이점은 무엇인가요?

A. 학년의 개념이 없습니다. 고등학교 과정이 아닙니다. 여러분 말로
꾸는 것이죠. 하하하. 학생의 안식년이라고 할 수 있죠. 왜냐하면 젊
었을 때의 인생은 행복한 것이기 때문입니다. 쉬는 것이 아니라 다
양하게 체험하면서 선생님의 개념도 다르고 수업의 개념도 다르게
설계하였습니다. 2주 정도 서울 시장도 선생님으로서 오시고요. 저
는 파트타임 글쓰기 선생님이에요. 여러분 스스로가 선택을 해야 되
고 부모님이 이해해야 돼요. 함께 선택해야 하는 거죠. 40명 정도 선
발을 하려고 합니다.

우리 사회에 큰 질문을 만드는 거죠. 학생들도 옆을 봐야만 행복하구
나 하는 질문을 던지는 거죠. 다른 길을 갈 수 있구나. 이렇게 일 년
동안 쉬다보면 학생과 학부모들이 경쟁에 뒤처지는 것을 걱정합니
다. 이건 굉장히 중요한 생각이에요. 그럼 덴마크 사람들은 뭘 몰라

서 그런 기간이 소중하다고 여길까요? 그 사람들은 인생의 엄청난 투자라고 생각합니다. 인생은 10층짜리 건물을 짓는 것이라고 생각해 봅시다. 현재 한국의 라이프스타일은 1,2,3층은 얼른 지어버리고, 6,7층에서는 삐걱거립니다. 1,2,3층을 올리기 전에 가장 오랫동안 시간을 투자하는 게 터 닦기 공사입니다. 지하를 넓고, 깊게 한 다음에서야 1,2,3층을 지으면 잘 지을 수 있다는 거죠. 우리 학생들은 행복지수가 OECD 34개국 중에 34위입니다. 보건복지부에서 조사한 결과에 따르면 학생들이 가장 시간이 없다는 거죠. 학생들이 잠자고 교제할 시간이 부족하다는 것이 핵심입니다. 이런 방법에 대한 근본적인 문제제기를 해보고 싶다는 것입니다.

Q. 왜 유럽의 다른 나라도 많은데 하필 덴마크인가요?

A. 여러 나라를 가봤어요. 그땐 덴마크를 잘 몰랐죠. 프랑스, 독일, 영국과 같은 주로 큰 나라를 몰아서 가보니 별로 좋은 방법이 아니었어요. 짐 싸기 바빠요. 근데 그중에 한 나라만 8박 9일을 가는 문화를 만들어가는 나라가 있었는데 그 나라가 바로 유럽의 행복지수 중 항상 상위에 있었던 덴마크였어요. 총 여섯 번을 가봤는데 보면 볼수록 '이 사회가 만만치 않은 사회구나, 매력적이구나.' 하고 느꼈습니다. 매우 작은 나라지만 상당히 많은 것을 보여주는 그런 나라죠. 그리고 이 사회가 여러 가지 영향을 미치는구나 하는 생각을 가졌죠. 그래서 덴마크로 갔습니다.

Q. 덴마크의 단점이나 부족한 점은 어떤 것이 있을까요?

A. 뭐가 있을까 곰곰이 생각해 보니 날씨가 안 좋다는 게 단점이에요.

햇볕이 50일 밖에 안 들어요. 하지만 행복지수 1위는 날씨 좋은 우리 나라가 아니라 덴마크죠. 우리의 찬스예요. 우리는 행복지수만 높게 하면 됩니다. 우리의 장점은 음식이 다양하지만 덴마크는 음식이 단 순해요. 다른 특별한 단점을 가지고 있진 않는데 현대 사회의 일반적 문제점, 고령화 사회나 젊은층 소멸, 이민족과의 갈등을 어떻게 융합 하고, 조화를 이룰지와 같은 문제를 똑같이 가지고 있습니다.

Q. 신방과에 갈까요, 혹은 다른 과에 가서 기자의 길을 진학할까 요?

A. 신방과에 간다고 기자가 되는 것은 아닙니다. 다른 과에 가도 돼요. '왜'가 중요합니다. 제가 얼마 전에 KBS에 다녀왔어요. 제 또래의 PD를 만났는데, '아침마당'에서 저를 출연시키고 싶어 했어요. 녹화 날짜까지 다 잡았죠. 그 날짜가 지났는데 제가 아직 못 출연하고 있 어요. 그 PD가 52세인데도 자기 마음대로 결정을 못해요. 오마이뉴 스 기자는 바로바로 자기 마음대로 쓸 수 있어요. 내가 사장이고, 자 기가 직원인데 저녁 약속을 바꾸고 그래요. 하하하. 이게 가능한 게 오마이뉴스 기자죠. KBS에서는 일 년에 5일 쉴 수 있는 반면에 오마 이뉴스는 자기가 쉬고 싶을 때 쉴 수 있어요. 그럼 여러분들은 어디 에 취직하고 싶어요? (오마이뉴스요~) 그렇죠? 근데 우리 기자는 KBS 월급이 부럽다고 하더라고요. 참나.

커뮤니케이션을 통해 남과 소통하는 사람, 기자, PD, 연출가와 같은 모든 사람의 공통점은 대중의 마음을 움직이기 위해서 뭔가를 한다는 것입니다. 그것이 일기 쓰는 사람과의 차이예요. 일기는 자기만 움직 여도 되는 반면에 더불어 함께 정신이 가장 투철한 사람이 이 일을 할 수 있어요. '나는 무엇을 바꾸고 싶은가' 가 핵심이죠. 화두를 던져야 해요. 바꾸고 싶은 것이 없는 사람이 이걸 하면 스트레스 받아요. 바꾸고 싶은 것이 없다면 과는 아무 소용이 없어요. 왜 꼭 기자가 될 것인가를 생각해 봐야 되는데, 요즘은 유저가 함께 참여하는 SNS 시대잖아요. 선생님인데 시민기자로 기사를 쓰는 사람도 많아요. 인천에 한 선생님은 지난 10년 동안 축구 기사만 써왔어요. 왜 그럴까요? 자기가 좋아서 자기 가슴이 뛰고 이걸 내가 잘 써서 다른 사람에게 알려줘야겠구나 하는 마음과 생각이 있어서 하는 거죠. 이 일을 좋아서 할 것인가 점검이 필요하고, 여러분 또래는 너무 빨리 꿈을 정해버려요. 다른 세계를 못 보면 안 돼요. 옆을 볼 자유가 그래서 중요하다는 거죠.

Q. 현재 우리나라에는 어떤 제도가 필요할까요? 대표님의 강연과 우리의 현실이 너무 동떨어져 있어서 무력해지는 느낌입니다. 현재 대한민국 제도에서 행복을 찾을 방법은 어떠한 것이 있을까요?

A. 무력해진다고 하셨는데, 만약에 제가 여러분들에게 덴마크가 아니라 아프리카에 대해 얘기했으면 어땠을까요? '다행이구나.' 했겠죠. 5년 전에 나이지리아를 방문했을 동안의 3박 4일이 굉장히 우울했어요. 치안이나 도로 등 많은 불편함이 있었죠. 비행기를 타고 그 나라를 떠나는 날, '내가 살았구나.' 하는 생각이 들었어요. 여러분, 덴마크가 백점 만점에 90점의 나라라면 나이지리아는 30점 정도군요. 우리나라는 제가 보면 65점 정도 되는 것 같아요. 이건 우리에게 엄청나게 중요한 겁니다. 자괴감이 아닌 자신감을 바탕으로 나아가야 하

는 거죠. 가수 이적 알아요? 그럼 '다행이다.'라는 노래 알아요? 제가 한번 불러볼까요? 하하하. 제가 덴마크에서 이적의 '다행이다.'를 읊조리고 다녔어요. 사람들이 무에서 유를 창조한 이런 나라가 있어서 '다행이다.'라고 말했어요.

Q. 저희 엄마는 맨날 공부 때문에 불행하다고 불평하는 제게 사람이 어떻게 하고 싶은 것만 하고 사냐고, 우리나라는 아직 많이 가야 할 길이 멀다고, 학생이 공부를 해야지 뭘 하냐고 그럽니다. 덴마크처럼 학생이 공부만 하는 것이 아닌, 그런 삶을 살고 싶어도 엄마 말대로 저희가 그래도 되는 걸까요? 우리나라와 덴마크 사이에 뭔가 근본적인 차이가 있는 건 아닐까요? 덴마크처럼 해도 괜찮을까요? 이수나

A. 쉬는 것도 투자예요. 맹목적으로 쫓기듯이 하다가 어느 날 문득 이게 아닌 것 같다 생각해서 돌아오는 것보다 중요한 청소년기에 자신의 꿈과 인생을 찬찬히, 여유를 가지고 살펴보는 것은 '낭비'가 아니라 '투자'라 생각해요.

Q. '오마이뉴스' 시민 기자를 선발하는 기준이 무엇인가요? 모든 기자가 기사를 작성하며 활동하나요? 이주은

A. 없어요. 누구나 참가할 수 있어요. 물론 그중에 꽤 많은 사람은 '유령 기자'예요. 하지만 저는 그분들도 소중한 분이고 우리 '오마이뉴스'에 애정을 가지고 관심있게 지켜보는 분들이라고 생각해요.

대표님, 고맙습니다!

김서영 기자님 강연을 들으면서 무언가를 바꾸는 일에 저도 동참하고 싶다는 생각을 참 많이 하게 됐습니다. 지금 이 생각을 포기하지 않고 열심히 지켜가겠습니다. 좋은 강연 정말 감사합니다.

김희애 듣는 내내 오연호 대표님의 강연 덕분에 마음이 편해졌어요. 요즘 들어 학업스트레스를 많이 받았는데 강연을 듣고 행복한 인생을 살기 위해서는 내가 하고 싶은 것을 내 스스로 찾아야겠다고 생각하게 되었어요. 내 인생의 주인공은 내 자신이니까 앞으로 행복한 인생을 위해 노력할게요. 감사합니다.

이해가 아직 정해진 확고한 꿈은 없지만 대표님 말씀 두고두고 기억해두었다가 꿈이 생기면 최선을 다 할게요. 좋은 이야기 정말 감사해요.

황채원 지금은 꿈도 있고 장래희망이 있는 사람들도 있고, 무엇부터 해야 할지 모르는 사람들도 있는데 오연호 대표님의 강연을 듣고 나서는 하나의 꿈을 이루고 나서라도 더 다양한 꿈들을 다 이룰 수 있고 다양한 길로 갈 수 있다는 것을 알게 되었습니다. 좋은 강연 감사드립니다.

익명 맨 처음 강의를 들을 때는 우리나라에서 과연 실현될 수 있는 일일까 하는 생각이 들었지만 질의 응답하면서 해주신 '나라도 꿈틀거리자.' 라는 말을 듣고 희망을 가질 수 있었습니다.

김석희 강의 감사합니다. 정말 꿈만 같은 나라인데 우리나라가 저렇게 될 수 있을지는 미지수네요. 새로 만드시는 학교가 꼭 그것을 향해 내딛는 한 걸음이 되기를 바랍니다.

이수나 책을 읽고 나서 '덴마크에서 살고 싶다.' 라는 생각을 아주 많이 했습니다. 그러면서도 한국에서 이렇게 오래 살다가 덴마크에 가서 산다 해도 과연 내가 잘 적응해서 함께 행복할 수 있을까? 했습니다. 근데 강연에서 "덴마크는 이미 우리 안 곳곳에 있다. 우리가 가꾸는 것에 따라……." 이 말씀을 듣고 깨달았습니다. 이때까지의 생각은 도피적이고 조금은 부끄러운 생각이었다는 걸요. 이곳에서 내가 '꿈틀' 댄다면, 나에게 맞게, 그저 나만 행복한 곳으로 도피하는 것도 아닌 내가 많은 다른 사람들까지 행복하게 할 수 있을 거라는 생각이었습니다.

김우주 예전부터 덴마크에 대해 듣고 우리나라에 대해 부정적으로 생각하기도 했는데 오늘 강의를 통해 우리나라에도 작은 꿈틀거림들이 있다는 것을 알게 되어 기쁩니다. 그리고 항상 생각만 하고 그런 작은 실천조차 해보지 않은 저를 다시 돌아보았습니다. 앞으로는 행복한 사회를 위해 한 걸음 나아가는 사람이 되겠습니다.

먼저 책을 통해 저자가 보고 느끼고 생각한 것을 자세히 접했던 터라 강의 내용이 굉장히 잘 들어왔다. 책에 관한 내용이 많았고, 책을 쓴 후 저자가 더 생각하고 경험하고 계획하는 것들도 얘기해 주셔서 책에서 '이런 걸 느꼈다.' 하고 끝나는 것이 아닌, 느끼고 깨달은 바를 다른 사람들과도 나누고, 그것들을 가지고 스스로 실행에 옮겼다는 데에 감동을 받았다.

저자는 우리에게 덴마크 학생은 옆을 볼 자유가 있다고 하셨다. 덴마크에서 가장 깊은 인상을 받았던 '에프터스콜레'를 생각하면 확실히 그런 것 같다. 꼭 그것이 아니라도 우리보다는 옆을 볼 자유도 여유도 있겠지만 말이다. 그래서 우리나라에서 '에프터스콜레'를 적용해 내년에 직접 학교를 설립하신다고 하셨다. 그 자리의 많은 아이들이 부러워했지만, 나는 조금 걱정이 됐다. 내가 공부 때문에 너무 힘들다고 투덜댈 때마다 우리 엄마가 하는 말이 있다. "사람이 하기 싫은 것도 하고 살아야지. 학생이 공부를 해야지 뭘 해. 우리나라는 아직 너희가 열심히 공부해야 하는 단계야." 언제나 이런 식으로. 나도 몇 년을 들어왔더니 우리가 그렇게 느긋하게 일 년씩이나 보내도 될까, 이렇게 경쟁적인 시대에 다른 아이들은 미친 듯이 달려가고 있을 텐데, 혼자 그러고 있어도 될까 싶은 생각이 들었다.

그래서 강의가 끝난 후 그런 내 생각을 말씀드렸더니 "쉬는 것도 투자예요."라고 하셨다. 나는 그 간단한 대답에 큰 깨달음을 얻었다. 달려가기만 하면 되는 게 아니었다. 자기가 제대로 된 길로 달려가고 있는지도 모르는 아이들이 많다. 몇 년 동안 그것을 공부하고 그 일을 하다 자기에게 맞지 않다며 다시 처음으로 되돌아가 다시 시작하는 사람들도 많다. 모두 무작정 달려가기만 한 것이다. 시간과 돈과 체력을 모두 낭비하고서. 나도 그런 일화를 들을 때마다 내가 그중 한 명이 될까 봐 정말 불안했었다.

하지만 일 년 동안 여유를 갖고 자유롭게 자신의 인생을 설계할 수 있다면? 우리가 이렇게 공부를 열심히 하고, 일을 하는 이유는 결국 인생을 잘 살기 위해서다. 하지만 우리는 어떤 인생을 살 것인가에 대해 고민하기보다는 일단 공부를 하고, 돈을 번다. 잘못 된 거 아닐까? 엄마가 말했듯이 우리나라는 아직 우리가 열심히 공부만 해야 하는 단계일지도 모른다. 하지만 그 결과로 자기가 진정 하고 싶은 것이 아닌 공부와 일을 하고, 다른 사람들과 더불어 살지 못하고, 사회에 스트레스가 가득하게 된다면……. 그래서는 안 되지 않을까? 그래서 부디 바란다. 우리에게도, 세상 모든 학생들에게 옆을 볼 자유가 주어지기를.

저자는 사람들의 표정이 어렸을 때 것이 어른 때까지 계속되는 것이 자신의 궁극적인 목표이자 바람이라 하셨다. 나는 그 표현이 참 좋았다. 그 말은 누구에게나 마음 깊이 와닿을 것 같기 때문이다. 확실히 나도 어릴 때 사진을 보면 뭐가 그렇게 즐거운지 신나게 웃고 있다. 지금은 웃는 순간보다 찡그리고 있거나 무표정일 때가 훨씬 많다. 왜 이렇게 된 걸까? 나 자신은 크게 변한 것도 없는데. 다시 그때처럼 환하게 웃고 다닐 수 있을까? 여기까지 생각하고 '나는 이제부터라도 변화를 시작한다면 할 수 있어.'라고 긍정적인 대답을 내놓았다. 이렇게 생각하게 된 이유는 아래에 있다.

처음 책을 읽었을 때 나는 '아, 덴마크 가서 살고 싶다.'라고 강렬하게 생각했다. 그것은 특강을 들을 때까지도 마찬가지였다. 하지만 특강 중간에, "덴마크는 이미 우리 안 곳곳에 있어요."라고 하셨을 때 강한 충격을 받았다. 내가 지금까지 얼마나 도피적인 생각만 했는지를 깨닫자 부끄러워질 정도였다. 나는 단순한 부러움을 가지고 내가 이미 잘 다듬어진 그곳으로 갈 생각밖에 못했었다. 얼마나 좁은 생각인지. 내가 사는 이곳을 변화시키면 되는 것이었는데. 그렇다면 나 혼자만 덴마크에서 행복해지는 게 아닌 이곳 사람들까지 함께 행복해질 수도 있다. 물론 덴마크와 우리나라는 정말 달라서, 많이 힘든 과정이 될지도 모른다. 하지만 "원래 길은 없었어요."라고 말하셨듯이 원래 길은 없었다. 많은 사람들이 지나가다보니 길이 만들어진 것이다. 덴마크와 많이 다른 우리나라에서의 시도는 정말 새로운 길을 개척하는 것일 테다. 힘든 것은 당연하지만, 많은 사람들이 함께 지나간다면(노력한다면) 길이 만들어지지 않을까? 그리고, 행복해지기 위해 하는 노력은 얼마든지 기꺼이 할 수 있지 않을까? 나는 노력할 것이다. 열심히 꿈틀거려 볼 것이다. 아들 분이 어느 날 현관을 나서며 힘없이 한 말로 지었다는 제목이 다시금 생각난다. '우리도 행복할 수 있을까.' 처음 이 제목을 봤을 때는 암담한 느낌부터 받았다. 하지만 지금, 나는 우리도 행복할 수 있을 거란 희망을 품어본다.

대구여자고등학교 2학년

이수나

　행복하게 산다는 것, 아마 그것은 평생의 과제가 아닐까 생각한다. 많은 사람들이 행복하게 살기 위해 이렇게 '죽도록' 열심히 노력하고 있고 나 역시 행복하게 살기 위해 노력하고 있으며 어떻게 하면 만족스러운 삶을 살 수 있을지 종종 생각하곤 한다. 『우리도 행복할 수 있을까』는 그런 나에게 해답을 준 책이다.

　이 책은 수요일의 인문학 저자 초청 특강에서 강연하신 오연호 대표님의 책이다. 그날 강의 때 오연호 대표님의 강의를 정말 감명 깊게 들었는데 특히 "여러분 불행의 원인은 오로지 여러분의 것만은 아닙니다. 만약 여러분이 덴마크에서 태어났다면 지금쯤 여러분이 훨씬 더 많이 웃었을 수도 있죠." 이 말씀이 무척 마음에 와 닿았다. 내가 불행한 것은 내 탓이 아니니 좀 더 행복한 것을 바라고 요구해도 괜찮다는 느낌이었다. 강의를 들은 그날, 곧바로 책을 구입했고 정신없이 읽어댔다. 마지막 장을 덮는 순간 찌릿한 전율이 일 정도로 나는 그 책에 심취해 있었다.

　『우리도 행복할 수 있을까』는 행복지수 1위인 덴마크에 오연호 대표님께서 4차례 방문하신 후 덴마크 행복의 이유를 설명하고 있는 책이다. 어떻게 덴마크는 저렇게 행복할 수 있는지, 그리고 과연 한국도 저렇게 행복해질 수 있는지에 대해서.

이 책은 덴마크 행복의 이유를 크게 여섯 가지 가치로 말하고 있는데, 자유, 안정, 평등, 신뢰, 이웃, 환경이 그것들이다. 스스로 선택할 자유, 사회가 나를 보호해 주는 안정, 남과 비교하지 않는 평등, 정부에 대한 국민들의 신뢰, 의지할 수 있는 이웃, 깨끗하고 쾌적한 환경. 이러한 행복의 가치들을 보존하고 발전시키기 위해 덴마크는 끊임없이 노력하고 발전한다. 나는 이러한 덴마크가 너무나 부러웠다. 6개의 가치 어느 것 하나 빼놓지 않고 정말 부러웠다. 국민들이 원하는 것을 선택할 수 있고, 또 그 선택의 기간 동안 안정된 생활을 유지할 수 있도록 국가가 지원해 준다. 국민들은 그런 정부와 국가를 믿고 50퍼센트에 다다르는 세금을 믿고 낸다. 만약에 세상에 유토피아가 존재한다면 그곳이 덴마크가 아닐까 싶었다.

이 책이 소개하는 덴마크의 가장 선진적인 정책은 교육 정책과 사회복지 정책이라고 생각한다. 특히 나는 학생이니만큼 덴마크의 교육 정책에 적지 않은 충격을 받았다. 덴마크 초·중등학교 과정은 9년으로 폴케스콜레로 불리는 공립학교가 대표적인데, 그 외에도 자유학교, 사립학교 등 여러 학교가 있지만 덴마크의 학교들에는 모두 공통점이 있다. 그것은 바로 학생 스스로가 자주적으로 자신이 어떤 인생을 살지 고민하며 개인의 발전보다는 협동을 중시한다는 것이다. 따라서 9년의 과정 중 7년은 시험에 점수를 매기지 않고, 8학년부터 점수를 매기는데 그것도 등수는 매기지 않는다. 9학년 때 치는 졸업시험에서도 등수가 없다. 학생들의 점수는 진로를 위한 상담의 목적으로 사용되지 그것으로 학생들을 평가하지는 않는다.

공부를 잘하는 것은 개인이 가진 수많은 능력 중에 하나라고 여기기 때문이다. 어렸을 때부터 성적에 시달리는 우리나라와는 다른 모습이다. 나역시 성적에 관한 스트레스가 정말 많다. 시험기간에는 늦게까지 잠도 자지 못하고 공부를 해야 한다. 성적이 나올 때면 조금 무섭기까지 하다. 아무리 공부해도 점수가 나오지 않을 때는 스스로를 자책하거나 비관하기도 하고, 어떤 점수가 나오더라도 쉽게 만족할 수 없다. 남들과 비교했을 때내 점수는 별것 아닌 것처럼 느껴지기 때문이다. 고작 이 숫자 몇 개가 앞으로의 내 운명을 쥐고 흔들 것이라 생각하면 정신이 아찔하다.

우리나라 대다수의 학생들은 이러한 불안감과 고통 속에서 하루하루를 살고 있다. 덴마크의 교육 정책에 관한 내용을 읽을 때 이런 생각까지 들기도 했다. '내가 덴마크에서 태어났었다면 얼마나 행복했을까? 성적 때문에 아등바등하거나 엄마와 싸울 일도 없고, 괜히 친구들 등수를 보며 기죽을 필요도 없을 텐데.'

게다가 덴마크의 교육 정책에서 더 놀라운 점은 학생들에게 일 년간의 꿈을 찾을 수 있는 시간을 준다는 것이다. 애프터스콜레라고 불리는 이 학교는 기숙형 사립학교로 학생들이 일 년 동안 부모님을 떠나 또래의 아이들끼리 생활하며 자신들의 꿈을 찾는 곳이다. 말이 사립학교지 국가에서 교육비의 절반을 부담하기 때문에 반 공립학교나 다름없다. 종합교육을 하는 곳도 있고, 체육, 음악, 미술 등 특별 교육을 중점으로 하는 곳도 있다.

아이들은 자신이 가고 싶은 학교를 고르는데 25%는 그 분야의 최고 학생을 뽑지만 나머지 75%의 학생은 전부 인터뷰로 뽑는다. 얼마나 잘하는지보다 얼마나 그 분야를 좋아하고 성실히 할 수 있는가를 먼저 보는 것이다. 고등학교에 들어가면 10학년이 아니라 11학년이 되는 것도 이 때문인데 초·중등학교 9년을 졸업한 후 일 년 동안 자신이 진짜 원하는 것이 무엇인지 여유를 가지고 찾을 수 있도록 배려해 주는 것이다.

만약에 우리나라에서 이러한 정책을 쓴다면 어떻게 될까? 남들보다 빨리 성공해야 하는 것을 강조하는 우리나라에서는 분명히 거센 반발이 일 것이고, 시행된다 하더라도 그 일 년 동안 공부를 더 시켰으면 시켰지 꿈을 찾도록 가만히 내버려 둘 것 같지는 않았다. 생각해 보니 씁쓸해진다. 나는 내가 하고 싶은 것이 무엇인지 이미 찾았고 구체적인 계획까지 세워 두어서 굉장히 다행이라고 생각하지만, 당장 우리 반에도 자신이 무엇을 하고 싶고 무엇을 잘하는지 모르는 아이들이 태반이다.

올해 중학교에 들어간 남동생도 자신이 진짜 무엇을 하고 싶은지 잘 모르겠다고 한다. 제대로 된 꿈도 목표도 없이 그 힘든 길을 쉼 없이 달려야 하는 것이 얼마나 고통스러운 일인가? 그렇게 공부만 해서 결국 좋은 대학, 좋은 직장을 얻으면 우리는 과연 행복하다고 말할 수 있는 것일까? 덴마크 아이들은 일 년 동안 자신을 되돌아보며 더 힘차게 달릴 수 있는 도약을 하고 있는 것이다. 진심으로 부러웠다. 이렇게 성숙하고 행복한 아이들이 자라서 어른이 되는 사회가 행복하지 않을 리가 없다. 사진 속에서 자유롭고 행복하게 웃고 있는 덴마크 아이들을 보며 나도 같이 미소 짓고 싶다는 생각을 했다.

덴마크의 학생들은 이렇게 행복하다. 그런데 과연 학생들만 행복할까? 그렇지 않다. 이곳에서는 어른들도 아이처럼 밝게 미소 지을 수 있게 해준다. 꼼꼼하고 튼튼하게 국민들을 뒷받침해 주는 사회복지 정책 덕분이다. 기업하기 좋은 나라와 직장인들의 만족감이 높은 나라. 이 두 가지의 명예로운 타이틀을 모두 거머쥔 덴마크는 직장인들의 해고가 굉장히 높다. 그런데 어떻게 직장인들의 만족도가 그렇게 높을 수 있느냐, 그것은 다시 일

할 수 있다는 고용의 안정성이 깔려 있기 때문이다.

덴마크 인들은 모두 이런 생각을 하며 살아간다고 한다. "내가 실직을 해도 적어도 밥을 굶거나 길거리에는 나앉지 않도록 국가가 도와줄 거야. 또한 내가 다시 일을 할 수 있도록 해주겠지." 실제로 덴마크는 실직을 당한 사람들에게 2년 동안 원래 월급의 90%에 다다르는 실업보조금을 제공한다. 이 2년 동안 덴마크 인들은 자신들이 일하고 싶은 직업을 여유 있게 찾을 수 있다. 대부분의 실업자가 이 2년이라는 기간 안에 재취업을 하는데 못한다고 하더라도 상관없다. 2년이 지난 후부터 실업보조금은 나오지 않지만 새로운 직장을 찾을 때까지 실업보조금의 70%에 해당하는 생활 자금을 사회보장 기금에서 지원해 주기 때문이다. 또한 정부가 기업과 연계하여 적극적으로 실업자들의 재취업을 도우며 1주일에 한 번씩 실업자들에게 취업 상담과 교육을 실시한다.

취업을 하고 난 후에도 마찬가지이다. 기본적으로 덴마크에는 직업의 귀천이 없어서 택시기사와 의사가 자유롭게 이야기를 나누고 밥을 먹는다. 오연호 대표님께서 덴마크 여행 중에 만난 한 택시기사는 자신의 일에 무척 만족스러워하며 자신의 아들이 열쇠 수리공인 것을 부끄러워하지 않고 자랑스럽게 여겼다.

평등이 나라 곳곳에서 실현되고 있다. 이러한 평등은 기업에서도 찾아볼 수 있는데 덴마크의 기업은 이사회에 일반 직원이 참여할 수 있도록 하여 직원들의 의견을 적극 반영하고 사장과 직원 간의 소통도 굉장히 원활하다. 사장은 기업을 대표하는 사람일 뿐 특별하게 직원보다 대단한 사람이라고 여겨지지는 않는다. 게다가 노동조합도 상당히 활발한데 덴마크 국민 대부분이 평균적으로 4~5개의 조합에 가입하여 활동한다. 이 노동조합은 노동자들의 인권을 보호하며 노동자와 기업 모두가 발전할 수 있는 방안을 모색한다. 노동조합이라는 소리에 기겁하는 우리나라 대기업들과는 참 다른 모습이다.

그리고 이 모든 수고와 비용은 '오직 국민들의 행복을 위해' 라는 말로 국가가 부담한다. 국민들에게 강요하지 않고 천천히, 본인이 하고 싶은 일을 찾으라는 여유를 주는 나라. 책의 마지막 장을 덮었을 때 나는 환희와 슬픔과 새로운 충격 같은 여러 가지 감정으로 뒤섞여 정신을 차릴 수 없었다. 어느 정도 수준이 비슷하면 질투가 나지만 그 격차가 아주 많이 커지면 더 이상의 질투는 무의미해지고 그저 부러움만 남는다. 내가 딱 그랬다. 세상에 이런 나라도 존재하는구나 싶었다. 괜히 행복지수가 1위인 게 아니었다. 국민은 국가를 신뢰하고 국가는 국민에게 최선을 다하고, 그런 믿음과 화합이 공존하며 모두가 행복하다는 것이 꿈같았다.

나는 나에게 질문했다. 지금의 대한민국에 만족하는가? 나는 지금 정말로 행복한가? 대답은 아쉽게도 "아니다."였다. 나는 부족할 것 없는 환경에서 좋은 교육을 받으며 많은 것들을 누리며 살지만 단순히 그것들이 나에게 풍족한 행복을 주지는 않았다. 늘 힘들어하시는 부모님을 보며 '내가 더 잘해야지.' 라는 생각으로 스스로를 옥죄었고 청년 실업률이 증가하고 있다는 뉴스를 보며 '이렇게 부모님이 고생하시며 나를 키웠는데 내가 나중에 저렇게 아무것도 못한 채 있으면 어떡하나.' 라는 생각이 머릿속을 가득 채웠다. 고작 17살인 주제에 '만약에 내가 나중에 늙으면 난 어떻게 살아야 하지?' 라는 생각을 하기도 했다. 그리고 무엇보다 나를 힘들게 했던 것은, 내가 하고 싶은 것을 하지 못하고 있는 삶이었다. '정말로 공부를 열심히 하면 종국에는 행복해질 수 있는 걸까?' 라는 물음이 둥실둥실 떠다닌다. 조금이라도 쉬면 불안했고 점수가 떨어지면 내가 낙오자인 것처럼 여겨졌다. 읽고 싶은 책 하나, 보고 싶은 영화 하나 볼 여유 없이 달리기만 하는데 행복할 수 있을 리가. 나는 지쳐가고 있는 중이었고 내가 하는 일들에 대한 회의를 느꼈다. 그렇게 공허함 속에서 허우적대고 있을 때 나를 구원한 것 같다. 이 책이.

내가 이렇게 힘들다고 느끼는 것이 이상한 게 아니라는 걸 깨달을 수 있었고 내가 불행했던 이유가 오롯하게 내 탓만은 아니라는 걸 알았다. 나는 이 나라의 국민으로서 행복해질 권리를 당당히 요구할 수 있다. 이 책은 그러한 것들을 나에게 알려주었고 또한 나를 각성시켰다.

이 책을 읽고 나서 나는 우리나라에도 덴마크의 이러한 행복을 옮기고 싶다고 생각했다. 덴마크가 처음부터 이렇게 수준 높은 교육과 복지수준을 자랑했을 리는 없다. 덴마크는 독일과 스웨덴과의 전쟁에서 국토의 대부분을 빼앗겼다. 그럼에도 불구하고 덴마크는 일어섰다. 우리라고 못할 것이 뭐가 있을까. 조금 힘들겠지만 나에게는 또 다른 꿈이 하나 생겼다. 덴마크의 행복의 이유를 우리나라 식으로 순화해서 적용하고 싶다는 것이다. 미련하게 열심히 살고 있지만 그 노력만큼 행복하지 못했던 사람들에게도 행복을 누리게 해주고 싶고 또한 나중에 나의 자식 세대는 더 많은 행복과 풍족함을 누리며 살았으면 좋겠다. 정말 여러모로 나를 위로하고 의식을 깨어나게 하며, 움직이게 하는 책이라는 생각이 들었다.

이제 이 책을 읽은 사람들은 우리도 행복할 수 있을까 라는 질문에 자신 있게 답할 수 있을 것이다.

우리는 행복할 수 있다고.

행복해야만 한다고.

대구여자고등학교 1학년
박윤아

"이런 생각을 해보세요.
나는, 우리 사회가 행복 사회로 가는데 있어서
꿈틀거리는 사람인가,
걸리적거리는 사람인가."

우리가 함께 만든, 여섯 번의 만남을 돌아보며

하나 작년에도 꿈길 부원이었지만 각자 노트북 한 대씩 부여잡고 개인으로 문학이나 비문학 책을 써냈었다. 하지만 올해는 꿈길 동아리 활동이 대폭 변경됐다. 작년과 올해의 가장 큰 차이점은 바로 인문학 저자 특강이다. 매달 한 번씩 수요일에 우리가 직접 사회를 보고 진행을 하는 저자 특강은 우리의 가장 큰 프로젝트였다. 처음 저자 특강을 시작했을 때는 분위기도 어수선하고 버벅거렸다. 그렇지만 매 특강이 끝날 때마다 우리는 고칠 점과 방안을 의논해 점점 더 깔끔하고 좋은 진행을 할 수 있었다.

나는 원래 팀으로 활동하는 것을 별로 좋아하지 않는다. 마음이 아주 잘 맞는 사람들, 그것도 소수면 몰라도 웬만하면 팀별 활동을 꺼려 한다. 하지만 특강을 계획하고 준비하고 진행하고 다시 새로 계획하면서 나 혼자로서는 생각하지 못할 많은 아이디어를 얻고, 나 혼자로서는 실행하지 못할 일들을 우리는 해냈다.

우리 동아리원들은 내가 면접을 보긴 했지만 내가 마음이 아주 잘 맞는 친구들과 함께 하기로 한 것도 아니고, 다른 동아리에 비해서는 매우 적지만 부원도 나를 포함해 11명이다. 내게는 놀라운 일들이었다. 운이 좋았다고 할 수도 있겠지만, 그래도 '팀'의 긍정적 효과를 톡톡히 본 것은 놀라웠다. 물론 부장으로서, 그것도 리더십이 살짝 부족한 미안한 부장으로서, 잘 모르는 아이들과의 팀이란 것에 조금 힘들기도 했지만 결국 팀이라는 것을 믿게 되었으니 말이다. 나에겐 그 어떤 조별 숙제, 단체 공연, 봉사 활동 등의 단체 활동보다 팀워크, 배려와 연대, 리더십 같은 것들을 알려준 활동이 아니었나 싶다.

내가 영임이와 함께 사회를 보았던 것은 임헌우 교수님의 특강이었다. 학교를 일찍 마친 날 근처 카페에서 노트북을 뒤지며 특강 사회 전용 용어인 '뒷조사'를 했다. 어느 범위에서 어느 정도로 조사를 해야 할지 모르겠어서 조금 헤맸었다. 영임이와 대본까지 짜고 나니 결과물은 별것 없는데 생각보다 시간이 많이 지나 있었다. 우리는 언제나 수동적으로 받아들이는 청자였지, 사회를 보는 것은 처음이었기에 그랬던 것 같다. 생각해 보니 사회 보는 건 짧기도 하고 별것 아니기도 한데 괜히 긴장하고 그랬었다. 정작 특강 날에는 노트북 문제로 한참을 기다리다 PPT도 선보이지 못하고 멘트만 했어야 했지만 말이다.

이렇듯 특강은 우리에게 새로운 경험들도 많이 안겨주었다. 솔직히 고등학생이 직접 특강을 운영해 보는 경험은 거의 없지 않을까? 우리는 전체적인 것에서 세세한 것까지 모두 준비했고 써먹었다. 그리고 모든 과정이 즐거웠다. 그것에 가장 큰 가치를 두고 싶다.

우리는 모든 특강을 들은 유일한 동아리다. 다 듣고 난 지금, 나는 〈꿈길〉에 들어서 다행이란 생각이 든다. 특강 하나 하나가 놓쳤으면 후회가 될 법하게 좋은 강연들이었기 때문이다. 모두 성격은 달랐지만, 인문학이라는 틀 안에서 그때마다 우리를 새롭게 채워주었다.

인문학을 틀이라고 하니 뭔가 웃긴다. 인문학이야말로 틀이 없는 학문이라고 생각되기 때문이다. 이 생각도 특강(특히 김경집 교수님 때)을 들으며 하게 된 것이다. 나는 친구들과 철학적인 이야기를 많이 하는 편이다(그냥 일상 얘기를 하다 하게 되는 것이라 철학적이라고 하니 뭔가 이상하다. 하지만 되새겨 보면 철학적 이야기가 맞다.). 나는 인문학 특강을 듣기 전과 듣고 난 후의 내가 달라졌음을 그럴 때 가장 크게 느낀다. 친구들과 하는 얘기야 언제나 그게 그거다. 하지만 내가 그 속에서 생각하는 것이, 말하는 것이 바뀌었음을 느낀다.

오늘만 해도 그렇다. 친구가 세계지리 수행평가가 조별이라 너무 힘들고 짜증난다고, 조별활동 정말 싫다고 말했다. 예전의 나라면 공감하며 대학생 되면 어떻게 하냐고 말을 이어나갔을 것이다.

하지만 지금의 나는 그러지 않았다. "사람끼리 꼭 잘 맞을 수 없는 건 당연한 거잖아. 다른 사람이니까. 그래도 조별로 하면 좋은 점도 많을 거야." 이런 식으로 말을 하자 친구도 "그래 어차피 지금 시대는 다 조별인데." 하며 고개를 끄덕였다.

이 뿐만 아니라 역사 얘기를 할 때나, 봉사를 할 때나, 책을 읽을 때나, 그냥 혼자 생각에 잠길 때도 스스로의 변화를 조금씩 느낀다. 조금 뿌듯하다. 특강 때 듣고, 느끼고, 결심한 것을 내가 잊지 않았다는 것이. '변해야지.' 그 순간에 생각만 하지 않고 실제로 조금은 변했다는 게. 처음에는 반신반의했던 인문학 특강의 효과를 내가 직접 느낀 셈이다. 특강 때문에 다른 동아리들에 비해 월등히 많은 시간을 할애하고, 그만큼 바빴고, 그만큼 힘들었지만 모두 정말 좋은 경험이었다.

대구여자고등학교 2학년
인문 책쓰기 동아리 〈꿈길〉 이수나

둘 어떻게 이야기를 시작해야 할지 모르겠다. 처음에는 그냥 어쩌다가 들어온 동아리였다. 나의 꿈과 전혀 관계도 없고, 글재주도 없는 나와는 전혀 관련없는 동아리라고만 생각했다.

하지만 약 6개월 정도 지난 지금 '나는 이 동아리에 들어오길 잘했다.'라는 생각이 든다. 물론 6개월 동안의 동아리 시간은 정말로 힘들었다. 우리 동아리 애들은 다 글솜씨뿐만 아니라 생각하는 것도 모두 뛰어났다. 지금 생각해 보면 정말 배울 게 많은 애들인 것 같다.

우리 동아리는 11명이라는 다른 동아리보다 불리한 점을 가지고 있었다. 그만큼 개인적으로 해야 할 것이 많았다. 하지만 내가 하지 않으면 다른 애들한테 피해가 간다는 걸 알았고, 최대한 내가 해야 할 분량은 다해야지만 일이 진행되었다. 그만큼 책임감과 부담감이 엄청났다.

동아리 활동 중 가장 큰 일은 한 달에 한 번 수요일마다 있는 특강이었다. 단순한 입시특강 같은 것이 아닌 인문학 저자 특강이라는 것이다. 솔직히 이 동아리에 들어오기 전에는 인문학이라는 것에는 관심도 없었고 뭔지도 몰랐다. 물론 인문학과 관련된 책은 들여다보지도 않았다.

이런 나에게 인문학 저자 특강은 또 다른 경험이자 도전이었다. 이 특강에서 우리는 사회도 보고, 노트북으로 특강 내용도 적고, 특강을 듣는 다른 동아리 애들에게 자리도 안내하고, 특강 사진을 찍는 등 한 달에 한 번 사회자, 서기, 사진 기사, 안내원 등 여러 가지 일을 체험했다. 처음에는 그 많은 일을 다른 애들과 돌아가면서 한 번씩 하는 게 과연 잘 진행될까라는 의문을 가지기도 했다. 약 6번의 특강이 지난 지금 우리는 처음에 들었던 그 의문과는 반대로 4가지의 일을 번갈아 하면서 여러 선생님들을 놀라게 하는 경지까지 이르렀다.

첫 강의는 정말 정신없이 지나갔다. 저자 특강을 보러온 다른 동아리 애들에게 자리를 안내하고, 소감과 질문을 받는 등 모든 것들이 다 처음 해보는 새로운 경험이었다. 그래서 지금 생각해 보면 어떻게 지나갔는지도 기억나지 않는다. 점점 강의 횟수가 늘어감에 따라 우리는 그만큼 더 익숙해지고 더 능수능란하게 저자 초청 특강을 이끌어갔다.

제일 기억에 남는 일은 역시 사회를 봤을 때인 것 같다. 다른 사람들에게 특히 많은 사람들 앞에서 이야기하는 것도, 앞에 서서 발표를 하는 것도 모두 부끄러워서 목소리도 떨던 내가 그 많은 사람들 앞에서 사회를 본다는 건 새로운 경험이자 도전이 되었다.

6개의 강의 모두 피가 되고 살이 되는 주옥 같은 말들이 많았다. 그중 제일 기억에 남는 말은 『스티브를 버리세요』의 저자 임헌우 교수님의 스펙을 버리라는 말이 제일 기억에 남는다. 우리같이 스펙을 중요시하는 고등학생들에게 스펙을 버리라니 정말 당황스러웠다. 그리고 제일 기억에 남는 책은 『우리도 행복할 수 있을까』라는 책이었다. 읽는 내내 울었던 기억이 난다. 왜 울었는지는 정확히 기억나지 않는다. 아마 나도 모르게 너무 부러워서 울었던 것 같다. 『여행자의 인문학 노트』, 『칸트와 현대사회 철학』, 『생각의 융합』, 『스티브를 버리세요』, 『우리는 희망을 변론한다』, 『우리도 행복할 수 있을까』 이렇게 6개의 책들을 읽고, 저자분들의 강의를 들으면서 정말 많은 생각이 들었고 '다른 동아리들과 다르게 여섯 분의 저자들의 강의를 다 들은 동아리로써 정말 값진 시간이 아니었나?' 라는 생각이 든다. 이제 이런 저자 특강을 듣지 못하는 것에 대해 너무 아쉽고도 뭔가를 마무리한 것 같아 홀가분하다.

여섯 권의 책들을 모두 읽기에는 많은 부담이 있었다. 각 책마다 다른 특징이 있었고, 이해하기에 어려운 주제들이 나를 괴롭혔다. 하지만 이런 것들도 모두 새로운 경험이 아니었나 싶다. 책을 읽을수록 다른 사람을 다른 관점에서 볼 수 있게 되었고, 그런 다른 관점이 나를 성장시킨 것 같다. 저자 초청 특강을 하면서 많은 도전과 경험을 했다. 그러한 도전과 경험은 다시는 하지 못할 새롭고도 특별한 나만의 추억이 되었다.

대구여자고등학교 2학년

인문 책쓰기 동아리 〈꿈길〉 문수빈

셋 한 달에 한 번 우리는 '특강'이라는 것을 듣게 되었다. 고등학교 2학년, 우리가 듣는 특강은 무엇일까? 국어 특강, 수학 특강, 입시 특강 등이 무궁무진하게 많은 이 세상에서 우리가 듣게 되는 특강은 이런 특강이 아니다. 단순한 지식을 전달해 주는 특강이 아닌 '인문학 특강'을 들었다.

인문학 관련 저자를 초청하여 이루어지는 인문학 특강에서 우리는 초청 저자의 인문학 도서를 읽는 것에서 시작된다. 이미 읽어본 책, 어디선가 들어본 책, 처음 들어보는 책을 한 장 한 장 읽으며 평소와는 다른 생각을 하며 읽게 된다. "왜 이런 생각을 하게 되셨을까?", "이건 무슨 말이지?". 모두 이 책의 저자를 만난다는 전제하에 할 수 있었던 생각들이었다. 여러 질문을 품은 채 책을 읽은 후 저자 소개를 준비하고 소위 '뒷조사'를 하게 된다.

이렇듯 저자에 대한 조사까지 하고 나면 수요일의 특강은 기억 속에 더욱 더 선명하게 남게 됐다. 일 년 동안 총 6번의 우리가 들었던 이야기들은 보지 못했던 세상의 이야기와 듣지 못했던 사람들의 이야기를 들려주었다.

첫 번째 『여행자의 인문학 노트』의 이현석 저자님. 책 제목에서 느껴지는 여행서적 느낌, 하지만 '사람'에 대한 이야기를 담은 책이었다. 그래서 그런지 이현석 저자님의 특강은 새로운 시각으로 세상을 보는 법을 알려주셨다.

두 번째 『칸트와 현대사회 철학』의 김석수 교수님. 어떻게 살아가야 할지라는 물음은 누구나 한번쯤은 하는 물음이다. 이 강연을 통해 잘 사는 법에 대해 다시 한 번 고민하게 되었다.

세 번째 『생각과 융합』의 김경집 저자님. 어렵다는 생각을 가지고 책을 읽었는데 특강을 듣고 공감할 수 있는 부분이 생겼다. 비판적 사고, 고독의 중요성에 대해 말씀해 주시던 것이 특히 기억에 남는다.

네 번째 『상상력에 엔진을 달아라』의 임헌우 교수님. 다른 우리가 같아지려고 노력하는 세상이라는 짧은 문장을 통해 지금까지 내가 걸어온 길을 돌아볼 수 있는 계기가 되었다.

다섯 번째 『우리는 희망을 변론한다』의 윤지영 변호사님. 강연을 듣고 나는 우물 안 개구리라는 느낌이 들었다. 세상에는 누군가의 관심이 필요한 사람이 상상 그 이상으로 많다는 것을 알게 되었다. 다른 사람에게 도움을 주는 삶을 살고 계신 윤지영 변호사님이 부러웠고 나 또한 그런 사람이 되고 싶었다.

여섯 번째 『우리도 행복할 수 있을까』의 오연호 대표님. 어쩌면 우리의 가장 큰 관심은 '행복'에 있다. 하지만 진지하게 행복한 삶에 대해 생각을 해본 적은 없다. 강연을 듣고 행복한 세상에서 살고 싶다는 생각뿐만 아니라 행복한 세상을 만들고 싶다는 생각이 들었다.

이렇게 총 여섯 번의 강연은 나에게 다른 질문을 던졌고, 생각해 보지 못했던 것을 느끼게 해주었으며, 나를 돌아보고 미래를 생각하게 해주었다. 특히 매 강연마다 내 자신에게 돌아오는 질문에 대한 답을 생각하다보면 나 스스로도 조금씩 성장하고 있다는 것을 느낄 수 있었다. 정답이 있는 질문이 익숙하기에 처음에는 어색하였지만 한 강연이 끝날 때마다 '나만의 답'을 생각하며 나에게 대해서, 주위 사람들에 대해서, 우리 사회에 대해서 생각할 수 있었다.

준비를 하는 과정에서 조금 어려운 책을 읽을 때면 힘들기도 했고, 사회를 보아야 했던 강연은 부담스럽기도 하였다. 하지만 그런 과정의 힘듦이나 귀찮음이 모두 사라질 정도로 각각의 강연은 많은 것을 남겨주었다. 수요일의 인문학 강연을 통해 나는 나에 대해 생각할 수 있었을 뿐 아니라 우리 사회에 대해서도 관심을 가지고 고민할 기회를 가질 수 있었다.

대구여자고등학교 2학년
인문 책쓰기 동아리 〈꿈길〉 김아현

넷 우선 처음에는 내가 이 동아리에 들어와서 잘할 수 있을까? 하는 마음이 가장 컸다. 내 진로와 관련해 책을 쓰는 동아리라고 해서 들어오긴 했는데, 인문학과 관련해 강연까지 진행한다니.

게다가 학기 초라 친한 친구들도 없었고, 친한 친구들은 다 다른 동아리로 뿔뿔이 흩어져서 말 그대로 '낙동강 오리알' 신세였다. 어색했던 첫인사를 끝내고, 지금 책을 내는 순간까지. 다사다난했지만 그만큼 더 친해졌고, 또 모두 2학년으로 이루어진 동아리다 보니 더욱더 친해질 수 있었다.

그리고 책을 쓰는 동아리인 만큼, 모든 것을 우리가 능동적으로 해야 하고, 누구에게 책임을 미루면 다른 일을 할 수 없기 때문에 다들 열심히 해준 것 같아 고마움을 느낀다. 서로서로 미루다 보면 이렇게 책을 직접 만들고, 강연을 제대로 진행할 수 없었을 것이다. 11명이라는 작은 수로 이루어진 동아리지만, 활동은 다른 동아리들보다 더 알차게 했다고 감히 말할 수 있다.

우리가 진행했던 6번의 강연은 모두 재미있었다. 내가 사람들 앞에서 이야기하고 리더십이 있는 성격이 아니라, 진행을 하는 것에 대한 두려움이 있었지만, 친구들이 진행하는 것을 보면서 나도 자신감을 얻었던 것 같다. 마지막 강연의 진행을 끝내고 나서, 홀가분하기도 하고 더 잘할 걸 하는 아쉬움도 생겼다. 지금 생각해 보면 별것 아니었는데 왜 그렇게 두려워했는지 잘 이해가 가지 않기도 하다.

또, 내가 직접 저자님을 앞에서 보고, 말씀하시는 걸 하나하나 집중해서 듣고, 강연 내용까지 작성하니 〈꿈길〉 동아리에 대한 자부심이 느껴졌다. 다른 동아리들도 물론 여러 값진 경험을 했겠지만, 이렇게 저자님과 가까이서 강연을 듣고, 진행하는 동아리는 없을 것이라 생각이 되어 더 뿌듯함을 느꼈다. 우리 학교에서 이렇게 저자님을 초청하는 것도 굉장히 힘들었을 텐데, 또 그 강연을 내가 능동적으로 참여할 기회가 있어서, 일 년을 되돌아볼 때 꽤 부끄럽지 않은 일 년이 될 수 있을 것 같다.

신청을 통해 선발되어 강연을 듣는 다른 동아리와 달리, 우리 동아리는 진행부터 강연 기획을 모두 맡아서 진행했기 때문에 6번의 강연을 다 들을 수 있었다. 인문학이라는 키워드를 가지고, 다양한 직업을 가진 사람들이 우리 앞에서 직접 강연을 하는 것을 하나도 빠짐없이 들을 수 있던 것은, 지금 생각해 보면 정말 좋은 기회라고 생각이 된다.

물론 모든 강의가 제일 재미있었지만, 가장 기억에 남는 강연 하나를 꼽으라면 윤지영 변호사님의 강연을 꼽을 것이다. 같은 여성으로서 생각할 거리도 많았고, 최근 여성 인권 문제에 대해 관심이 많아진 터라 더 집중해서 들었던 것 같다. '공감'이라는 공익인권법재단에서 활동하는 변호사님을 보면서, '만약 나라면 변호사로 벌 수 있는 월급을 마다하고 진정한 정의를 위해 활동할 수 있을까?' 하는 생각이 들었다.

인문학은 신 중심 사회에서 인간 중심 사회로 변화하면서 신에 대해 연구하는 것이 아닌, 인간에 대해 연구하는 데 관심이 증가하면서 발전해 온 것으로 알고 있다. 진짜 우리 사회에 대한 문제, 우리 인간들의 문제에 대해서 생각해 보는 인문학을 이번 기회에 더 잘 알게 된 것 같다. 대한민국의 고등학생으로 살아가는 것이 쉽지 않다고 느낀 적이 한두 번이 아닌데, 그런 부분들을 알고, 이해해 주며, 한 걸음 나아가 어떻게 살아야 할지 해결 방안을 제시해 준 여섯 분의 멋진 저자님들에게 다시 한 번 감사의 인사를 드리고 싶다.

지난 일 년간 모자람이 많던 〈꿈길〉 동아리 부원이었지만, 강연을 들으면서 한 뼘 더 성장한 나를 느낄 수 있었다. 처음의 알 수 없는 두려움과 걱정이 무색할 만큼 좋은 시간들이었다. 어른이 되어도 2015년의 매주 수요일, 오후 1시 20분부터 3시까지의 시간은 잊지 못할 것 같다.

대구여자고등학교 2학년

인문 책쓰기 동아리 〈꿈길〉 김민주

다섯 꿈길 동아리를 한 해 동안 하면서 가장 기억에 남는 일을 한 가지 뽑으라면 여러 가지가 있겠지만 나는 단연 인문학 저자 특강을 뽑을 것이다. 벌써 이렇게 한 해가 언제 지나간 건지 모르겠다.

처음에 선생님으로부터 약 한 달에 한 번꼴로 인문학 도서 저자님의 특강을 우리가 직접 진행하고 학생들과 저자님과의 만남이 자연스럽게 이루어질 수 있도록 매개 역할을 하며, 또 우리가 매번 다른 저자님들의 강의를 직접 들을 수 있다는 말씀을 들었을 때는 궁금하기도, 설레기도 하고 한편으로는 잘할 수 있을까하는 의구심을 품기도 하였다.

하지만 이제 와서야 느낀 것이지만 저자님들과의 만남은 평생 잊지 못할 추억으로 남겨졌다. 6명의 인문학 도서 저자님들의 강의를 듣다 보니 그분들의 각기 다른 가치관과 사고방식을 접하고 또 학생들에게 해주신 여러 말씀들을 통해서 나 또한 사고의 폭이 확장됨과 동시에 책으로만 만날 수 있었던 그분들을 직접 뵙고 보니 정말 신기하기도 했고 우리 같은 자식을 둔 평범한 한 가정의 어머니이자 아버지라는 것에 놀랍기도 하였다.

매번의 강의마다 우리 동아리 부원 11명이서 최대한 다양하게 역할분담을 해서 여러 가지를 해보았다. 저자님 소개, 사회자부터 시작하여 타이핑 쓰는 사람, 사진 찍는 사람 등이 있는데 마지막 강의 때는 타이핑을 맡았다. 타이핑 치다가 허리가 부러지는 줄 알았다. 생각보다 정말 쉽지 않고 들리는 대로 마구 적어서 나중에 원고 수정하다가 애도 먹었다.

뭐니뭐니 해도 강의에 들어서기에 앞서서 앞에서 진행하고 저자님 소개를 하는 사회자를 맡은 날의 강의가 가장 기억에 남는다. 그날은 '공감' 변호사 단체의 윤지영 변호사님이 오셔서 강의를 해주셨는데 변호사님의 강의를 듣기 전까지만 해도 변호사라는 직업이 그저 전문직의 좋고, 부와 사회적인 명예를 얻을 수 있는 직업이라고 생각했다. 하지만 윤지영 변호사님을 직접 만나 뵙고 강의를 듣고 나니 정말 이 세상 모든 변호사들이 대단하다고 생각했다. 쉬운 일 하나 없으며 헌법을 빽으로 정의를 앞세워 싸우시는 그분들이 존경스러웠다. 또한 그간 왜 나는 한 번도 변호사를 꿈꾸어 보지 않았지 하고도 생각했다.

앞으로의 고등학교 생활이 약 일 년 정도 남았는데 학창시절 마지막 동아리 활동으로서 꿈길이라는 동아리에 들어와서 이렇게 활동하고 많은 분들의 강의도 들으며 잊지 못할 추억을 만들게 되어 너무 뿌듯하고 앞으로 인생을 살면서 도움이 될 만한 여러 내공과 지식을 쌓은 것 같아 기쁘다.

대구여자고등학교 2학년

인문 책쓰기 동아리 〈꿈길〉 장한나

여섯 처음에는 '내가 이 동아리에서 일 년을 잘 보낼 수 있을까?', '다른 아이들에게 민폐가 되면 어떡하지?' 라는 걱정을 많이 했다. 동아리에선 많은 활동을 해야 하기 때문에 서로에게 미루지 말고 자신의 역할에 대해 능동적으로 참여해야 한다. 처음에는 성격도 소심하고 책 쓰기나 대회 참여에 자신이 없었던지라 걱정을 많이 하고 막막하기도 했다. 그러나 활동을 하면서 재미있기도 했고, 친구들이 모르는 것도 가르쳐 주고, 도와줘서 잘할 수 있었다.

인문학 동아리 활동은 여러 가지 인문학 봉사활동이나 서평 쓰기, 포토 에세이, '인문학은 ○○이다.' 등등 여러 가지 인문학 활동과 수요일 저자 초청 강연 등으로 이루어졌는데 이런 동아리 활동과 강연에 대한 학생들의 질문, 소감 등을 모아서 연말에 책을 낸다.

원래 초청 강연은 한 달에 한 번씩 수요일마다 인문학 강의를 들었다. 처음에는 강연을 듣는다는 생각에 마냥 좋았지만 강연 사회 준비도 하고 강연을 듣고 나서 강연의 전체적인 내용과 학생들의 소감문, 질문 등을 정리하려니까 마냥 쉬운 일이 아니었다. 강연 사회 준비를 하면서 저자에 대해 조사하고, 강연 시간에 직접 사회도 보고, 우리가 주최자가 되어서 직접 강연을 이끌어 가니까 재미있기도 하고 힘들기도 하였다.

행복지수 1위인 나라 덴마크의 생활에 대해서도 알게 되었고, 철학에 대해 강연을 듣기도 했고, 우리가 진짜 원하는 것이 뭐고 꿈에 대해서도 강연을 듣기도 했다. 학교에서 듣는 수업이 아닌 우리가 관심 있고, 몰랐던 것에 대해 강연을 들으면서 세상에 대해 좀 더 알아가는 느낌이었고, 좀 더 지식을 넓혀가는 기분이었다. 우리 동아리는 모든 특강을 들은 유일한 동아리로서 느낀 점도 많고, 이런 특강은 모두 들을 수 있다는 것에 감사했던 것 같다. 그 정도로 특강 하나하나가 의미 있고, 유익했다.

제일 인상 깊었던 강연은 『우리는 희망을 변론한다』 윤지영 변호사님의 특강이다. '공감'이라는 단체에서 활동 중인 윤지영 변호사님은 소수자, 사회적 약자의 구체적 인권을 보호하고 돈을 받지 않고 어려운 사람들을 도와드리는 일을 한다. 강연을 들으면서 여러 가지 사회적 약자들의 인권이 지켜지지 않은 사례들을 소개해 주셨다. 그것을 들으면서 저런 일도 있다는 걸 알았고, 어려운 사람들의 인권을 더 많이 보장할 수 있는 단체가 더 많이 있었으면 좋겠다는 생각을 했다.

　　이 인문학 특강은 나의 진로에 대해 다시 생각해 볼 수 있었고, 내가 몰랐던 세계에 대해 많은 얘기를 들어서 많은 것을 배울 수 있었던 것 같다. 사회 문제에 대해서 고민하고, 인문학이 뭔지도 잘 몰랐던 내가 인문학에 대해 관심 가지고 여러 가지 활동에 참여할 수 있었던 감사한 시간이었다.

대구여자고등학교 2학년

인문 책쓰기 동아리 〈꿈길〉 양혜인

일곱 나를 한 걸음 더 성장하게 해준 일 년간의 인문학 특강이 막을 내렸다. 각양각색의 이야기를 가지고 계신 많은 강사 분들이 우리 학교를 다녀가셨고, 우리는 그 이야기를 들으며 더 넓은 세계를 볼 수 있게 되었다.

『여행자의 인문학 노트』의 저자이신 이현석 작가님의 이야기를 들으면서 여행의 새로운 가치를 알게 되었고, '공감'이라는 변호사 단체에서 일하시는 윤지영 변호사님 덕분에 사회에서 소외되어 있던 우리 주위의 이웃들에 대해 생각해볼 수 있게 되는 등 세상을 더 '잘' 바라볼 수 있게 해주는 안목을 가지게 되었다.

강의를 듣는 것은 하루지만 그 강의를 위해 책을 읽고, 친구들과 함께 책의 내용에 대해 치열하게 고민하던 그 과정이 정말 재미있었고 강의를 더욱 가치 있게 해 주었다. 그중 김경집 교수님의 『생각의 융합』이라는 책은 사실 처음 읽었을 때는 이해하기가 조금 힘들었다. 하지만 친구들과 책에 대해 이야기 하면서 점차 이해를 높여 나갔고 교수님의 강의를 들으며 확실히 이해했다.

이러한 과정들이 나에게 정말 뜻깊고, 조금은 지루한 학교생활에 활기를 불어넣어 주었고, 외우기만 급급했던 배움에서 내가 한 번 더 생각할 수 있는 지혜를 배울 수 있는 시간이어서 더 소중하게 느꼈다.

대구여자고등학교 2학년

인문 책쓰기 동아리 〈꿈길〉 이다빈

여덟　나는 2년째 〈꿈길〉의 부원이 되었다. 작년에는 나만의 책 쓰기가 모토였지만, 이번에는 인문학 관련해서 여러 책의 저자들을 직접 만나보고 소통하는 것이 주된 모토가 되었다.

물론 작가님께 요청하는 것은 선생님이 하셨지만, 나머지(저자 소개, 특강 듣는 아이들 안내, 홍보지 등)는 전부 우리 힘으로 했기에 한 해 동안 무척이나 바빴지만, 또 무척이나 보람찼다.

이현석 작가님의 여행 이야기, 김석수 교수님의 철학 이야기, 사고의 중요성을 알려주신 김경집 교수님의 이야기, 여러 가지 많은 생각을 하게 해주신 임헌우 교수님의 이야기, 많은 사람들의 아픔에 공감할 수 있도록 여러 이야기를 해 주신 윤지영 변호사님의 이야기, 삶의 행복이라는 간단하면서도 어려운 이야기를 해 주신 오연호 대표님의 이야기 등 정말 좋은 이야기들을 많이 들었다.

그중 나는 행복에 관련된 오연호 대표님의 이야기가 가장 인상 깊었다. 우리들의 작은 꿈틀거림이 모두의 행복에 기여할 수 있다는 말은 나에게 신선한 충격을 주었다. 나는 이때까지 '내가 노력해 봐야 뭐가 더 바뀌겠어?'라며 속으로 욕하기만 바빴기 때문이었다. 뭔가 남 탓만 해왔던 것이 부끄러웠고 더 이상 아무것도 하지 않고 포기하지 않고 느리고 미미하지만 나의 작은 꿈틀거림을 느끼도록 결심했다.

이 특강 뿐만 아니라 다른 여러 특강들도 나에게 많은 생각들을 안겨 주었다. 이 세상에는 많은 어려움을 겪는 사람들이 있다는 것, 철학에 대해서, 나의 가치 추구와 행복의 연결 등 이런 기회가 없었으면 깨닫기 어려웠을 여러 생각들을 알게 되었다.

처음에는 그냥 '인문학에 대해서 알게 되고 특강 들으면 좋겠네.'라는 생각으로 이 〈꿈길〉에 들었었다. 하지만 많은 사람들과 소통하고 또 이런 소통을 준비하는 과정에서 여러 부원들과 많은 것을 함께 느끼고 생활할 수 있어서 좋았다. 첫 강의 때는 준비하고 안내하는데 바빠서 강의 날만 되면 정신이 없었지만, 날이 갈수록 더 순조로워지고 심지어 사회도 맡아 보게 되었다. 이는 전혀 예상 못했던 일이어서 많이 떨리기도 했지만 또한 즐겁기도 했다. 그래서 우리의 일 년 동안의 인문학 특강과 여러 활동들이 책으로 완성된다는 소식을 듣고 정말 기뻤다. '우리들뿐만이 아닌 여러 사람들의 인문학이 담긴 책이라니!!!' 라는 생각이 많이 들었다.

아마 '인문학' 이라는 단어는 올 한 해 동안 제일 많이 들은 단어 중 하나일 것이다. 솔직히 작년까지만 해도 '인문학' 이라는 단어에 관심이 없었다. 또한 잘 알지도 못했다. 단지 막연하게 삶에 관한 것이라고 생각했다.

하지만 한 해 동안 많은 사람들의 이야기를 듣고 또 다양한 사람들과 얘기를 나누니 비로소 '인문학' 이 무엇인지에 대해 어렴풋하게 알 수 있게 되었다. 단순한 삶이 아닌, 사람들과의 소통, 사람들의 마음들이 하나로 뭉친, 어느 한 단어로는 설명하기 어려운 것, 그것이 바로 인문학이다. 올 한 해 동안 이것을 느끼게 돼서 무척이나 행복했다. 매주 수요일 5,6교시의 추억은 아마 평생이 지나도 잊지 못할 것 같다.

대구여자고등학교 2학년
인문 책쓰기 동아리 〈꿈길〉 방영임

아홉　평소 시험 공부하랴 학원 숙제하랴 바쁘고, 똑같이 반복되는 일정을 보내던 중 수요일 인문학 특강 행사 준비를 맡으면서 일상 중 작지만 큰 경험을 할 수 있었다.

우리가 직접 많은 사람들 앞에서 초청하신 저자님의 소개를 하고, 강연들을 친구들을 인솔하고, 사진을 찍어 남기고, 후기를 써보기도 했다. 어떻게 보면 공부하기 바쁜 고등학생 2학년 생활에서 특별한 강의들을 들을 수 있어 크나큰 행운이라고 생각한다.

수요일 인문학 특강의 총 여섯 분의 저자님들, 모두 나에게 특별한 인상을 심어주셨지만 가장 기억에 남는 한 분을 꼽자면 『우리도 행복할 수 있을까』의 오연호 저자님을 꼽을 것 같다.

『우리도 행복할 수 있을까』라는 책은 지금 내가 맞닥뜨리고 있는 현실적 문제에 대한 해답을 제공해 주었고, 그러면서 자연히 오연호 저자님의 특강을 기대하며 간절히 기다렸던 기억이 난다. 그리고선 오연호 저자님의 강의를 들은 날엔 마냥 '행복한 사회가 만들어지길 원했던' 나에게 '행복한 사회를 내가 만들어 나가 보자.' 라는 생각이 강연이 끝난 후에도 온종일 머리에 빙빙 맴돌았던 기억이 생생하다.

이렇게 저자님들을 뵈며 전혀 관심이 없던 새로운 분야에 흥미가 생기거나, 평소에 지니고 있던 고민들을 날려버리는 묘안들도 발견할 수 있었지만, 가장 큰 수확은 바로 나 '자신' 이 아닐까 싶다.

수요일 인문학 특강 행사를 지내며,
첫 번째는 책과는 거리를 두었던 나를 잠깐은 떠나보낼 수 있었다. 물론 엄청난 양의 책을 읽었다는 것은 아니지만 그래도 한 권, 한 권 눈에 띄는 구절을 살펴보며 여러 가지 질문들을 '자신' 에게 던져 볼 수 있었다.

두 번째는 '글을 써보는 것=생소한 것', 이런 공식이 존재했던 나에게 가슴 한 구석 방송작가라는 꿈은 존재했지만 한 발자국 다가가려고 하면, 두 발자국 달아나는 그런 존재가 바로 '글쓰기'였다. 시도해 보는 것조차 힘들고, 자신감부터 달아나는 기분이 들었었는데, 특강에 대한 후기도 써보고, 동아리 활동 중 이런저런 글쓰기 활동을 해보며 많은 자신감을 얻었고, 또 다른 나 '자신'을 발견할 수 있었다.

세 번째로 처음에는 '이 행사를 진행할 수 있을까' 하는 부담감이 많았었다. 그중 내게 가장 서툰 부분인 '저자님을 직접 소개하고 진행하는 역할'을 맡았을 때, 많은 사람들 앞에 서면 괜히 목소리부터 기어들어가는 나로서는 다른 역할들보다 부담이 컸다. 진행을 하면서도 괜히 새어 나오는 웃음을 참지 못하고, 실수할 뻔도 했지만, 이러한 과정을 극복하면서 아쉬움보다는 뿌듯함이 더 크게 자리잡았던 기억이 난다.

지금 이렇게 뿌듯할 수 있는 이유는 나의 부족한 점을 채울 수 있었던 동아리 친구들과의 '역할 분담'이라고 생각한다. 이렇게 부족한 상태에서 계속 '진행 담당'만 맡았다면 나는 한계에 부딪혔을 것이다. 하지만 '사진 찍기', '진행 담당' 등 서로서로 한 가지 일이 아닌 여러 가지 역할들을 맡아보며 서서히 책임감도 키우고, 해보지 못한 경험들도 쌓을 수 있었던 좋은 기회였다.

각자 분야도 다르고, 생각도 다른 여섯 개의 질문들.

수요일의 인문학 강연을 통해 성장해 나가는 나를 발견할 수 있었고, 이 경험들이 쌓여 앞으로도 내게 좋은 밑거름이 돼줄 것이다.

대구여자고등학교 2학년

인문 책쓰기 동아리 〈꿈길〉 장희정

이 책이 만들어지기까지…

1. 〈수요일의 인문학〉 강연 준비

회의, 회의, 회의… '수나' 카리스마 장난 아님.

이번 사회는 누구, 사진 담당은 누구? 강연 기록 워드 담당자는 누구…….

"특강일 점심 일찍 먹고 와서 준비해야 해. ~~"

#2. 〈수요일의 인문학〉 특강 당일

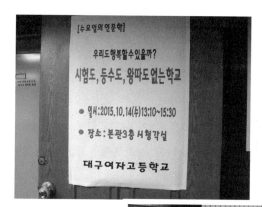

바쁘다, 바빠.
플로터, 좌석표
붙이고…

사회 준비도 하고,

3. 드디어 특강 시작

저자 소개,

질의응답
메모지 걷고,
정리하고…

강연 기록
워드 정리……

친구들의 왕성한 지적욕구

4. 드디어 강연은 끝나고…

팬 사인회

사심 가득
기념 촬영

5. 강연은 끝나도…

6. 책 준비 과정… 회의, 글쓰기 공장, 회의… 글쓰기

7. 그래도 우린 이렇게 놀기도 한다~~~

한 해 동안 많은 사람들의 이야기를 듣고,
또 다양한 사람들과 얘기를 나누니,
비로소 '인문학'이 무엇인지에 대해
어렴풋하게 알 수 있게 되었다.
단순한 삶이 아닌, 사람들과의 소통,
사람들의 마음들이 하나로 뭉친,
어느 한 단어로는 설명하기 어려운 것,
그것이 바로 인문학이다.

올 한 해 동안 '인문학'을 만나서
무척이나 행복했다.